JEAN JACQUES LAURENT

Elsässer Sünden

JEAN JACQUES LAURENT

ELSÄSSER SÜNDEN

Ein Fall für Major Gabin

PIPER
München Berlin Zürich

Mehr über unsere Autoren und Bücher:
www.piper.de
Aktuelle Neuigkeiten finden Sie auch
auf Facebook, Twitter und YouTube.

Von Jean Jacques Laurent liegt im Piper Verlag vor:
Elsässer Erbschaften – Ein Fall für Major Gabin

FSC
www.fsc.org
MIX
Papier aus verantwortungsvollen Quellen
FSC® C083411

ISBN 978-3-492-06048-6

Satz: Uhl + Massopust, Aalen
Gesetzt aus der Garamond
Druck und Bindung: CPI books GmbH, Leck
Printed in Germany

LE PREMIER JOUR

DER ERSTE TAG

Während er keuchend in die Pedale trat und ihm der Schweiß von der Stirn rann, bemühte er sich darum, auf die landschaftlichen Reize zu achten. Das lenkte ab und hinderte ihn daran, ständig an die nächste Pause zu denken. Denn bevor er sich ein schattiges Plätzchen suchen und seine zweite Wasserflasche leeren würde, wollte er mindestens weitere fünf Kilometer bei geschätzten dreihundert Höhenmetern schaffen.

Die Weinberge hatte er schon eine Weile hinter sich gelassen und hangelte sich auf seinem Rennrad nahe an der Waldgrenze entlang. Zwischen den dicht stehenden Nadelbäumen und wucherndem Farn schimmerte es rötlich durch die Zweige: der Buntsandstein, seit Jahrhunderten begehrtes Baumaterial für Burgen und Dörfer, aber auch Rohstofflieferant für die Glasmanufakturen. Inzwischen kannte er sich recht gut aus und wusste um die Besonderheiten der Landschaft. Dank seiner ausgedehnten Radtouren hatte er sich mit Flora, Fauna und geologischen Merkmalen vertraut gemacht – eine willkommene Abwechslung zu den vielen Stunden im Büro. Er hatte den teils rauen, teils lieblichen Charme der Vogesen schätzen gelernt, war Wildtieren begegnet und hatte ihm bislang unbekannte Pflanzen gesehen: die Torfmoose etwa, kleine robuste Stämme mit edelweißförmiger Krone, und sogar den seltenen fleischfressenden Sonnentau konnte er neulich bestaunen.

Er radelte weiter auf der kurvenreichen Piste, mal bergauf, mal bergab. Je größer die Anstrengung wurde und die Kondition nachließ, desto weniger Blicke hatte er für die schöne Umgebung übrig. Seine Energiereserven flossen in die Beine, nicht in den Kopf, und unwillkürlich entfernten sich seine Gedanken vom Hier und Jetzt.

Bald war er sehr weit weg. Über achthundert Kilometer. Jules Gabin dachte an seine alte Heimat an der Westküste Frankreichs. Die sonnenverwöhnten Ostertage hatte er dafür genutzt, um gemeinsam mit Lilou die Düne von Pilat zu erklimmen. Der riesige Sandhaufen vor den Toren von Arcachon faszinierte ihn jedes Mal aufs Neue. Mit einem Pizzakarton und einer Flasche Bordeaux unterm Arm hatten sie den steilen Anstieg gemeistert und waren dabei bis zu den Knöcheln im puderweichen, warmen Sand versunken. Auf dem Scheitel in gut einhundert Metern Höhe hatten sie ihre Picknickdecke ausgebreitet und sich in der Abenddämmerung zugeprostet. Mit dem Blick aufs Meer, seinen über alles geliebten Atlantik.

Nun war der Ozean so weit weg wie seine Freundin. Sehnsüchtig dachte er an seine zierliche, aber umso temperamentvollere Lilou und die viel zu kurze Zeit, die er mit ihr verbringen durfte. Die Wehmut verursachte ein Ziehen in seiner Brust – oder lag es an der allmählich ausgehenden Puste?

Was konnte er dagegen tun, dass er sie vermisste? Starke Gefühle gehörten nun mal dazu, wenn man eine Fernbeziehung führte. Nichts anderes war es ja, auf das sich Jules eingelassen hatte. Hier und jetzt, zurück als Kommandant der Gendarmerie nationale im elsässischen Rebenheim, musste Major Gabin über diesen Dingen stehen und sich auf die Gegebenheiten seiner neuen Wirkungsstätte einlassen.

Die Erinnerung an das Picknick auf der Düne drang bis zu seinem Magen durch. Der fing fordernd an zu brummen. Da auch seine Beine nicht länger mitspielen wollten und das Gesäß schmerzte, reduzierte Jules seine Zielvorgabe und hielt Ausschau nach einem netten Plätzchen. Dort wollte er rasten, bevor er sich den Hang hinab zurück in sein Winzerörtchen rollen lassen würde.

Jules fand bald eine gemütliche Stelle an einem von Auen umgebenen Weiher. Nachdem er sein Rad an einen Baumstumpf gelehnt, den Helm abgelegt und sich die Fahrradhandschuhe abgestreift hatte, nahm er die Trinkflasche zur Hand und leerte sie bis auf einen kleinen Rest, den er der Vernunft halber für den Rückweg aufhob. Dann setzte er sich so, dass er eine gute Aussicht auf das Tal hatte. Jules öffnete seinen Rucksack und holte eine Brotzeit heraus – liebevoll zusammengestellt von seiner Zimmerwirtin Clotilde. Mit Heißhunger machte er sich über Bauernbrot, hart gekochte Eier und Münsterkäse her. Es schmeckte ihm so gut wie in einem Sternerestaurant. Mindestens! Während er sein *casse-croûte* genoss, rückten Atlantikküste und Lilou langsam wieder in die Ferne.

Kauend schaute er ins Tal, ließ seine Blicke über die sanften Hügel gleiten, die nahezu vollständig mit Wein bebaut waren. Dazwischen lagen die kleinen Orte der Weinstraße, verschlafene Nester und umtriebige Touristenzentren. Noch weiter entfernt, hinter Feldern und Autobahn, glitzerte das breite Band des Rheins in der Sonne. Die Grenze zum benachbarten Deutschland, wo man die Gipfel des Schwarzwalds erahnte.

Jules wischte sich Brotkrumen aus dem Mundwinkel und wollte gerade seine kurze Rast beenden, als er auf etwas aufmerksam wurde. In der Nähe von Rebenheim, am Fuß einer der Weinberge, tat sich etwas, das er zunächst nicht einzuordnen vermochte. Er war sich nicht sicher, ob es sich vielleicht bloß um einen Dunstschleier handelte. Eine Nebelschwade, die sich zwischen den abfallenden Hängen in den Reben bildete und für einen Frühsommermorgen wie heute typisch war.

Doch dann kam ihm die Idee, dass es auch etwas anderes sein könnte. Denn die Sonne stand inzwischen schon recht hoch und schien kräftig. Die Luft war zu trocken, um zu kondensieren. Sollte es sich um Rauch handeln?

Jules wog gerade noch das Für und Wider ab, da wurde seine Befürchtung bestätigt: Die Wolke breitete sich schnell aus, färbte sich schwarz. Sekunden darauf züngelten erste Flammen über der Kuppe.

»*Putain!*«, fluchte Jules und sprang auf. Hastig suchte er nach seinem Handy, das irgendwo am Grund seines Rucksacks liegen musste. Er agierte fahrig und nervös, denn Jules wusste sehr wohl, was sich im Tal abspielte: Der Feuerteufel hatte wieder zugeschlagen!

Seit Wochen trieb er sein Unwesen in den Gemeinden rund um Rebenheim. Mal brannte ein Heuschober, mal ging ein Geräteschuppen in Flammen auf. Der Sachschaden hielt sich in Grenzen, und zum Glück gab es bislang keinen Personenschaden. Doch die Leute sorgten sich und machten Jules dafür verantwortlich, dass der Schuldige nach wie vor nicht gefasst werden konnte.

»*Salut,* Alain«, rief Jules in sein Smartphone, kaum dass sein Adjutant sich gemeldet hatte. »Es brennt! Ich schätze, wieder irgendeine Scheune. Ungefähr einen Kilometer nordöstlich von Rebenheim. Es könnte sich um das Gut von Miguel handeln. Schicken Sie sofort einen Wagen los. Das heißt, nein. Schnappen Sie sich François als Unterstützung und fahren Sie selbst hin! Und alarmieren Sie Claude. Er soll einen Löschzug rausschicken. Ich komme sofort nach.«

Mit Sorge beobachtete Jules, wie sich das Feuer rasch ausbreitete. Offenbar fand es ausreichend Nahrung in Form von aufgeschichtetem Holz oder Stroh. Es galt, keine Zeit zu verlieren. Jules raffte seine Sachen zusammen und sprang auf sein Rad. Er wusste, dass es eine Weile dauern würde, bis Claude seine Männer zusammengetrommelt hatte. Das kleine Rebenheim hatte natürlich nur eine freiwillige Feuerwehr, die noch dazu an chronischer Überalterung und Nachwuchsmangel litt. Die Überalterung bezog sich leider nicht nur auf Claudes Truppe, sondern auch auf die Rüstwagen der Marken Renault, Peugeot und Iveco. Sie wurden zwar wenig bewegt und hatten daher kaum Kilometer auf dem Tacho, hatten aber durchschnittlich zwanzig Jahre auf dem Buckel. Sie neigten dazu, gerade dann nicht anzuspringen, wenn es dringend nötig war.

Jules trieb sein Rad die Serpentinen herunter. Er nahm in Kauf, dass die schmalen Felgen seiner Rennmaschine Schaden nahmen, denn bei seiner rasanten

Talfahrt konnte er unmöglich auf jedes Schlagloch achten. Er sauste an Rebstöcken vorbei, deren Laub in frischem Grün leuchtete, überholte andere Radfahrer, die gemächlich in die Pedale traten, und klingelte Wandergruppen beiseite, die dachten, dass die Wege nur für sie bestimmt wären.

Er hatte seinen eigenen Geschwindigkeitsrekord auf dieser Strecke geschlagen, als er keine Viertelstunde später an seinem Ziel eintraf. In gebührendem Abstand warf Jules sein Rad in die Böschung und versuchte, sich ein Bild der Lage zu machen. Wie vermutet, war eine Scheune in Brand geraten oder vielmehr ein größerer Schuppen. Weinbauer Miguel stellte hier seine Geräte unter, die er für die Lese benötigte. Der Holzverschlag, der etwa fünf mal fünf Meter maß und nicht höher als eine Garage war, brannte lichterloh. Die Flammen schlugen weit in die Höhe und erzeugten ein tosendes Prasseln. Obwohl Jules auf Distanz blieb, spürte er die Gluthitze auf seiner Haut.

Er schaute sich um, in der Hoffnung, Claudes Spritzenautos um die Ecke biegen zu sehen. Fehlanzeige. Es sah ganz danach aus, als würde der Einsatzwagen mal wieder streiken. Auch von Adjutant Lautner fehlte jede Spur. Wo blieb er bloß?

Jules verspürte das dringende Bedürfnis, etwas zu unternehmen. Doch was sollte er tun? Er hatte nichts bei sich, mit dem er das Feuer löschen konnte. Mit bloßen Händen schon gar nicht. So schwer ihm die Einsicht auch fiel, er allein konnte nichts ausrichten.

Er musste tatenlos mit ansehen, wie der Brand bald die ganze Vorderseite des Schuppens umschloss. Funken sprühend und gierig züngelnd fraß sich das Feuer durch die Bretter der Wände, verwandelte den Dachstuhl in ein rauchendes Gerippe. Die Flammen fauchten, das Holz krachte. Ein Höllenlärm!

So laut, dass Jules das andere Geräusch beinahe überhörte. Es handelte sich um eine Art Jaulen. Erst zurückhaltend und von längeren Pausen unterbrochen, dann kräftiger und anhaltend. Jules stutzte, fragte sich, was das zu bedeuten hatte. Der Hitze zum Trotz wagte er sich näher an das Flammeninferno heran. Versuchte sich auf die Jaultöne zu konzentrieren.

Je näher er kam, desto deutlicher hörte er sie. Es waren jämmerliche Laute. In ihnen schwangen Angst und Leid mit. Jules meinte, dass sein Radlerdress jeden Augenblick auf seiner Haut schmelzen würde. Dennoch kämpfte er sich weiter voran, hielt die Hand zum Schutz gegen die Helligkeit vor die Augen.

Das qualvolle Jammern war nun nicht mehr zu überhören. Mit Einbildung, wie es Jules bis eben für möglich gehalten hatte, konnte das nichts mehr zu tun haben. Hier befand sich jemand in größter Not – und Jules musste ihm helfen.

Noch einmal sah er sich um, suchte die Straße nach heraneilenden Rettungskräften ab. Aber er blieb auf sich allein gestellt. Da es keinen Zweck hatte, sich weiter bis zu der brennenden Front vorzuarbeiten, wollte es Jules von der Seite versuchen. In der Hoffnung, dass der Brand noch nicht den kompletten Bau eingenommen hatte.

»Halten Sie durch!«, schrie er gegen das Dröhnen und Trommeln des Feuers an. »Ich hol Sie da raus!«

Von der Seite kommend stellte er fest, dass die Gerätescheune über einen kleineren Anbau verfügte.

Dieser bestand ebenfalls aus Holz, jedoch hatten sich die Flammen noch nicht bis dorthin vorgearbeitet. Da das jämmerliche Heulen von hier aus noch klarer zu hören war, folgerte Jules, dass sich der Eingeschlossene in diesem Anbau aufhielt. Er suchte nach einer Möglichkeit hineinzukommen, entdeckte ein Tor, legte seine Hände auf den Metallbügel des Schlosses und zuckte mit schmerzerfülltem Gesicht zurück.

»Au, verflucht!«, stieß er aus und sah auf seine Handflächen. Wollte er sich keine Brandblasen zuziehen, musste er seine Finger schützen. Kurz entschlossen zog er sein Funktionsshirt über den Kopf und wickelte es sich um die Fäuste. So wollte er einen zweiten Versuch wagen.

Doch er kam nicht dazu. Einer der Balken löste sich aus dem Dachstuhl des Schuppens und sauste auf den Anbau nieder. Wie ein Rammbock durchschlug er die Abdeckung des Holzverschlages und trug das Feuer mitten hinein.

Der Eingeschlossene stieß einen entsetzten Schrei aus. Von Panik erfüllt, geradezu animalisch! Jules, der vor Schreck einige Schritte nach hinten getaumelt war, kam wieder näher.

»Keine Angst!«, rief er. »Ich öffne gleich das Tor!«

Jules nahm all seinen Mut zusammen, rannte gegen das wütend tobende Feuer, steuerte auf das Tor zu. Das tat er beinahe blind, denn er musste seine Augen gegen das gleißende Licht schützen. Seine Hände, jetzt mit dem Stoff seines Trikots geschützt, ertasteten das glühende Metall des Schließmechanismus. Er versuchte, ihn herunterzudrücken. Aber der Hebel klemmte.

Du musst es schaffen, stachelte er sich an. Er versuchte es abermals. Scheiterte. Dann auf ein Neues. Wieder und wieder. Zwecklos. Der Schieber ließ sich nicht bewegen, gab keinen Millimeter nach. Jules musste husten, der Rauch war unerträglich. Doch die kläglichen Töne von drinnen weckten neue Kräfte in ihm. Noch einmal probierte er, den Hebel umzulegen. Mit der Kraft der Verzweiflung schaffte er das Unmögliche, und endlich gab das Eisen nach! Die Blockade der Tür war aufgehoben. Jules zog das Tor auf. Die heiße Luft, die ihm entgegenblies, haute ihn beinahe von den Beinen.

Die Pforte stand jetzt offen. Jules jedoch, schweißnass und rußgeschwärzt, wusste, dass damit nichts gewonnen war. Er musste sich in das Flammenmeer hineinstürzen, das bedrohlich lodernd nur auf ihn zu warten schien. Mit wenigen Blicken sondierte er die Lage, entdeckte eine schmale Flucht, die wie durch ein Wunder nicht vom Feuer erfasst worden war.

»Ich hole Sie jetzt raus! Halten Sie sich bereit!«, rief er.

Jules löste die angesengten Stofffetzen von seinen Handgelenken und hielt sie sich vor Mund und Nase, um den beißenden Rauch abzuwehren. In geduckter Haltung lief er durch den Korridor, der ihn geradewegs zu einem vergitterten Abteil führte. Eine Abstellkammer? Hier musste sich der Unglückselige aufhalten, dachte Jules und versuchte, den Mann ausfindig zu machen.

»Wo sind Sie? Machen Sie sich bemerkbar!«, rief er gegen das Krachen des Gebälks an.

Beim näheren Hinsehen erkannte er, dass er nicht vor einer Abstellkammer stand, sondern einer Art

Stall. Die Einsicht traf ihn wie ein Donnerschlag: Als er das Gatter öffnete, stand ihm ein Ziegenbock gegenüber. Verängstigt stieß das Tier seine klagenden Laute aus, die Jules für das Jammern eines Menschen in Not gehalten hatte.

Jules fackelte nicht lang, bekam das eingeschüchterte Tier zwischen den Läufen zu fassen und hob es hoch. Der Bock war nicht besonders schwer und gab sich lammfromm. Jules hatte keine Mühe, ihn aus der Flammenhölle herauszutragen.

Gerade im rechten Moment. Kaum hatte er die Scheune mit der Ziege in den Armen verlassen, brach der ganze Laden hinter ihm zusammen. Es rumste mörderisch, Zehntausende Funken stoben in den Himmel. Jules rang um Atem und dankte seinem Schöpfer dafür, dass er ihn mit heiler Haut davonkommen hatte lassen.

Da er so sehr auf den infernalischen Brand und das schlotternde Tier fixiert war, bekam er erst mit einiger Verzögerung mit, dass er nicht mehr allein war. Als er sich umsah, standen dort nicht nur die Feuerwehrautos mit Claudes einsatzbereiter Mannschaft, sondern auch Vincent Le Claire. Der Reporter der Lokalzeitung *Les Nouvelles du Haut-Rhin* richtete seine Kamera auf Jules und drückte ab.

LE DEUXIÈME JOUR

DER ZWEITE TAG

»Es hat ein bisschen was von Putins Aura, findest du nicht?«

Jules funkelte Joanna Laffargue böse an. Musste das wirklich sein, dass ihn die Untersuchungsrichterin damit aufzog? Reichte es nicht, dass sich schon die ganze Stadt darüber lustig machte?

Sie saßen sich auf der Terrasse der *Brasserie Georges* gegenüber. Die altehrwürdigen Kastanien schirmten die kräftige Mittagssonne ab. Vom staubigen Platz zwischen den Bäumen schallte das Klacken der Boulekugeln herüber, die von einigen Männern aus dem Ort geworfen wurden. Joanna sah wie immer fabelhaft aus. Die dezente Eleganz ihrer Kleidung betonte ihre Klasse. Ihre fesche Kurzhaarfrisur ließ sie noch jünger wirken, als sie ohnehin war. Jules aber konzentrierte sich einzig und allein auf ihre ozeanblauen Augen, dic ihn herausfordernd ansahen.

»Putin?«, fragte er und tat so, als ließe ihn dieser Vergleich kalt. »Wie kommst du denn darauf?«

Joanna drehte die Zeitung mit dem Bericht über Jules' Heldentat vom gestrigen Tag um, sodass er Le Claires riesengroß abgedrucktes Foto besser sehen konnte. Sie tippte auf Jules' muskulöse Arme, die auf dem Bild den aschgrauen Körper des Ziegenbocks umschlossen.

»Diese heroische Pose mit nacktem Oberkörper, der beachtliche Bizeps«, zählte sie auf. »Und dann erst dein Gesichtsausdruck, männlich verhärmt und zu allem entschlossen. Ein echter Held eben.«

»Pah. Ich bin ein ganz anderer Typ als Putin«, meinte Jules und schob sein *croque-monsieur* beiseite. Eigentlich hätte das Sandwich sein Mittagessen sein sollen, aber Joannas Stichelei verdarb ihm den Appetit. »Schau doch«, sagte er und griff sich ins Haar. »Schwarze Locken. Die hat Putin nicht zu bieten. Außerdem bin ich fünfundzwanzig Jahre jünger.«

»Stimmt«, erwiderte Joanna und fasste ihn an den Oberarm. »Und auch deine Muskeln sind besser. Aber der Pathos ist ähnlich.«

»Lass den Unsinn.« Jules schob ihre Hand weg. »Ich finde es nur begrenzt witzig, dass mich Rebenheim als Retter eines Ziegenbocks feiert.«

»Warum? Die Leute sind dir wirklich dankbar dafür, dass du Hugo gerettet hast«, sagte sie augenzwinkernd.

Hugo – das wusste Jules inzwischen – lautete der Name des Tiers. In Rebenheim hatte es der Bock nicht zuletzt dadurch zu einem gewissen Ruhm gebracht, dass er schon so lange lebte und jeden, der an Miguels Weingut vorbeikam, munter anmeckerte. Miguels Vater hatte den Ziegenbock angeschafft, damit er das Unkraut zwischen den Weinstöcken abfraß. Dass Hugo seiner Aufgabe mittlerweile weitaus länger nachkam, als es seine natürliche Lebenserwartung vorgesehen hatte, machte ihn zum Mythos.

»Der Bock ist uralt. Der wäre ohnehin bald verendet«, sagte Jules schroff.

Daraufhin legte Joanna ihre Hand noch einmal auf

seinen Arm und streichelte ihn sanft. »Trotzdem war es ein nobler Zug von dir, dich für ihn stark zu machen«, flötete sie und fügte ein gehauchtes »Wladimir« hinzu.

Es ärgerte ihn, dass Joanna ihn aufzog. Aber er hatte es sich ja selbst zuzuschreiben, denn was er sich gestern Morgen geleistet hatte, war ziemlich peinlich. Dass er das Blöken einer Ziege nicht vom Rufen eines Menschen unterscheiden konnte, festigte nicht gerade sein Renommee als Kommandant der örtlichen Gendarmerie. Gleichwohl konnte er sicher sein, dass Joanna es nicht böse meinte. Sie neckte ihn, machte ihm aber keine Vorhaltungen, wie sie es als seine disziplinarische Vorgesetzte ebenso gut tun könnte.

Während er ihren amüsierten, aber auch gütigen Blick studierte, dachte Jules über die Beziehung zwischen ihm und Joanna nach. Sie hatten keinen leichten Start gehabt, als Jules im letzten Herbst seinen Dienst in Rebenheim angetreten hatte. Joanna hatte ihn gleich am Anfang ordentlich angetrieben, um so schnell wie möglich den Mord an einer jungen Journalistin aufzuklären, und ihn immer wieder spüren lassen, wer das Sagen hatte – nämlich sie in ihrer Funktion als Untersuchungsrichterin. Doch dann hatte sich das Blatt gewendet. Jules bewies ihr sehr bald, dass er ein talentierter Ermittler war und sein kleines Team auf Trab bringen konnte. Dem zollte Joanna Respekt, indem sie Jules mehr und mehr freie Hand ließ. Und noch etwas kam hinzu: Zwischen ihnen beiden entwickelte sich eine Zuneigung, die bald über das hinausging, was man als kollegiales Verhältnis bezeichnen könnte. Es fehlte nicht viel für eine Affäre.

»Worüber denkst du nach?«, fragte Joanna, die

anscheinend Jules' verträumten Blick zu deuten versuchte. »Haderst du mal wieder mit deinem Schicksal? Ob es die richtige Entscheidung gewesen ist, deine Lilou in Royan zurückzulassen, um bei uns im Elsass auf Verbrecherjagd zu gehen? Wenn du sie so vermisst, hol sie doch nach.«

Jules setzte ein schiefes Lächeln auf. »Als ob das so einfach wäre. Du weißt genau, dass sie im Geschäft ihrer Eltern eingespannt ist. Gerade jetzt, wenn die Saison anläuft, wird sie gebraucht.« Lilous Eltern betrieben eine kleine Werft mit zwei Touristenbarkassen und setzten Urlauber auf die Leuchtturminsel Cordouan über. »Außerdem wüsste ich gar nicht, wo ich sie unterbringen könnte.«

Joanna schwenkte ihren erhobenen Zeigefinger vor seiner Nase. »Weil du dich noch immer nicht um eine Wohnung gekümmert hast und dich aus reiner Bequemlichkeit von Clotilde in der *Auberge de la Cigogne* durchfüttern lässt.«

»Weil ich keine Zeit für so etwas habe. Ich muss mich in die hiesigen Strukturen einfinden, unerledigte Fälle abarbeiten und solche Dinge.«

Sie ließ seine Argumente nicht durchgehen. »Wo ein Wille ist, ist auch ein Weg.«

Jules ahnte, dass Joanna ihn nur zum Schein drängte. In Wahrheit wollte sie ausloten, ob sein Herz wirklich noch an seiner *petite amie* hing. Oder ob sich seine Gefühle mehr und mehr auf Joanna verlagerten. Sie ließ zumindest keine Gelegenheit aus, ihm schöne Augen zu machen.

Um dem Thema auszuweichen, wandte sich Jules ab und schaute den Männern beim Boule zu. Diese typisch französische Freizeitbeschäftigung war im Elsass weniger verbreitet, in Rebenheim jedoch hatte sich nicht zuletzt durch Jules' Einfluss eine eingeschworene Gemeinschaft gebildet, die fast täglich die Kugeln rollen ließ. Mit besonders viel Inbrunst ging der alte Lino Pignieres zu Werke, Jules' Vorvorgänger als Chef der Gendarmerie. Der stämmige Mann mit schlohweißem Bürstenhaarschnitt und Knollennase im zerknitterten Gesicht warf das schwere Eisen inzwischen mit einer ausgefeilten Technik, um die ihn manch ein Provenzale beneidet hätte. Für Mitte siebzig war er erstaunlich agil.

Jules konnte den brummigen Rebenheimer gut leiden. Dennoch lastete eine unausgesprochene Wahrheit auf ihrer Freundschaft. Linos lange verstorbener Vater, selbst ehemaliger Landgendarm, war in irgendeiner Form in den Lynchmord an einem Mädchen verwickelt gewesen. Der Tod des deutschstämmigen Kindes im Sommer 1945 war nie aufgeklärt worden. Jules vermutete, dass Lino um das Geheimnis sehr wohl wusste, es aber zum Schutz der Familien hütete. Jules juckte es in den Fingern, den Fall aufzuklären, und widmete sich den verstaubten Akten immer dann, wenn er gerade nichts Besseres zu tun hatte. Vorerst war allerdings nicht daran zu denken weiterzuforschen, denn er musste endlich diesen Feuerteufel dingfest machen.

Nach seiner Pause kehrte Jules in die Gendarmerie am Place Turenne zurück. Die Polizeistation im Corps de Garde prägte den von blumengeschmückten Fachwerkhäusern umgebenen Platz ebenso wie die im romanischen Stil gebaute Kirche Notre-Dame des Trois Épis und der große, kreisrund ummauerte Brunnen im

Zentrum. Das Corps de Garde stammte aus dem sechzehnten Jahrhundert und war aus solidem Sandstein gemauert. Es wirkte trutzig, beinahe wie eine kleine Festung.

»Was gibt es Neues?«, fragte Jules, als er die Amtsstube im ersten Stock betrat.

Charlotte Regnier, deren Schreibtisch gleich neben dem Eingang stand, schaute nur kurz von ihren Unterlagen auf. Die junge Frau, klein und mit brünettem Pagenschnitt, erledigte Sekretariatsaufgaben und war die gute Seele der Wachstube. François Kieffer, dessen Arbeitsplatz vis-à-vis von Adjutant Lautners direkt vorm Fenster lag, erhob sich schwerfällig von seinem Stuhl. Der dickliche Gendarm, der in etwa Jules' Alter hatte, aber mangels Ehrgeiz auf seiner niedrigen Rangstufe stehen geblieben war, hob seine Hand zu einer nachlässigen Form des militärischen Grußes.

»Nichts, Major«, antwortete er. »Rein gar nichts.«

Am liebsten hätte Jules seinen Mitarbeiter dazu aufgefordert, Haltung anzunehmen, anstatt mit hängenden Schultern und müdem Dackelblick das nicht vorhandene Ergebnis seiner Arbeit zu verkünden. Das Recht dazu hätte Jules, denn die Gendarmerie nationale war nach militärischen Maßstäben strukturiert.

»Nichts gibt es nicht«, sagte Jules streng. »Es sind mehr als vierundzwanzig Stunden vergangen, seit Miguels Scheune abgebrannt ist. Ich sehe nicht ein, länger auf den Bericht zu warten.«

Kieffer stöhnte und linste zu seinem Computer. Weit war der Gendarm mit seinem Protokoll nicht gekommen. Auf dem Bildschirm waren gerade mal zwei Zeilen zu sehen. »Es ist wie bei den anderen Bränden auch«, gab er behäbig von sich. »Wir haben Brandbeschleuniger gefunden, wieder Benzin. Auch der Kanister lag noch in den Trümmern. Er war der Hitze ausgesetzt, sodass Fingerabdrücke – sofern vorhanden – verdampft sind. Ansonsten gibt es keinerlei brauchbare Spuren. Nichts, was auf den Täter hinweist.«

Jules streckte seinen Oberkörper durch, in der Hoffnung, dass Kieffer sich ihn zum Beispiel nahm. »Das kann ich mir einfach nicht vorstellen. Selbst wenn das Feuer die Spuren an der Scheune selbst vernichtet haben sollte, muss es andere Hinweise geben. Wie sieht es zum Beispiel mit Reifenspuren aus? Irgendwie muss der Brandstifter ja dort hingekommen sein. Habt ihr überprüft, ob in der Nähe ein Auto geparkt hat?«

Bedächtig schüttelte der Gendarm den Kopf. »Keine Reifenabdrücke. Zumindest nicht die von einem Auto. Bloß die von einem Traktor weiter hinten bei den Reben. Aber das haben wir geklärt. Der Traktor gehört Miguel. Und sonst...« Er konzentrierte sich auf die dürren Angaben seines Protokolls. »Sonst bloß ein paar Fahrradspuren.«

»Fahrradspuren?« Jules horchte auf. »Könnten die etwas hergeben?«

»Kaum«, erwiderte Kieffer matt. »Der Weg entlang der Scheune ist eine beliebte Strecke für Mountainbiker, ist also unmöglich zu kontrollieren. Aber das können Sie als Rennradpilot ja nicht wissen, denn mit Ihren dünnen Felgen kommen Sie da sonst nicht hin.«

»Wie sieht es mit Zeugen aus?«, fragte Jules.

»Nichts Verwertbares. Wir haben Miguel und einige seiner Landarbeiter befragt. Fehlanzeige. Und sollte ein zufälliger Passant etwas beobachtet haben, sind wir darauf angewiesen, dass er sich bei uns meldet.«

»Hm«, grübelte Jules. »Also haben wir rein gar nichts.«

»Sag ich doch!«

Jules gab seine angespannte Haltung auf und setzte sich auf Kieffers Schreibtischkante. »Was wir bräuchten, wäre die Unterstützung von Experten auf diesem Gebiet. Die Kollegen der Police nationale in Strasbourg haben doch sicher einige Erfahrung mit feuerpolizeilichen Ermittlungen...«

»Sie wollen Hilfe aus Strasbourg? Keine Chance, die kommen nicht«, rief Charlotte von ihrem Platz herüber. »Nicht bei einer solchen Lappalie.«

»Na hören Sie mal, Charlotte, um ein Haar hätte es dem allseits beliebten Hugo das Leben gekostet«, witzelte Jules auf seine eigenen Kosten.

»Charlotte hat recht«, sagte Kieffer bierernst. »Bisher sind ja nur Holzverschläge und Unterstände angezündet worden, die nicht einmal versichert waren. Da kräht in Strasbourg kein Hahn nach, das sind für die Bagatellen. Und auch Madame Laffargue scheint sich nicht besonders dafür zu interessieren. Sonst hätte sie das Heft längst in die Hand genommen.«

Bei der Erwähnung von Joannas Namen musste Jules unwillkürlich husten. Er wusste sehr wohl, was hinter seinem Rücken über ihn und die Richterin getuschelt wurde.

»Haben Sie sich verschluckt, Major?«, fragte Kieffer scheinheilig.

»Nein, nein, schon gut.« Jules erhob sich von Kieffers Schreibtischplatte. Er deutete auf den freien Platz ihm gegenüber. »Wo ist Adjutant Lautner? Noch nicht von der Mittagspause zurück?«

»Er müsste jeden Augenblick kommen«, sprang Charlotte in die Bresche. »Er ist gewiss unterwegs aufgehalten worden. Dienstlich, versteht sich.«

Wahrscheinlicher erschien es Jules, dass der Adjutant zu Hause in der Küche saß und sich von seiner Mutter mit elsässischen Köstlichkeiten aller Art verwöhnen ließ. Seit Jules es unterbunden hatte, dass Madame Lautner Mittag für Mittag mit einem Fresskorb in der Gendarmerie hereinschneite und die Belegschaft von der Arbeit abhielt, dehnte Alain Lautner seine Pause über alle Maßen aus. Ein Umstand, dem Jules kaum Herr werden konnte, ohne sich sehr unbeliebt zu machen. Wahrscheinlich schlemmte der ewige Junggeselle *coq au riesling*, sein Lieblingsgericht, oder genoss eine von Madame Lautners formidablen Hasenterrinen. Jules merkte, wie ihm allein bei dem Gedanken daran das Wasser im Mund zusammenlief.

Doch diesmal lag er falsch. Als Alain Lautner kurz darauf abgehetzt die Wache betrat, konnte er einen triftigen Grund für seine Verspätung vorbringen. Wie stets schlackerte seine Uniform an seinem dürren Körper, wobei sich Jules fragte, wie es Lautner gelang, seine Figur trotz der guten Küche seiner Mutter zu halten. Aufregung und Anspannung lag in seiner Stimme, als Lautner verkündete: »Eine Katastrophe! Es ist etwas Fürchterliches passiert.«

»Der Feuerteufel!«, stieß Jules aus. Er musste erneut zugeschlagen haben!

Doch Lautners Unruhe hatte eine andere Ursache. »Jean-Marie hat sich das Bein gebrochen. Er ist bei seiner letzten Tour mit dem Vorderrad aufs Bankett geraten und hat sich überschlagen. Er trägt mindestens für sechs Wochen Gips.«

»*Mon Dieu!*«, rief Charlotte und hielt sich die Hände vor den Mund. »Der arme Jean-Marie.«

»Schlimmer noch, er fällt für unser Vorbereitungskomitee aus. Wer soll jetzt die Streckenplanung übernehmen?« Lautners Gesicht war aschfahl.

Jean-Marie Bouvier gehörte – genau wie Lautner und auch Jules – der örtlichen Radsportgruppe an. Da der Apotheker Bouvier nicht nur einer der eifrigsten Fahrer, sondern darüber hinaus ausgewiesener Feinschmecker war, oblag ihm die ebenso ehrenvolle wie verantwortungsvolle Aufgabe, die Route der traditionellen Frühjahrstour festzulegen. Dabei galt es, eine radsportlich anspruchsvolle sowie landschaftlich reizvolle Strecke mit kulinarischen Höhepunkten zu kombinieren. Bouvier sollte für die ganztägige *Tour d'Alsace* mehrere Etappenziele mit den lohnendsten Gasthäusern der Region auswählen. Jules war die Aufgabenstellung aus den vielen Vorbesprechungen in der *brasserie* geläufig, und er beneidete Jean-Marie nicht darum. Denn die Messlatte der Erwartungen lag hoch.

»Es bleibt ja kaum noch Zeit«, klagte Lautner. »Wer könnte das so kurzfristig übernehmen?«

Jules ging in Gedanken die anderen Mitglieder ihres Teams durch. Pierre, der Rentner, war zu alt. Genau wie Lino. Jean Paul Gardier hatte mit seiner Versicherungsagentur zu viel um die Ohren. Christian, der Jüngste im Team, hatte gewiss anderes im Kopf, als die Gegend nach guten Gasthäusern zu durchkämmen. Lautner hatte die Tour schon die letzten beiden Male organisiert.

Er war so sehr mit seinen Überlegungen beschäftigt, dass er zunächst gar nicht merkte, wie ihn Charlotte Regnier und Alain Lautner ansahen. Einmütig und entschlossen. Jules schwante Böses.

»Nein«, sagte er und hob abwehrend die Hände. »Kommt gar nicht infrage.«

»Aber, Chef, Sie wären der ideale Kundschafter«, redete Charlotte auf ihn ein. »Sie sind neu in der Gegend und sehen alles mit anderen Augen als wir Einheimischen.«

»Ja, Sie entdecken vielleicht Streckenabschnitte, die wir gar nicht mehr im Blick haben«, bestärkte sie Adjutant Lautner. »Und Lokale, die uns noch nicht aufgefallen sind.«

»Sie würden frischen Wind in die Sache bringen«, argumentierte Charlotte eifrig weiter.

»Da ist was dran«, pflichtete Kieffer ihr bei, obwohl der Gendarm eigentlich gar nichts damit zu tun hatte. Weder mit der *Tour d'Alsace* noch mit Radfahren an sich.

»Vergesst es«, stellte Jules klar. »Dafür bin ich nicht zu haben.«

Daraufhin begannen seine Mitarbeiter wild zu diskutieren. Jules blieb von ihrem angeregten Gespräch ausgeschlossen, denn die drei hatten kurzerhand die Sprache gewechselt und tauschten sich auf Elsässisch aus.

Er ließ sie eine Weile gewähren, bevor er in seine Faust hustete und fragte: »Und? Zu welchem Ergebnis seid ihr gekommen?«

Während die Männer sich mit verschränkten Armen und entschlossenen Gesichtern aufstellten, übernahm

Charlotte das Reden. »Wir meinen, dass Sie es trotzdem tun sollten. Es wäre ein gebührender Einstand in der Radlertruppe.«

»Aber ich sagte doch gerade…«, setzte Jules zur Widerrede an, kam jedoch nicht weit.

Charlotte schnitt ihm das Wort ab. »Es würde erheblich zu Ihrer Integration beitragen.«

Integration? Zwar fühlte sich Jules in diesem Teil Frankreichs mitunter tatsächlich wie ein Ausländer, aber dass er Integrationsprobleme haben sollte, war ihm neu.

»Ich merke schon, ihr zieht wirklich alle Register.« Er musste über die Hartnäckigkeit seiner Leute schmunzeln und wurde weich. »Na gut. Ich kann ja mal darüber nachdenken.« Bevor er hinzufügen konnte, dass dies keine feste Zusage sei, fing Charlotte an zu klatschen. Kieffer schloss sich an. Jules sah zu, wie Lautner eine Nachricht in sein Handy tippte. Diese ging mit Sicherheit an Jean Paul, Pierre, Lino, Christian und die anderen, folgerte Jules und sah ein: Aus dieser Nummer würde er nicht mehr herauskommen.

»Am besten, wir besprechen alles Weitere in der *brasserie*. Gleich nach Feierabend«, schlug Lautner vor. Seine Erleichterung über Jules' Quasizusage drückte sich dadurch aus, dass sein Gesicht wieder etwas Farbe annahm.

»Einverstanden«, sagte Jules, der am Abend ohnehin nichts vorhatte. Dann jedoch verpasste er seinem Untergebenen einen Dämpfer. »Bis es so weit ist, bleiben uns ein paar Stunden Zeit.« Er nahm Kieffer und Lautner ins Visier, woraufhin sich Charlotte zurück an ihren Schreibtisch trollte. »Und apropos Radfahren, ich möchte, dass die Abdrücke von den Reifenspuren vor Miguels Scheune gesichert werden.«

Mit diesem Vorschlag vertrieb Jules nicht nur die gute Laune aus dem Büro, sondern stieß auch auf Unverständnis.

»Was versprechen Sie sich davon?«, fragte Lautner.

»Ich habe Ihnen doch gesagt, dass die Scheune direkt an einer Mountainbikepiste liegt«, sagte Kieffer und klang genervt über die Begriffsstutzigkeit seines Vorgesetzten. »Das bringt nichts, es sind viel zu viele Spuren.«

»Mich interessieren nur die, die bis dicht vor Miguels Gelände führen«, präzisierte Jules und ignorierte das Augenrollen des Gendarmen.

»Aber…«, setzte Kieffer erneut an.

»Kein Aber!«, entgegnete Jules scharf. »Falls der Brandstifter den Benzinkanister in einem Rucksack oder auf dem Gepäckträger transportiert haben sollte, hat er sein Rad in der Nähe abgestellt, um den Kanister nicht weit tragen zu müssen. Also kümmern Sie sich bitte darum, die Spuren zu nehmen. Oder haben Sie etwas Besseres anzubieten?«

Einhelliges Kopfschütteln.

Gut, dachte Jules. In den Spuren der Fahrradreifen sah er den ersten Ansatz, dem Feuerteufel auf die Schliche zu kommen. Er würde Kieffer mit den Abdruckmustern zum Zweiradgeschäft Cycl'évasion schicken und sie Gilbert, dem Besitzer, vorlegen lassen. Jules' sehr optimistische Hoffnung bestand darin, dass Gilbert die Abdrücke einem bestimmten Fahrradtyp zuordnen könnte. Da hier im Ort fast jeder sein Rad im Cycl'évasion kaufte, rechnete sich Jules Chancen aus, dass er mit Gilberts Hilfe den Besitzer des entsprechenden Bikes feststellen könnte. Das Ganze würde selbstverständlich nur dann von Nutzen sein, wenn der Brandstifter überhaupt mit dem Rad unterwegs gewesen war.

In der *Brasserie Georges* fand sich am frühen Abend die übliche Runde ein. Die Radsportfreunde hatten ihre festen Sitzplätze, und wehe dem unbedarften Touristen, der es wagte, sich ausgerechnet auf einem solchen Platz niederzulassen. Als Jules das Lokal betrat, war die Truppe fast vollzählig. Daher konnte er sich denken, dass sein Einspringen für den verhinderten Jean-Marie Bouvier dank Lautners SMS längst die Runde gemacht hatte. Und tatsächlich kam Lino Pignieres sofort mit ausgebreiteten Armen auf ihn zu.

»Ein nobler Zug von dir, dass du deinen Hut in den Ring geworfen hast«, rief der kernige Expolizist so laut, dass es bis in den letzten Winkel des Gastraums zu hören war.

»Schon gut, schon gut«, sagte Jules und suchte sich eilends seinen Stuhl. Er wollte kein Aufheben von der Sache machen, um die Erwartungen an ihn nicht noch mehr zu schüren. Was ihm nicht gelang, denn als Tourmeister der diesjährigen Frühsommerausfahrt blieb er im Mittelpunkt.

Kaum hatte Jules ein frisches *bière pression* vor sich stehen, hagelten die Vorschläge und gut gemeinten Tipps von allen Seiten auf ihn ein: Er solle die Strecke auf jeden Fall über Ribeauvillé führen, denn dort gebe es die schmackhafteste *tarte flambée* weit und breit, wusste der rotwangige Pierre, der wie stets ein Weinglas in den Hand hielt. Gut wäre ein Schlenker nach Riquewihr, wo die Spezialität *baeckeoffe* ganz vortrefflich sei, behauptete Jean Paul, der steife Versicherungsvertreter. Dann könne man ja auch gleich weiter bis nach Colmar radeln, meinte Lino. Denn bis dahin seien es gerade mal fünfzehn Kilometer und die Auswahl an Restaurants unschlagbar. Er würde es vorziehen, sich stattdessen in Richtung Westen zu halten, hielt Christian, der Junior der Truppe, dagegen. Die Passage nach Sainte-Marie-aux-Mines sei wesentlich anspruchsvoller, und von dort aus ließe sich sogar ein Abstecher in den Parc Naturel Régional des Ballons des Vosges realisieren. Viel zu anstrengend, da immer nur bergauf, beschwerte sich Pierre und betonte, dass ihm eigentlich ein Ausflug ins nahe Sélestat reichen würde.

»Das dürfte auch unserem Inlandfranzosen zusagen«, redete Pierre weiter und nickte Jules aufmunternd zu. »Dort servieren sie erstklassige Schnecken-Mousseline und sogar Froschschenkel. Ausgesprochen zart in einem delikaten Ragout.«

Jules hörte sich die ersten Ideen mehr oder weniger interessiert an, bevor er abschaltete und nur noch der Höflichkeit halber nickte. Seine Aufmerksamkeit wurde erst wieder geweckt, als die Sprache auf die Brandstiftungen und den Feuerteufel kam.

Während die nächste Runde Getränke serviert wurde, diskutierten die Männer leidenschaftlich über den Täter und seine Motive. Dabei kamen durchaus konkrete Möglichkeiten auf den Tisch. Christian tippte auf Versicherungsbetrug, dem Jean Paul prompt widersprach. Er jedenfalls habe für keines der abgebrannten Objekte eine Police ausgestellt. Und dass ein

Rebenheimer bei einer anderen Agentur einen Vertrag abgeschlossen hatte, hielt er für abwegig. Einige Herren vom Nachbartisch, die sich an dem hitzigen Gespräch beteiligten, vermuteten, dass Jugendliche hinter den Bränden stünden. »Typische Lausbubenstreiche«, meinten sie.

Jules glaubte weder an das eine noch das andere. Die Versicherungsfrage war ja bereits geklärt, und für Jugendliche, die eher spontan und ungeplant vorgehen würden, waren die Brände zu professionell gelegt worden. Aus den Untersuchungen vor Ort ließ sich schließen, dass der Täter sehr genau gewusst hatte, wo er seinen Brandbeschleuniger zum Einsatz bringen musste, um mit wenig Benzin eine vernichtende Wirkung zu erzielen.

Deshalb schenkte er der dritten Idee größere Aufmerksamkeit. Sie kam von Lino, der argwöhnte, dass Claude seine Leute nicht im Griff habe. »Es wäre ja nicht das erste Mal, wenn jemand aus den eigenen Reihen zündelt. Freiwillige Feuerwehren ziehen Pyromanen ja geradezu an«, stellte er in den Raum und kassierte dafür einen bösen Blick von einem Freizeitfeuerwehrmann am Nachbartisch.

»Na hör mal, ich bin auch bei dem Verein!«, beschwerte sich der durchtrainierte Mittzwanziger. »Ich würde für jeden meiner Kameraden die Hand ins Feuer legen.«

»Da haben wir's!«, rief Lino. »Hand ins Feuer – das sagt viel über eure versteckte Liebe zu Bränden aus.«

Der Mann sprang auf. »Ich zeig dir gleich, was ich von deinen blöden Anspielungen halte, Lino!«

Lino hob schützend die Arme vor seinen Kopf. »Kein Respekt vorm Alter, was?«

»Bleibt ruhig, Männer«, ging Jules dazwischen. »Bisher gibt es keine Beweise. Wir wissen rein gar nichts über den Brandstifter. Daher spart euch haltlose Anschuldigungen.«

Daraufhin lenkte Lino ein: »Hast ja recht, Jules, man sollte sein Pulver nicht zu früh verschießen.«

Auch sein Kontrahent beruhigte sich und nahm wieder Platz. Der Rest des Abends verlief unspektakulär, ohne dass der Dorftratsch nennenswerte Erkenntnisse ans Licht brachte. Die Sache mit dem Feuerwehrmann als Pyromane behielt Jules jedoch im Hinterkopf. Denn hierbei handelte es sich zwar um eine Klischeevorstellung, aber um eine, die sich in der Realität bereits bewahrheitet hatte. Es könnte nicht schaden, wenn er Claudes Truppe bei Gelegenheit einer dezenten Überprüfung unterziehen würde.

Es war weit nach zehn, als Jules den Heimweg antrat. Da die Luft trotz der fortgeschrittenen Stunde angenehm warm und sanft war, entschied er sich dazu, nicht den direkten Weg in seine *auberge* zu nehmen. Statt die Stadtmauer entlang der Rue du Pinot zu folgen, schlug er den Umweg durch einige schmale Seitenstraßen ein. Dicht bebaut mit einem farbenfroh gestalteten Fachwerkhaus neben dem anderen machten diese Gässchen den besonderen Charme von Rebenheim aus. Das Mondlicht spiegelte sich auf dem glänzenden Kopfsteinpflaster und spielte mit den Schatten der schmiedeeisernen Schilder, die über den Geschäften, Backstuben und Gasthäusern hingen.

Er nahm sich Zeit und ließ sich durch die menschenleere Altstadt treiben, die ihm im Laufe des letzten Dreivierteljahres mehr und mehr ans Herz gewachsen war. Immer seltener kam es vor, dass er von nostalgischen Gedanken an seine Heimat bewegt und wie gestern bei seiner Radtour Heimweh verspürt hatte. Sosehr er Royan und seine Atlantikküste auch schätzte, so fühlte er sich dem Elsass bald ebenso verbunden.

Der Vergleich zwischen altem und neuem Wohnort erinnerte ihn daran, dass er sich heute noch nicht bei Lilou gemeldet hatte. Sie würde sicher auf seinen Anruf warten. So blieb er mitten auf der Straße stehen und holte sein Smartphone heraus. Er tippte auf ihren Namen, lauschte dem Rufzeichen und rechnete jeden Moment damit, Lilous aufgeweckte Stimme zu hören. Seine temperamentvolle Freundin würde ihm in ihrer überschwänglichen Art erzählen, wie sie den Tag verbracht hatte und was es Neues aus Royan zu berichten gab. Danach würde sie fragen, wie Jules' Arbeitstag verlaufen war, und nicht versäumen, sich nach Joanna zu erkundigen. Denn Lilou hatte die Richterin längst als mögliche Rivalin identifiziert, obwohl sie sie bislang nicht zu Gesicht bekommen hatte.

»*Oui, j'écoute*«, meldete sich Lilou gleich darauf.

Jules wollte zurückgrüßen, wurde jedoch jäh unterbrochen. Hinter sich hörte er eine Art Sausen, das rasch lauter wurde. Er drehte sich um und bekam gerade noch mit, wie ein Radfahrer auf ihn zuhielt. Der oder die Fahrerin saß vornübergebeugt, das Gesicht unter einem Helm verborgen, der tief in die Stirn gezogen war. Ehe Jules die Chance hatte, einen Schritt beiseitezutreten, hatte das Rad ihn erreicht. Der Unbekannte touchierte Jules am Arm, brachte ihn damit aus dem Gleichgewicht und ließ ihn zur Seite stolpern. Das Handy flog Jules aus der Hand und landete auf dem Pflaster.

Jules sah dem rücksichtslosen Radfahrer nach, der Sekunden später um die Ecke verschwand. Schmerzerfüllt fasste er sich an den Arm und fluchte still vor sich hin. Wenn das eben einer aus seiner Radsportgruppe gewesen war, würde er was erleben, dachte Jules verärgert.

Er bückte sich nach dem Telefon, dessen Gehäuse aufgesprungen war. In dem Seitengässchen war es zu dunkel, um es zusammensetzen zu können. Also steckte er die Einzelteile ein, um sich in seiner Pension damit zu befassen.

Jules hatte vor, gleich hoch auf sein Zimmer zu gehen, damit er sich um sein kaputtes Handy kümmern konnte. Doch beim Näherkommen sah er, dass in der *winstub* noch Licht brannte. Wahrscheinlich hielten sich einige späte Gäste im Speiseraum der *Auberge de la Cigogne* auf. Das bedeutete, dass es Jules schwer haben würde, sich an seiner Wirtin vorbeizuschmuggeln, ohne von ihr abgefangen und ausgehorcht zu werden.

Als er das windschiefe Gasthaus erreichte, das sich Schutz suchend an einen der beiden trutzigen Stadttürme lehnte, öffnete er die Tür ganz vorsichtig. Katzengleich schlich er durch das schummrige Foyer, passierte den Empfangstresen und hatte die Treppe beinahe erreicht, da hörte er die laute Stimme von Clotilde.

»*Bonsoir*, Monsieur le Commissaire!«, rief sie ihm zu.

Jules verzichtete darauf, die Wirtin zu berichtigen. Es war zwecklos, sie dazu bringen zu wollen, seine korrekte Rangbezeichnung zu verwenden, da sie stur am Commissaire festhielt.

Clotilde, die die Sechzig lange überschritten hatte, führte die *auberge* gemeinsam mit ihrem Mann Pierre, der zusätzlich einen kleinen Weinberg ganz in der Nähe bewirtschaftete. Die propere Wirtin trug ein trachtenähnliches Kleid, das ihrer üppigen Figur gut anstand. Sie winkte Jules heran.

»Appetit auf einen Mitternachtshappen?«, fragte sie.

»Eigentlich nein«, lehnte Jules in freundlichem Ton ab.

»Uneigentlich aber ja«, hielt Clotilde dagegen, bekam ihn am Ärmel zu fassen und raunte ihm zu: »Ich habe noch etwas vom *pot-au-feu* übrig.«

Wenige Minuten später saß Jules in der urigen *winstub* vor einem tiefen Teller, aus dem eine herzhafte Suppe mit Rindfleischstücken, Lauch, Zwiebeln und Karotten duftete. Für den letzten Pfiff sorgten Lorbeer und Thymian.

Wie es ihre Art war, ließ sich Clotilde neben ihrem Gast nieder und begann sogleich mit ihrer Fragerei. Ob er weitergekommen sei in der Sache mit dem Feuerteufel, wollte sie von Jules wissen.

Er gab ihr die gleiche Antwort wie schon an den vorangegangenen Abenden: Nein, denn der Brandstifter hinterlasse keine verwertbaren Spuren. Dafür aber machten immer mehr Gerüchte die Runde, um wen es sich bei dem Brandstifter handeln könnte. Sogar in der *brasserie* sei heute Abend fleißig spekuliert worden, teilte Jules seiner wissbegierigen Wirtin mit. Er ging davon aus, dass auch sie eine Lösung parat hatte.

Und tatsächlich vertraute sie sich ihm mit ihrer eigenen Theorie an. »Meiner Meinung nach sind das Protestfeuer.«

»Wie bitte? Was soll das sein?«, wunderte sich Jules und schlürfte die deftige Fleischbrühe.

»Nun, es ist ganz einfach. Wenn es häufig brennt und darüber in der Zeitung geschrieben wird, wirft das kein gutes Bild auf unsere Stadt. Die Touristen sind verunsichert und bleiben aus«, sagte sie und schaute ihn erwartungsvoll an.

Noch aber hatte Jules nicht begriffen, worauf Clotilde hinauswollte. »Glauben Sie, unser Pyromane hat eine Aversion gegen Urlauber?«

»Aber nein! Sein Protest richtet sich gegen eine ganz bestimmte Person.« Sie lächelte vieldeutig. »Wem schadet es denn am meisten, wenn die Touristen fernbleiben?«

Nun ahnte Jules, wen Clotilde im Sinn hatte: Isabelle Cantalloube! Die ebenso umtriebige wie umstrittene Leiterin des *office de tourisme* war manchem Rebenheimer ein Dorn im Auge. Mit ihrer forschen Art eckte sie an, und ihr extravagantes Auftreten missfiel vielen. Aber der Bürgermeister stand zu Madame Cantalloube und hatte ihr sogar verziehen, dass sie eine Zeit lang gemeinsame Sache mit dem verbrecherischen Großwinzer Robert Moreau gemacht hatte, den Jules als eine seiner ersten Amtshandlungen im Elsass hinter Schloss und Riegel gebracht hatte. Die Reue, die sie nach den Vorfällen im vergangenen Herbst an den Tag gelegt hatte, konnte sowohl ihn als auch das Gericht überzeugen, vor dem sie sich hatte verantworten müssen.

Ja, dachte er, es gebe gewiss einige Mitbürger, für die es eine reine Freude wäre, Isabelle Cantalloube das Geschäft zu vermasseln. Aber war der Weg, dafür Feuer zu legen, nicht zu umständlich und noch dazu sehr risikoreich? Man musste ja damit rechnen, geschnappt und verurteilt zu werden. Ob es das wert war? Außerdem schadete ein Rückgang der Touristikzahlen ja nicht nur Madame Cantalloube, sondern auch jedem anderen, der vom Geld der Besucher lebte: Gastwirte, Weinbauern, Einzelhändler – im Grunde genommen fast die ganze Stadt.

»Sie halten wohl nicht sehr viel von meiner Version?«, meinte die Wirtin enttäuscht.

»Ehrlich gesagt, nein«, gestand Jules ein, woraufhin sich Clotilde an weiteren Varianten versuchte. Zum Beispiel, dass es sich um Mutproben handeln könnte. In diesem Zusammenhang stellte sie »die *sales gosses* aus der Neustadt« unter Generalverdacht, woraufhin Jules ihr klarzumachen versuchte, dass Heranwachsende aus sozial benachteiligten Schichten nicht zwangsläufig als potenzielle Straftäter abgestempelt werden dürften.

Jules nahm einen zweiten und einen dritten Schlag von der kräftigen Suppe, bevor er sich endlich von Clotilde loseisen und auf sein Zimmer gehen konnte.

Die Wirtin sah ihm nach und trug Sorgen in ihrer Brust. Rein rechnerisch hätte ihr Dauergast glatt als ihr Sohn durchgehen können: er Mitte dreißig, sie dreiundsechzig. Deshalb fiel es ihr so schwer, sich in Zurückhaltung zu üben. Genau wie bei ihren eigenen, längst erwachsenen Kindern hatte sie auch bei Jules Gabin das Bedürfnis, sich ständig kümmern zu müssen. Dieses innere Verlangen bezog sich weniger auf seinen aktuellen Fall; den würde er selbst lösen müssen. Es ging ihr vielmehr ums Private. Das, was sie von Jules Gabins Lebenswandel mitbekam, passte ihr nicht. Clotilde war eine treue Seele und ihrem Mann Pierre über all die Jahre ihrer Ehe stets verbunden gewesen, bis auf eine einzige Ausnahme, aber diese sollte jetzt keine Rolle spielen. Nein, dieses Doppelleben, auf das sich der junge Commissaire eingelassen hatte, behagte ihr absolut nicht. Schon vor über einem halben Jahr, als sich die Liaison zwischen ihrem Lieblingsmieter und Untersuchungsrichterin Laffargue anbahnte, hatte sie mahnend den Finger gehoben. An Eindringlichkeit ließ sie es nicht mangeln, um den galanten Monsieur Gabin darauf hinzuweisen, dass es mit dem Ruf der Richterin nicht zum Besten stand. Jedermann wusste, wie leichtlebig Joanna Laffargue war und dass im Leben dieser ehrgeizigen Person nichts als die Karriere zählte. Männer dienten ihr allerhöchstens als schmückendes Beiwerk. Aber hatte ihr Commissaire etwa darauf gehört? Nein! Stattdessen hatte er sich mit der Richterin eingelassen – wie weit, das blieb das Geheimnis der beiden, Clotilde fürchtete jedoch das Schlimmste. Und obwohl sie sonst nichts auf den hochanständigen Monsieur Gabin kommen ließ, nahm sie ihm übel, dass er seine kleine Freundin im fernen Royan hinterging. Das war kein feiner Zug von ihm. Damit kam Clotilde nicht zurecht, denn sie schätzte klare Verhältnisse und offene Worte. Sie hatte größte Bedenken, was passieren würde, wenn Mademoiselle Lilou in nicht allzu ferner Zukunft auf der Türschwelle ihrer Pension stehen würde. Das große Donnerwetter?

Mit sorgenvoller Miene blickte sie ins Treppenhaus, das nun still und leise vor ihr lag. Ihr Gast hatte seine Tür längst hinter sich geschlossen.

Jules war froh, in seinem Zimmer zu sein und endlich Ruhe zu haben. Müde, satt und zufrieden machte er sich bettfertig und war kurz davor einzuschlafen, als ihm sein kaputtes Handy einfiel – und Lilou!

Er setzte sich noch einmal auf, suchte nach den Einzelteilen seines Telefons und baute sie im Licht der Nachttischlampe zusammen. Der Akku rastete ein, das Display leuchtete auf. Jules wollte gerade Lilous Nummer wählen, als er auf eine Sprachnachricht aufmerksam wurde, die sie vor fast zwei Stunden hinterlassen hatte.

»*Was sollte das? Anrufen und gleich wieder auflegen. Ich hoffe für dich, dass du zu einem dringenden Einsatz gerufen wurdest. Wenn du wieder Zeit hast, melde dich. Aber nur bis elf, ich bin müde.*«

Jules sah auf die Uhr. Es war längst nach zwölf.

Seufzend legte er das Handy beiseite und nahm stattdessen das kleine gerahmte Bild zur Hand, dass Lilou ihm zum Abschied geschenkt hatte. Es zeigte das ebenmäßige Gesicht einer südländischen Schönheit mit tiefdunklen Augen und rabenschwarzem Haar. Der Blick forsch und willensstark, gleichzeitig anmutig und verführerisch. Während er das Foto betrachtete, wurde ihm wieder einmal klar, warum er sich in diese Frau verliebt hatte – und dass er sie in Momenten wie diesem sehr vermisste.

Zu Beginn seiner Zeit im Elsass war es noch schlimmer und Lilous Abwesenheit unerträglich gewesen. Wie eine klaffende Wunde. Später hatte der Schmerz etwas nachgelassen, aber nur deshalb, weil er sich an seine neue Situation und die einsamen Nächte gewöhnte. Nicht jedoch, weil seine Gefühle für sie nachließen. Zumindest versuchte er, es sich einzureden.

Mit dem Bild im Arm war er eingeschlafen und schlummerte noch immer, als sein Telefon zu surren begann. Jules ignorierte die Störung mitten in der Nacht, so lange er konnte. Erst als der Vibrationsalarm sein Handy über die Kante des Nachtisches tanzen und auf die Bodendielen fallen ließ, schreckte er auf.

»Ja, was gibt's?«, meldete er sich und rieb sich die Augen. In seinem Zimmer war es stockdunkel. Wie spät mochte es bloß sein?

»Major? Hier spricht Adjutant Lautner«, meldete sich sein Mitarbeiter, der sehr aufgeregt wirkte. »Sie müssen unbedingt kommen! Sofort!«

Jules, der sich kaum aus seinen Träumen gelöst hatte, war nicht imstande, ihm geistig zu folgen. »Warum? Und wohin?«, fragte er, während er sich aus dem Laken schälte.

»Er hat wieder zugeschlagen!«, schepperte Lautners Stimme durch den Apparat.

Durch das halb geöffnete Fenster nahm Jules die aufheulenden Sirenen wahr. »Wo brennt es diesmal?«, fragte er und knipste das Licht an. Mit dem Handy unterm Kinn zog er sich seine Hose über.

»In der Stadt!« Lautner klang panisch. »Mitten in der Stadt!«

Schlagartig war Jules hellwach. Bisher hatte der Feuerteufel ausschließlich im Umland gezündelt. Er hatte abgelegene Orte bevorzugt. Orte, an denen er vor Zeugen sicher sein konnte. Nun hatte er die Methode geändert, war mutiger geworden. Traute sich bis in die Altstadt hinein. Jules bekam eine Gänsehaut bei dem Gedanken daran, was das bedeutete.

»Wo genau hat er das Feuer gelegt?«, fragte er,

schlüpfte in seine Schuhe und nahm die Jacke vom Haken.

»Rue Lipsheim«, lautete die Antwort. »In Sichtweite der Kirche.«

Jules hatte das Straßenbild sofort vor Augen: jahrhundertealte Gebäude, großenteils Fachwerk, enge Bebauung. Wenn Claudes Truppe nicht ihr Bestes gab, könnte diese Nacht in einer Katastrophe enden.

Jules rannte aus dem Zimmer. Im Treppenhaus begegnete er Clotilde. Schlaftrunken taumelte sie ihm in einem überweiten Nachthemd entgegen.

»Was ist passiert?«, erkundigte sie sich.

Jules schob sie beiseite. Während er weitereilte, gab er ihr die knappe Auskunft: »Feuer!«

Kaum war er auf der Straße, stieg ihm Brandgeruch in die Nase. Jules spurtete die Rue de Strasbourg entlang. Die für Rebenheimer Verhältnisse breite Einkaufsstraße lag wie ausgestorben vor ihm. Die Geschäfte waren geschlossen, die Wohnungen darüber dunkel. Lediglich durch das Schaufenster einer *boulangerie* schimmerte Licht. Jetzt, um kurz nach vier, wurden in der Backstube die ersten Baguettes in die Öfen geschoben.

Jules bog in die ebenfalls menschenleere Rue du Ruisseau à truites ein, durch die schwefelgelbe Schwaden zogen. Rußflocken stoben durch die Luft. Je näher er dem Ziel kam, desto deutlicher hörte er das charakteristische Knistern und Knacken. Am Himmel zeichnete sich die Korona des Feuers ab.

Als er um die Ecke lief, konnte er das ganze Ausmaß der Katastrophe erkennen. Einer der wunderschönen Fachwerkbauten war in Flammen aufgegangen. Es handelte sich um ein schmales, zweistöckiges Gebäude, das sicherlich schon einige Jahrhunderte auf dem Buckel hatte. Die Flammen schlugen aus den gesplitterten Fenstern des oberen Geschosses und aus dem Dach.

Im Gegensatz zum verschlafenen Rest der Stadt bot die Rue Lipsheim ein Bild emsiger Betriebsamkeit. Die Fahrzeuge aus Claudes Löschzug standen kreuz und quer auf dem Kopfsteinpflaster, von dem das Feuer widerschien. Dazwischen schlängelten sich armdicke Schläuche. Schnell und doch geordnet positionierten sich die Feuerwehrleute vor der Front des brennenden Hauses. Dabei konzentrierte sich die Hälfte von ihnen darauf, ihre Wasserfontänen auf die dicht stehenden Nachbarhäuser zu richten und deren Außenwände zu kühlen. Die anderen Männer hielten direkt auf die Flammen.

Jules versuchte, Claude ausfindig zu machen. Was nicht einfach war, da die Uniformen ähnlich aussahen und alle Männer die gleichen, silbern glänzenden Helme trugen. Die Aufschrift *»chef de service«* auf Claudes Rücken half Jules bei der Suche. Er fing ihn ab und rief ihm zu: »Ist noch jemand im Haus?«

Claude zeigte auf zwei seiner Männer, die sich mit einer Axt an der Eingangstür zu schaffen machten. Beide trugen Atemmasken und Sauerstoffflaschen. »Das wissen wir nicht!«, schrie der Zugführer gegen den Lärm des krachenden Holzes und des unter Hochdruck rauschenden Löschwassers an. »Meine Jungs gehen jetzt rein!«

Keine gute Nachricht, dachte Jules. Der Brand hatte sich bereits so weit ausgebreitet, dass zumindest im Obergeschoss kaum jemand überlebt haben dürfte.

Aber manchmal geschahen ja Wunder und man rettete ein eingeschüchtertes Kind oder einen hilflosen Rentner in letzter Sekunde. Jules war wild entschlossen, es den Männern der *Brigade des sapeurs-pompiers* gleichzutun und ins Haus vorzudringen. Doch ohne Schutzkleidung und bar jeder Erfahrung in Brandbekämpfung wäre das der reine Wahnsinn. Er durfte sich kein zweites Mal einer solchen Gefahr aussetzen, wie er es leichtfertigerweise bei der Rettung von Ziegenbock Hugo getan hatte.

Voller innerer Unruhe beobachtete er, wie die Feuerwehrmänner in das Gebäude eindrangen. Sie arbeiteten sich vorsichtig durch den Flur und waren bald vom dichten Rauch verschluckt.

»Weißt du, wer in dem Haus lebt?«, rief Jules Claude zu. Als alteingesessener Rebenheimer müsste Claude nahezu jeden Bewohner der Kernstadt kennen.

Tatsächlich zeigte sich der Feuerwehrchef gut informiert. »Das Gebäude steht leer. Schon lange. Der Besitzer ist tot. Die Erben kümmern sich nicht. Es war ganz schön heruntergekommen. Aber vor Kurzem soll ein neuer Mieter eingezogen sein. Ein junger Mann, Paul Diebold heißt er.«

Plötzlich gab es einen ohrenbetäubenden Knall. Gleißende Flammen schossen aus den oberen Fenstern. Gleich darauf kamen die beiden Feuerwehrmänner wieder aus dem Haus gelaufen. So schnell es ihre klobigen Stiefel zuließen, suchten sie Schutz hinter einem der Gerätewagen.

»Merde!«, fluchte Claude. »Eine Verpuffung! Ich kann es nicht verantworten, noch jemanden hineinzuschicken, solange wir den Brand nicht unter Kontrolle haben.«

Mit einem weiteren lauten Krachen brach der Dachbalken. Ziegel lösten sich dutzendfach und fielen auf die Straße. Dort zerbrachen sie und überzogen das Pflaster mit Splittern.

In die Geräusche des Feuers und die Kommandorufe der Feuerwehrmänner mischte sich das Heulen von Signalhörnern. Das musste die Verstärkung sein, folgerte Jules. Mit bangem Blick auf die wütenden Flammen hoffte er, dass die Feuerwehren der Nachbarorte ihren Rebenheimer Kollegen dabei helfen konnten, ein Übergreifen des Feuers zu vermeiden. Ansonsten läge die Altstadt bis zum Mittag in Schutt und Asche.

LE TROISIÈME JOUR

DER DRITTE TAG

Selbst eine heiße Dusche mit sehr viel Seifenschaum konnte den Brandgeruch nicht von seiner Haut waschen. Als Jules am späten Vormittag die *auberge* verließ, in die er sich für ein Nickerchen und zum Frischmachen zurückgezogen hatte, fühlte er sich wie gerädert. Das mochte an der kurzen Nacht liegen, mehr aber noch daran, dass er es sich zum Vorwurf machte, nicht doch in das brennende Haus gegangen zu sein. Zwar hatte das Feuer mithilfe der Unterstützung aus Ribeauvillé erfolgreich bekämpft werden können. Doch inzwischen stand fest: Die Flammen hatten ein Todesopfer gefordert.

Nach einem schnellen Frühstück unterwegs, das sich ganz gegen seine Gewohnheit auf ein Croissant und einen *café au lait* im Plastikbecher beschränkte, hatte es Jules eilig, ins Corps de Garde zu gelangen. Dort warteten nicht nur Charlotte Regnier und Adjutant Lautner auf ihn, auch der schrankgroße Claude und der Zugführer aus Ribeauvillé standen in der Wachstube. Letztere waren noch in voller Montur, die Gesichter geschwärzt wie die von Bergleuten.

»Wann können wir zu der Leiche?«, kam Jules gleich auf den Punkt. Allerdings nicht bevor Lautner ihn darauf aufmerksam gemacht hatte, dass Samstag sei und er sehr darauf hoffe, die heute anfallenden Überstunden bei nächster Gelegenheit abfeiern zu dürfen. »Also? Wann kann der Tote untersucht werden?«

»Das muss die Brandwache entscheiden. Aber es dauert mit Sicherheit einige Stunden, bis das obere Stockwerk ausgekühlt ist. Vorher hat es gar keinen Zweck.«

»Der Unfallarzt trifft um zwölf ein«, gab Jules bekannt. »Madame Laffargue wird natürlich auch dabei sein, wenn wir uns den Tatort ansehen. Wir haben vorhin miteinander telefoniert.«

Charlotte Regnier und Alain Lautner wechselten einen vielsagenden Blick, als Jules Joannas Namen aussprach, doch der versuchte, diesen zu ignorieren.

»Gut, ich werde meinen Leuten Bescheid geben«, sagte Claude. »Sie werden versuchen, es früher möglich zu machen.«

Jules schielte auf seine Armbanduhr. Ihm ging das alles trotzdem nicht schnell genug. Immerhin hatte er inzwischen klären können, dass für das zerstörte Gebäude tatsächlich ein gewisser Paul Diebold als Mieter gemeldet war. Laut Melderegister handelte es sich um einen siebenundzwanzigjährigen Kellner. Unverheiratet, keine Kinder. Doch ob sich der verkohlte Leichnam wirklich Diebold zuordnen ließ, konnte mit letzter Sicherheit erst in der Rechtsmedizin festgestellt werden. Vorerst war Jules auf Vermutungen angewiesen.

Immerhin sorgte Gendarm Kieffer für ein wenig mehr Sicherheit, als er mit einem Notizblock in der Hand aus dem Nebenzimmer kam. »Ich habe mit dem Chefkoch vom Restaurant *À la charrue* telefoniert«, ließ er die Runde wissen. »Das beste Spargellokal weit und breit.«

»Der Spargel ist mir im Moment gleichgültig, Kieffer. Kommen Sie bitte auf den Punkt«, ermahnte ihn Jules.

»René – so heißt der Koch – hat bestätigt, dass Paul Diebold heute nicht zum Dienst erschienen ist. Er hätte heute Frühschicht gehabt und längst dort sein müssen. René hat sich schon gefragt, wo er bleibt.«

»Das ist ein Hinweis darauf, dass wir richtigliegen. Der Tote ist sehr wahrscheinlich Paul Diebold«, sah sich Jules bestätigt. »Hat dieser René noch mehr gesagt?«

Ein Lächeln schlich sich in das Gesicht des Gendarmen. »Ja! Dass er sich freuen würde, uns mal wieder zum Spargelessen begrüßen zu dürfen. Wir bekommen sogar einen Sonderpreis.«

Jules war einen Moment lang sprachlos. Er ignorierte Kieffer und wandte sich wieder Claude zu. »Du hast heute Nacht gesagt, dass das Haus eine Weile leer stand.«

»Richtig«, bestätigte dieser. »Diebold ist wohl erst vor ein paar Wochen dort eingezogen. Hältst du das für wichtig?«

»Gegenfrage: Seid ihr auf Hinweise gestoßen, die auf unseren Feuerteufel hindeuten?«

»Ja, das sind wir. Es kam der gleiche Brandbeschleuniger zum Einsatz wie bei den anderen Malen. Meine Jungs haben Benzinspuren entdeckt. Und mehr noch: Im Treppenhaus lag ein verschmorter Kanister. Der Brandstifter muss ihn im Eifer des Gefechts verloren haben. Oder aber er gibt sich gar nicht erst die Mühe, ihn zu entsorgen, weil er genau weiß, dass das Feuer jeden Fingerabdruck und sonstige Spuren vernichtet.«

Jules zog die Stirn in Falten. »Bisher hatte sich der Brandstifter auf Scheunen oder Schuppen beschränkt, aber keine bewohnten Gebäude angezündet.«

»Und was ist mit Hugo?«, warf Lautner ein.

»Den Ziegenbock klammern wir mal aus«, bestimmte Jules. »Wenn wir davon ausgehen, dass es dem Pyromanen bloß ums Feuermachen geht und er Personenschäden vermeiden will …«

»… dann dachte er vielleicht, dass das Haus in der Rue Lipsheim noch immer leer stand«, griff Claude den Gedanken auf.

»Richtig«, bekräftigte Jules. »Unter Umständen haben wir es mit einem tragischen Versehen zu tun. Der Feuerteufel wurde zum Mörder wider Willen.«

»Das macht die Sache für das Opfer nicht besser«, sagte eine forsche Stimme von hinten. Joanna Laffargue war eingetroffen. Sofort drehten sich alle nach ihr um.

Die Untersuchungsrichterin trug eine weiße figurbetonte Bluse, die sie mit einer engen Jeans und einem schwarzen Blazer kombinierte. Ihre blonden Haare tanzten über ihren Nacken.

»*Bonjour*, Joanna.« Jules ging auf sie zu und begrüßte sie mit einer *bise*: Küsschen links und Küsschen rechts. »So zeitig habe ich gar nicht mir dir gerechnet.«

»Bei einem potenziellen Mord kann man nicht früh genug mit den Ermittlungen beginnen, oder?«, fragte sie ein wenig spitz. Trotz ihrer zierlichen Figur dominierte sie die Runde. »Ich komme direkt vom Präfekten. Monsieur Jouffroy hat mir unmissverständlich zu verstehen gegeben, dass er schnelle Ergebnisse erwartet. Ein Brandstifter, der auf dem Land ein paar Heuschober ansteckt, ist die eine Sache. Etwas ganz anderes ist es, wenn er mitten in einer Touristenhochburg zuschlägt. Der Täter gehört hinter Schloss und Riegel, und zwar bevor die Saison an der Weinstraße richtig losgeht.«

»Sind das die Worte von Francis Jouffroy?«, fragte Jules und hatte den elitär auftretenden, grau melierten Präfekten, dessen Hemden über seinem beachtlichen Bauch spannten, bildlich vor sich.

»Ganz genau«, bestätigte Joanna, die Jouffroy zwar nicht direkt unterstand, aber gut daran tat, seinem Willen zu folgen.

»Und über den Toten hat er nicht geredet?«, wollte Jules wissen.

»Doch, natürlich.«

»Schließlich schadet auch eine verkohlte Leiche dem Fremdenverkehr, richtig?«

Der Brigadechef aus Ribeauvillé musste lachen, was Joanna mit einem bösen Blick quittierte.

»Meine Herren, wir wissen alle, was zu tun ist«, sagte sie resolut und klatschte in die Hände. »Lassen Sie uns keine Zeit verlieren!«

Über dem Haus an der Rue Lipsheim oder vielmehr über dem, was davon übrig geblieben war, schwebten graue Schleier. Das Löschwasser dampfte über den ausgebrannten Balken und aus aufgeplatzten Steinen. In der Gasse stank es furchtbar.

Jetzt, bei Tag, wurde das ganze Ausmaß der Zerstörung deutlich. Der Dachstuhl des schmalen Gebäudes war zusammengebrochen und hatte fast die ganze obere Etage unter sich begraben. Nur ein kleiner Teil im vorderen Bereich war nicht mit Trümmern übersät. »Der Brand hat nicht viel übrig gelassen. Das sieht schlimm aus.«

»Ja, das tut es immer, wenn ein solches Haus Feuer fängt«, pflichtete Claude Jules bei und erklärte dies mit der Bauweise. »Bei den für unsere Region typischen *maisons à colombages* sind nur die Fundamente gemauert. Darauf stehen Pfosten und Balken, die das Rahmenwerk bilden. Die Zwischenräume – man nennt sie auch Fächer – sind mit einem Gemisch aus Stroh und Lehm gefüllt, das im Laufe der Zeit immer mehr austrocknet. Gebäude wie dieses, das aus dem siebzehnten, vielleicht sogar aus dem sechzehnten Jahrhundert stammt, sind ein gefundenes Fressen für ein Feuer.«

Immerhin waren wenigstens die Nachbarhäuser nahezu unversehrt davongekommen, stellte Jules fest. Das Feuer hatte lediglich Rußstreifen auf den bunten Fassaden hinterlassen und die Geranien auf den Fensterbänken versengt.

Rings um die Brandruine waren inzwischen Absperrbänder angebracht worden, hinter denen sich Neugierige drängten. Darunter viele bekannte Gesichter aus dem Ort, Pensionisten und Veteranen ebenso wie Hausfrauen aus der Nachbarschaft, Ladenbesitzer und Schulkinder. Einer hatte sich über die Polizeiabsperrung hinweggesetzt und stellte sich mit seinem Fotoapparat dreist vor die Trümmer, in denen noch immer die Leiche lag. Jules erkannte ihn schon von Weitem, denn nicht nur die Kamera um seinen Hals war typisch für ihn, sondern auch die Kleidung im Stil der Siebzigerjahre sowie seine übertrieben langen Koteletten, die ebenso dieser Zeit huldigten.

»Monsieur Le Claire«, sprach Jules den schlaksigen

Lokalreporter an. »Ihnen ist sicherlich bewusst, dass selbst für Journalisten gewisse Regeln gelten.«

Le Claire, dessen Brille im krausen Haar steckte, sah ihn wenig beeindruckt an. »Noch leben wir in einem freien Land, Major. Die Presse hat ein Recht auf Informationen.«

»Aber nicht auf unappetitliche Fotos«, widersprach Jules mit Blick auf den abgedeckten Toten. Er schob den Reporter mit sanftem Druck zurück in Richtung Absperrband.

»Trifft es zu, dass es sich bei dem Opfer um Paul Diebold handelt?«, fragte Le Claire unbeeindruckt.

Jules wiegelte ihn ab. »Sobald wir die Identität des Toten festgestellt haben, wird es eine Presseinformation dazu geben.«

»Es ist allgemein bekannt, dass Diebold in dem Haus gewohnt hat. Und er hat sich heute nicht an seinem Arbeitsplatz blicken lassen.«

Verdammt, dachte Jules, die Presse wusste genauso viel wie die Polizei. »Geben Sie es auf, Vincent«, sagte er mit aufgesetztem Lächeln. »Ich werde mich an keinerlei Spekulationen beteiligen.« Er hob das Flatterband an, damit Le Claire sich darunter hinwegducken konnte.

Doch der blieb stehen. »Auf ein Wort, Major, Sie wissen genauso gut wie ich, dass Paul Diebold tot in diesem Haus liegt. Seine Bekannten denken genauso darüber.«

»Bekannten?« Jules stutzte. War der Reporter ihm etwa sogar einen Schritt voraus?

»Ja, es gibt zwei enge Freunde, mit denen Diebold sich regelmäßig in einer Bar in der Neustadt getroffen hat. Bestimmt auch gestern Abend.«

»Woher …«, setzte Jules an.

»Woher ich das weiß?« Le Claire lächelte überlegen. »Fragen Sie lieber, wie die beiden heißen. Vielleicht verrate ich Ihnen ja sogar die Namen.«

Nun hatte Jules genug. Er fasste den Reporter am Kragen und zischte: »Treiben Sie es nicht zu weit, Le Claire. Wie Ihnen mittlerweile bekannt sein dürfte, hat meine Geduld Grenzen.«

Angesichts der Drohung verlor der Journalist an Selbstsicherheit. »Sie wollen die Namen? *Voilà*, die beiden heißen Mathé Pegeraro und Étienne Kern.« Jules hielt den Journalisten weiter fest, woraufhin dieser ergänzte: »Pegeraro hilft beim Campingplatz aus, und Kern arbeitet als Mechaniker bei einer Kfz-Werkstatt.«

»Die Peugeot-Werkstatt?«, fragte Jules, denn er kannte in Rebenheim nur diese eine.

»Ja«, antwortete Le Claire und war heilfroh, als ihn Jules losließ.

»Haben Sie die beiden interviewt?«

»Nein, nicht heute Morgen.«

»Dann lassen Sie es auch heute Nachmittag bleiben«, bestimmte Jules. »Ich werde mit ihnen reden.«

»Aber, Major Gabin, Sie können nicht einfach …«

»Doch, ich kann.« Jules gab dem Reporter einen Klaps auf die Schulter. »Danke für Ihre Unterstützung.«

Der Unfallarzt, ein behäbig wirkender Endfünfziger aus Colmar, traf kurz darauf an der Seite von Joanna ein. Dr. Wollenburger, der eine äußere Ähnlichkeit zum Filmkomiker Louis de Funès aufwies, aber dessen Spritzigkeit vermissen ließ, grüßte knapp und wollte sich sogleich um die Untersuchung des Opfers kümmern, während Joanna einen Mitarbeiter der Spurensicherung beiseitenahm.

Jules gesellte sich zu ihnen, um das Gespräch zu verfolgen.

»Etwas Brauchbares gefunden?«, fragte Joanna. »Fingerabdrücke, Fasern?«

Der Mann im weißen Overall schüttelte den Kopf. »Alles in Rauch aufgegangen. Nach einem solchen Inferno haben wir ganz schlechte Karten.«

Joanna schnaufte enttäuscht. »Wirklich gar nichts, das auf den Täter hinweist?«

Der Spurensicherer überlegte. »Es gibt den Benzinkanister, den die Männer von der Feuerwehr gefunden haben.«

»Ja, das wissen wir. Aber der war genauso der Hitze ausgesetzt. Dass man darauf DNA-Spuren entdecken wird, ist höchst unwahrscheinlich.«

Der Mann im Overall nickte bedauernd. Dann klärte sich seine Miene auf und er sagte: »Vielleicht ist das ja eine Spur.« Er zog ein Zellophantütchen hervor, in dem ein schwarzer Stofffetzen steckte. »Den haben wir von einem hervorstehenden Nagel im Treppenhaus abgenommen. Diese Textilprobe kann alt sein und von einem Bewohner oder Besucher stammen, dann hilft sie uns nicht weiter. Möglicherweise ist es aber ein Stück vom Ärmel des Brandstifters, das sich am Nagel verfangen hat.« Er hielt den Beutel gegen das Licht der Mittagssonne. »Es könnten Hautschuppen und Haare daran haften.«

»Bleiben Sie dran«, wies ihn Joanna an und nahm damit Jules die Worte aus dem Mund.

Gemeinsam wagten sie sich die kümmerlichen Reste einer Treppe hinauf, kritisch beäugt von Claudes Männern. Über verkohlte Dielen gelangten sie zum schwer zugänglichen Fundort der Leiche. Dort lagen – von einer Plane gnädig bedeckt – die auf Kindesgröße geschrumpften Überreste eines Menschen. Unter ihm ein Bett, von dem nur noch das rostrote Bettgestell und die Sprungfedern der Matratze übrig waren. Ein bizarres, verstörendes Bild, wie Jules empfand.

Dr. Wollenburger hatte sich bereits eingerichtet, neben ihm stand sein aufgeklappter Arztkoffer. Wollenburger schlug die Plane zurück und machte sich mit Wattestäbchen und Pinzette an dem Leichnam zu schaffen. Damit nahm er einen Teil der Arbeit vorweg, die später die Gerichtsmedizin erledigen sollte, dachte Jules. Aber er hatte nichts dagegen einzuwenden, denn auf diese Weise erfuhr er vielleicht früher etwas über die Todesursache.

»Können Sie uns schon etwas sagen, Docteur?«, erkundigte er sich und vermied es, in Richtung des Doktors zu sehen. Als Polizist mit immerhin fünfzehn Jahren Berufserfahrung war er zwar hartgesotten, aber den Anblick des Toten, von den Flammen entstellt, wollte er sich nicht zumuten.

»Sie meinen, ob wirklich das Feuer die Todesursache war? Ja, Major, zumindest habe ich nichts entdecken können, was auf eine andere Todesursache hinweist. Eine verbindliche Äußerung ist natürlich erst durch die Obduktion möglich.«

»Also ist er an seinen schweren Verbrennungen gestorben«, rekapitulierte Joanna.

Wollenburger erhob sich und streifte seine Latexhandschuhe ab. »Nein, am Erstickungstod. Der Geruchssinn ist im Schlaf abgeschaltet, darum wacht man nicht auf, wenn es brennt. Die meisten Opfer von Bränden kommen durch Rauchvergiftung um, nicht durch das Feuer selbst. Ein Rauchmelder hätte ihm womöglich das Leben retten können.«

Jules sah sich in dem ausgebrannten Schlafzimmer um. »Ich werde feststellen lassen, ob einer vorhanden war.«

»Viel Spaß dabei«, meinte Dr. Wollenburger und nahm seinen Koffer auf. »Bei dem ganzen geschmolzenen Zeug, das hier herumliegt, werden Ihre Jungs eine Menge zu tun haben, um das Gerät zu finden.« Er nickte ihnen zum Abschied zu.

»Einen Augenblick, Docteur«, hielt Jules ihn auf. »Wir wissen immer noch nicht definitiv, ob es sich bei dem Toten um Paul Diebold handelt.«

»Ich werde mich mit Diebolds Zahnarzt in Verbindung setzen. Das Gebiss der Leiche ist trotz der Hitzeeinwirkung gut erhalten, sodass uns ein Abgleich schnell Klarheit verschafft. Zusätzlich gebe ich einen DNA-Test in Auftrag«, sagte Wollenburger, als er schon auf der Treppe stand. »War's das? Ich muss nämlich weiter.«

»Zur nächsten Leiche?«, rief Joanna ihm nach.

»Nein, nach Hause zu meiner Frau. Das Essen steht bei uns pünktlich auf dem Tisch.«

Joanna und Jules sahen sich an. Beide fanden den Spruch des Doktors deplatziert und – dem Toten so nahe – pietätlos. Trotzdem mussten sie schmunzeln, während sie Wollenburger hinterhergingen.

Auf der steinernen Schwelle der eingeschlagenen Haustür stand Lautner. Jules fiel sein zufriedener Gesichtsausdruck auf.

»Haben Sie etwas entdeckt?«

»Ja, Major«, sagte der Adjutant mit stolz geschwellter Brust. »Ich habe mich in der Nachbarschaft umgehört. Zwar schliefen die Anwohner, als das Feuer ausbrach, und so etwas wie Überwachungskameras gibt es hier natürlich nicht. Zumindest keine offiziellen, wie man sie von den großen Plätzen in Strasbourg kennt.«

»Auf was sind Sie sonst gestoßen?«

Lautner zeigte auf ein Haus schräg gegenüber. Ebenfalls ein Fachwerkbau, in kräftigem Kobaltblau gestrichen. Die hölzernen Fensterläden waren geschlossen, bis auf einen im zweiten Stock. »Dort wohnt Monsieur Fumer«, erklärte Lautner. »Er hat diese Wohnung mit Bedacht gewählt. Wegen des Ausblicks.«

Jules sah sich um, betrachtete den Straßenzug rund um das niedergebrannte Gebäude und wurde zwei Häuser weiter fündig: Hoch oben auf dem Kamin eines lindgrünen Altbaus thronte ein ausladendes Nest.

»Ein Vogelfreund?«, tippte Jules.

Lautner nickte eifrig. »Jacques Fumer ist Hobbyornithologe. Er beobachtet das Storchenpaar, das vis-à-vis brütet, und dokumentiert akribisch alles, was die Vögel veranstalten. Weil er aber nicht rund um die Uhr am Fenster stehen kann, hat er einen Fotoapparat aufgestellt und so programmiert, dass er jede Minute ein Bild macht.«

»Nicht schlecht«, sagte Jules. »Aber wenn auf den Fotos nur dieses Nest zu sehen ist, hilft uns das nicht weiter.«

Lautner behielt seine Gutwettermiene bei. »Fumer

legt Wert darauf, das Anflugverhalten zu verfolgen. Es kommt vor, dass ein Storch zunächst auf dem Nachbardach landet, manchmal gehen die Vögel sogar auf der Straße nieder. Fumer meint, dass sie auf diese Weise ihr Revier inspizieren.«

»Mit anderen Worten, dieser Vogelfreund hat seinen Zoom aufgedreht, wodurch der ganze Straßenzug abgebildet wird?« Jules klopfte seinem Adjutanten auf die Schulter. »Kommen Sie, Lautner. Hören wir uns an, was Monsieur Fumer zu sagen hat.«

Joanna wollte sich inzwischen bei der Spurensicherung nach neuen Erkenntnissen erkundigen und ließ sie ziehen.

Der Freizeitornithologe, ein gedrungener Gnom mit fortgeschrittener Stirnglatze, erwartete sie bereits. Er führte die Gendarmen durch eine überladene Wohnung, die seine Vorliebe für elsässische Töpferkunst verriet. Oder die seiner Frau, dachte Jules, doch Madame Fumer war nicht zugegen.

Fumer zeigte ihnen seine Kamera, die er auf einem Stativ direkt vor das Fenster mit den geöffneten Läden gestellt hatte. Das Objektiv war leicht nach unten geneigt. Jules schaute durch den Sucher und stellte erleichtert fest, dass Lautner nicht zu viel versprochen hatte. Die Rue Lipsheim wurde inklusive der rauchenden Ruine abgebildet.

»Haben Sie die Fotos von letzter Nacht schon auf Ihren Computer übertragen, sodass wir sie uns ansehen können?«, fragte er Fumer.

Dieser führte sie zu einer Arbeitsnische im gleichen Zimmer, in der sich Dutzende Bücher stapelten. Durchweg Fachliteratur über Vogelkunde.

Während Fumer ein verschrammtes Notebook aufklappte und hochfuhr, gab er sich besorgt. »Éva und Éthan sind noch nicht zurückgekehrt.«

»Wer?«, fragte Jules.

»Das Storchenpaar von nebenan«, wusste Lautner. »Monsieur Fumer befürchtet, dass die beiden durch den Brand und den Aufruhr danach vertrieben worden sind.«

»Gerade jetzt, in der Brutzeit, wäre das fatal«, unterstrich Fumer seine Befürchtungen.

Jules, der einen gehörigen Respekt vor Störchen hatte und die großen Viecher nicht besonders mochte, ging über Fumers Nöte hinweg und blickte ungeduldig auf den Rechner. Offenbar ein altes Modell, denn er brauchte lange, um betriebsbereit zu sein.

»Es kommt auf jedes Storchenpaar an«, redete Fumer weiter. »Wir können es uns nicht leisten, auch nur eines aufzugeben.«

»Warum? Hier gibt es doch genügend von diesen Vögeln«, sagte Jules leichtfertigerweise.

Dafür fing er sich strafende Blicke sowohl von Fumer wie auch von Lautner ein.

»Aber, Chef, wissen Sie denn nicht, dass Störche im Elsass vom Aussterben bedroht waren?«, fragte der Adjutant.

»Vor vierzig Jahren war der Weißstorch nahezu vollständig von der Bildfläche verschwunden«, ereiferte sich Fumer. »Mitte der Siebzigerjahre gab es noch ganze neun Brutpaare bei uns, während es ein Jahrhundert davor weit über zweitausend gewesen sein sollen.«

»Woran lag's?«, erkundigte sich Jules der Höflichkeit halber.

»Hauptsächlich an der Zerstörung ihrer natürlichen Lebensräume«, erklärte Fumer. »Durch die moderne Landwirtschaft und Flurbereinigung wurden viele Feuchtbiotope vernichtet – die Störche fanden nicht mehr ausreichend Nahrung.«

»Nun sind sie ja wieder da. Was macht man denn heute besser?«

»Heute herrscht Gott sei Dank ein anderes Bewusstsein, es gibt Renaturierungen und wir haben unsere Storchenparks.«

Jules hob verwundert die Brauen. »Was soll ich mir darunter vorstellen?«

»Eine original Elsässer Idee! Um die Population zu vergrößern, wurden Vögel aus Nordafrika importiert. In Gehegen vermehrten sie sich, die Jungtiere wurden erst nach drei Jahren freigelassen. Durch diesen Gewöhnungseffekt haben viele von ihnen ihren Wandertrieb verloren und bei uns ihre neue Heimat gefunden. Die letzte Vogelzählung kam auf fünfhundert Paare.«

»Ich drücke die Daumen, dass auch Éva und Éthan zurückkehren«, sagte Jules und war erleichtert darüber, dass das betagte Notebook mittlerweile hochgefahren war. »Zeigen Sie uns bitte die Aufnahmen der letzten zwölf Stunden, Monsieur Fumer.«

»Also ab Mitternacht?«

»Richtig. Damit müssten wir die fragliche Zeit gut abdecken«, bestätigte Jules und konzentrierte sich auf den Bildschirm.

Es dauerte abermals einige Zeit, bis Fumer seine Aufnahmen so weit sortiert hatte, dass er sie in der richtigen Reihenfolge abspielen lassen konnte. »Es sind sechzig Bilder je Stunde«, erklärte er. »Ich gebe sie im

Zeitraffer wieder. So können Sie beobachten, was sich in diesem Zeitraum getan hat, einverstanden?«

»Machen Sie es so«, stimmte Jules zu. »Ich sage Halt, wenn mich etwas interessiert.«

Die ersten Fotos zeigten die nächtliche Rue Lipsheim, wobei die Straße durch die Laternen recht gut beleuchtet war. Auch das Storchennest konnte man gut sehen, da es im Lichtkegel der Scheinwerfer lag, mit denen die Kirche Notre-Dame des Trois Épis angestrahlt wurde. Das gefiederte Paar war zur Nachtruhe dicht aneinandergerückt, die roten Schnäbel ragten über den Rand des Nestes hinweg. Hinter einigen wenigen Fenstern brannte noch Licht. Hin und wieder tauchten die verschwommenen Umrisse vorbeifahrender Autos auf, zuletzt tat sich gar nichts mehr.

Bei den Fotos der nächsten Stunde entfiel die zweite Lichtquelle, denn nach eins sparte sich die Stadt das Geld für die Beleuchtung ihrer historischen Prachtbauten. Jules richtete seine Aufmerksamkeit nun ganz auf die Straße. Zwar lag auch sie über weite Teile im Dunkeln, da lediglich die Laternen an den Kreuzungen durchgehend brannten. Jedoch reichte es für die grobe Orientierung.

Eine Aufnahme glich der nächsten, und Jules musste sich bemühen, beim Hinsehen nicht nachlässig zu werden. Die Bilder lösten sich im Sekundentakt ab, ohne dass sich etwas tat, als Jules plötzlich »*Arrête*!« rief.

Fumer ließ die Fotoschau einfrieren. Jules tippte auf den Monitor des Laptops. Bei der Aufnahme, die um ein Uhr dreiunddreißig erstellt worden war, konnte man ein eng umschlungenes Liebespaar am Bildrand erkennen.

»Harmlos«, befand Jules und wies Fumer an fortzufahren.

Auf den Fotos der dritten Stunde, die nach zwei Uhr entstanden waren, blieb die Straße leer. Längst war auch das letzte Licht in den Häusern erloschen. Lautner gähnte herzhaft, und auch Jules fiel es schwer, seine Konzentration aufrechtzuerhalten. Er rieb sich die Augen und hätte es daher um ein Haar übersehen.

»Zurück!«, rief er. »Die letzte Aufnahme noch einmal!«

Fumer gehorchte und holte das vorherige Foto wieder auf den Bildschirm. Die Aufnahme, die Jules' Aufmerksamkeit erregt hatte, war um kurz nach halb vier entstanden. Jules meinte, einen Schatten darauf erkannt zu haben. Und tatsächlich: Da war eine dunkle Fläche auf dem Trottoir zu sehen. Durch die Bewegungsunschärfe wurde das Objekt allerdings nur als verwaschener Umriss dargestellt.

»Diese Aufnahme bitte extra abspeichern«, sagte Jules und ließ die Fotoschau erneut starten. Die folgenden zwanzig Bilder blieben unspektakulär und monoton.

Erst das Foto, das um zwei Minuten vor vier entstanden war, fiel aus dem Rahmen. Das Dunkel der Nacht wurde von einem aufkeimenden Flackern durchbrochen. Von Bild zu Bild veränderte sich die Lage dramatisch. In weniger als zehn Minuten machte das gleißende Licht des Feuers die Nacht zum Tag. Aus dem Dachstuhl von Paul Diebolds Haus schlugen meterhohe Flammen. Das Storchennest war leer.

»Wow!«, stieß Lautner beeindruckt aus. »Da haben Sie ja genau die richtigen Momente erwischt, Monsieur

Fumer! Für diese Fotos zahlt ihnen Vincent Le Claire glatt einen Hunderter.«

Fumer freute sich über das Lob und nickte begeistert.

»Niemand wird für die Aufnahmen zahlen«, ging Jules dazwischen. »Ihre Bilder sind beschlagnahmt, Monsieur Fumer. Bitte ziehen Sie sie mir auf einen Stick.« Er drehte sich nach seinem Adjutanten um und raunte ihm zu: »Die Fotos mit den Flammen mögen spektakulär sein, helfen uns aber nicht weiter. Sie beinhalten keine Aussage über die Brandursache. Wir haben also nichts gewonnen. Das heißt…« Jules wandte sich wieder dem Ornithologen zu. »Zeigen Sie mir bitte noch einmal die Aufnahme, die zwanzig Minuten vor dem Ausbruch des Feuers gemacht wurde.«

»Die, die ich für Sie speichern sollte?«

»Ja.«

»*Alors*, hier ist sie.«

Jules deutete auf den unscharfen Schatten im unteren Teil des Bildes. »Was könnte das sein?«

»Keine Ahnung«, sagte Lautner und beugte sich über das Notebook. »Ist nicht zu erkennen.«

»Ich weiß es auch nicht«, schloss sich Fumer an. »Ist leider extrem unscharf.«

»Dann klicken Sie bitte zurück bis zu dem Bild mit dem Liebespaar«, ordnete Jules an.

»Das von ein Uhr dreiunddreißig?«

»Ja«, sagte Jules mit aufkeimender Unruhe. In ihm regte sich ein Verdacht.

»*Voilà*, da ist es!«

Jules sah genau hin. Auch das Pärchen, das am

äußersten Rand des abgebildeten Bereichs über den Bürgersteig schlenderte, war nicht gestochen scharf abgebildet. Zwar konnte man zwei Menschen erkennen, die ihre Arme umeinander gelegt hatten, die Beine jedoch wurden verwischt dargestellt.

»Welche Belichtungszeit verwenden Sie?«, erkundigte sich Jules.

»Eine Dreißigstelsekunde, außerdem habe ich die Lichtempfindlichkeit des Bildsensors so weit wie möglich aufgedreht. Eine kürzere Belichtung käme zwar der Schärfe zugute, aber dafür reicht das Licht nicht aus«, erklärte Fumer.

Jules trommelte mit seinen Fingern auf Fumers Schreibtisch. »Bitte noch einmal die Aufnahme mit dem verdächtigen Schatten.«

»Schon wieder?«

»Ja, *tout de suite*!«

Erneut füllte das Bild mit der schemenhaften Gestalt den Bildschirm.

»Können Sie diesen Bereich vergrößern?«, fragte Jules.

Fumer mühte sich mit Tasten und Maus ab und zog das Foto weiter auf. »Genügt das? Mehr kann man dadurch aber auch nicht sehen.«

Jules ließ die Aufnahme auf sich wirken. Er konzentrierte sich auf den verwischten Schatten, registrierte seine lang gezogene Form. »Wenn es sich um einen Fußgänger handeln würde, müsste die Unschärfe geringer sein. In etwa so wie bei dem Liebespaar«, murmelte er.

»Es sei denn, er wäre gerannt«, steuerte Lautner bei. »Oder er war auf einem Skateboard unterwegs. Oder …«

»Oder …«, Jules sah Lautner an, »… auf einem Fahrrad!« Er schlug sich mit der flachen Hand vor die Stirn. »Dass ich darauf nicht früher gekommen bin!«

Jules berichtete Lautner von dem Zusammenstoß auf seinem Heimweg von der *brasserie*: vom Rempler, den ihm ein ganz in Schwarz gekleideter Radfahrer verpasst hatte. »Der Kerl hatte es verdammt eilig.«

»Sie vermuten, dass es sich bei dem Radler auf dem Foto um ein und dieselbe Person handelt, Major?«

»Es würde mich nicht wundern.«

»Aber verlieren Sie dabei nicht die Zeit aus den Augen? Ihre Kollision mit dem Radfahrer war um kurz nach zehn, richtig? Das Feuer brach dagegen erst gegen vier Uhr aus.«

Jules fuhr sich nachdenklich durch den Dreitagebart. »Sie haben recht, Lautner. Möglicherweise stehen beide Vorkommnisse in keinem Zusammenhang miteinander. Andererseits könnte ich dem Feuerteufel bei einer Erkundungsfahrt vors Rad gelaufen sein. Er sondierte das Terrain, um sicherzugehen, dass die Straßen menschenleer waren, bevor er zuschlug.«

»Als er sich seiner Sache sicher war, legte er das Feuer und türmte auf dem Rad«, nahm Lautner den Faden auf. »Bis sich die Flammen ausbreiten konnten und aus dem Dachstuhl schlugen, brauchte es gewiss eine Viertelstunde oder zwanzig Minuten.«

»Sehen Sie, es kommt genau hin!« Jules fühlte sich bestätigt. Er atmete tief durch und entschied: »Ich möchte, dass wir da dranbleiben. Wie weit ist Kieffer mit der Auswertung der Fahrradspuren von Miguels Scheunenzufahrt?«

Lautner seufzte. »Major, Sie kennen doch Gendarm Kieffer. Gut Ding will Weile haben.«

Jules wies seinen Adjutanten an, den Stick mit den Bildern an sich zu nehmen und dafür zu sorgen, dass Fumer die Originaldateien von seiner Festplatte löschte. Er wollte sicherstellen, dass die Fotos nicht doch an die Öffentlichkeit gelangten.

Zurück auf der Straße sah sich Jules nach Joanna Laffargue um. Er wollte sich mit ihr über die nächsten Ermittlungsschritte abstimmen. Gerade hatte er sie auf der anderen Straßenseite bei einem der Feuerwehrwagen ausgemacht und ihr zugerufen, da spürte er, wie sein Handy zu vibrieren begann. Er nahm das Telefon aus der Tasche und drückte es an sein Ohr.

»*Chéri?*«, meldete sich Lilou.

Jules, schon auf halbem Weg zu Joanna, blieb mitten auf der Straße stehen. »Es tut mir leid, dass ich mich gestern nicht mehr gemeldet habe. Mir ist ein kleines Malheur mit meinem Handy passiert, und bis ich es reparieren konnte, war es zu spät.«

»Schon gut, ist halb so wild.«

Lilou klang ausgesprochen entspannt, fand Jules. Er fragte sich, ob das ein gutes Zeichen war oder ob er besser auf der Hut sein sollte.

»Ich verstehe ja, dass du viel um die Ohren hast«, flötete sie gut gelaunt. »Kommandant der Gendarmerie – das ist schon was. Da ist man immer gefragt.«

»Nun ja, wenn du das sagst.« Jules bemerkte, wie Joanna ihn aus der Ferne fragend ansah.

»Ich habe mich mit Chantal über dich unterhalten. Oder besser gesagt über uns.«

Chantal war eine von Lilous Freundinnen. Keine, die Jules besonders ins Herz geschlossen hatte. Ihm schwante Böses.

»Chantal meint, dass ich mehr Verständnis für dich und die neue Situation, in der du steckst, aufbringen soll. Und wie soll ich's sagen? Ich denke, sie hat damit nicht ganz unrecht.«

Joanna kniff die Augen zusammen und winkte ungeduldig. Jules tat so, als würde er ihre Aufforderung nicht verstehen.

»Chantal sagt auch, dass hinter jedem starken Mann eine starke Frau stehen muss.«

»Sehr weise, deine Chantal«, fiel Jules seiner Freundin ins Wort. »Aber dein starker Mann hat gerade leider keine Zeit zum Plaudern. Ich muss mich um einen Toten kümmern.«

»Das ist es ja!«, rief Lilou. »Du bist unabkömmlich in deinem Rebenburg.«

»Heim.«

»Rebenheim, natürlich. Chantal sagt, dass ich dich bei deiner schwierigen Aufgabe unterstützen muss.« Theatralisch fügte sie hinzu: »Sie hat mir die Augen geöffnet – ich bin in letzter Zeit viel zu egoistisch gewesen. Ich habe dich mit meinem Wunsch, dass du bald nach Royan zurückkehren sollst, unter Druck gesetzt. Das war nicht fair, also möchte ich mich dafür entschuldigen. Es wiedergutmachen.«

Joanna schüttelte unwirsch den Kopf und ging nun selbst auf Jules zu.

»Das ist nett von dir«, erwiderte er, bemüht, das Gespräch nun zügig zu beenden. »Lass uns heute Abend weitertelefonieren.«

»Nein, nein, wir brauchen das nicht am Telefon auszudiskutieren.«

»Nicht? Weshalb?«, fragte Jules. Joanna hatte ihn beinahe erreicht.

»Das können wir bald alles persönlich bereden.«

»Wie meinst du das – persönlich?«

»Ich komme zu dir, Jules. Ich komme ins Elsass!«

Zum zweiten Mal an diesem Tag verzichtete Jules auf eine anständige Mahlzeit. Stattdessen versorgte er sich mit einem *pain paillasse*. Das besonders knusprig gebackene Brot mit Käsescheiben lag griffbereit auf dem Beifahrersitz seines Einsatzwagens, damit er während der Fahrt in die Neustadt ab und zu hineinbeißen konnte.

Er steuerte den Renault Mégane RS in den blau-weißen Farben der Gendarmerie nationale auf den Hof der örtlichen Peugeot-Werkstatt, um mit Étienne Kern zu sprechen. Damit folgte er dem Hinweis von Vincent Le Claire, der ja behauptet hatte, Kern sei mit dem vermeintlichen Brandopfer am Abend zuvor durch die Kneipen gezogen.

Nachdem Jules seinen Wagen abgestellt hatte, sah er sich auf dem Hof des Autohauses um. Es war kein besonders großer Betrieb und bestand lediglich aus einem halbrunden gläsernen Salon für die Neuwagen, einem eingeschossigen Verwaltungsbau und einer Werkstatt, deren Tor offen stand. Auf dem Platz davor standen Gebrauchtwagen, dazwischen einige Blumenkübel.

Étienne Kern war ein junger Bursche, groß und breitschultrig, mit einem etwas verhämmerten Gesicht und blauen Augen. Trotz seiner imposanten Statur hatte er etwas Träges, beinahe Verschlafenes an sich, als er Jules im ölverschmierten Blaumann gegenübertrat. Hinter ihnen, auf einer Hebebühne, parkte ein Peugeot 304, dessen durchgerostete Karosserie wohl nur noch vom Lack zusammengehalten wurde. Genau diesen Autotyp hatte Jules vor vielen Jahren gefahren und sich darüber geärgert, dass der Motor bei Regenwetter und Temperaturen unter zehn Grad gern mal den Dienst versagte.

»Wie kann ich helfen?«, fragte Kern mit klangloser Brummstimme. Er schielte auf den Polizeiwagen im Hintergrund. »Wir sind eine Vertragswerkstatt. Mit ihrem Auto fahren Sie am besten zur *Garage du Stade*, die warten Renaults.«

»Vielen Dank, kein Bedarf«, sagte Jules und zeigte Kern seinen Ausweis.

Der schenkte dem keine Beachtung, denn Einsatzfahrzeug und Jules' Uniform reichten dem Mechaniker als Legitimation. »Bin ich etwa zu schnell gefahren?«, fragte er und ließ erste Anzeichen von Unruhe erkennen.

»Nicht dass ich wüsste«, antwortete Jules und fragte, ob sie sich irgendwo setzen und in Ruhe reden könnten.

Kern führte ihn aus der Werkstatt in einen winzigen Aufenthaltsraum im Verwaltungsbau, dessen Wände mit Postern halb nackter Frauen verziert waren. Er servierte Jules einen Automatenkaffee, wobei an seiner zitternden Hand die steigende Nervosität abzulesen war.

Sie setzten sich auf zwei Klappstühle, die an einem kleinen Bistrotisch standen. Jules legte seine Kappe auf den Tisch und musterte den Mechaniker. Daraufhin knetete Kern seine Hände.

Jules beschloss, den Mann nicht länger auf die Folter zu spannen. »Ich bin gekommen, weil einem Bekannten von Ihnen möglicherweise etwas zugestoßen ist. Die Rede ist von Paul Diebold.«

Aus Kerns fleischigem Gesicht wich die Farbe. »Möglicherweise? Was soll das heißen?«

»Das Haus, in dem Ihr Bekannter wohnt, ist vergangene Nacht abgebrannt. Wir fanden eine Leiche.«

»Du meine Güte! Paul ist … tot?«, stammelte Kern. Verbrannt, sagen Sie?«

»Das Opfer konnte noch nicht identifiziert werden, da aber für das Haus kein anderer Bewohner gemeldet ist, ist die Wahrscheinlichkeit sehr hoch.«

»Verbrannt«, wiederholte Kern. Sein Blick verlor sich irgendwo hinter Jules an der Bürowand. »In seiner eigenen Wohnung, sagen Sie?«

»Ja, der Leichnam wurde im Schlafzimmer der Wohnung aufgefunden. Außerdem ist Monsieur Diebold heute nicht bei seiner Arbeit erschienen und auch sonst nirgends aufgetaucht. Ein weiteres Indiz für seine Identität.«

Kern zog ein großes Stofftaschentuch aus seiner Hosentasche und wischte sich über die Stirn. »Ein Irrtum ist ausgeschlossen?«

»Wie gesagt, wir müssen davon ausgehen, dass der Tote Paul Diebold ist.« Jules ließ ihm einen Moment, um die traurige Nachricht zu verkraften, bevor er seinen Notizblock zur Hand nahm. »Wir haben gehört, dass Sie sich gestern Abend mit ihm getroffen haben. Sie und Ihr Bekannter Mathé Pegeraro.«

Kern zuckte zusammen. »Wer behauptet das?«

»Trifft es etwa nicht zu?«

»Doch, ja, wir waren gemeinsam unterwegs. Aber das ist völlig normal, wir sind ja gut befreundet.«

Jules hob beruhigend seine Hände. »Das sollte kein Vorwurf sein, Monsieur Kern. Mir geht es lediglich darum, die letzten Stunden vor dem Feuer zu rekonstruieren. Darf ich fragen, wo Sie drei sich getroffen haben?«

»Da, wo wir immer hingehen.«

»Und wo ist das?«

»Ins *Déjà bu*, das ist unser Stammlokal.«

Jules kannte die Weinbar in der Rue du Pinot Blanc, hatte aber bisher keine Gelegenheit gehabt, dort einzukehren. »Kam Diebold Ihnen in irgendeiner Weise anders vor als sonst? Wirkte er verstört oder niedergeschlagen?« Mit dieser Frage wollte Jules der – unwahrscheinlichen – Möglichkeit nachgehen, dass sie es mit einem Selbstmord zu tun hatten.

»Nein, überhaupt nicht. Er war wie immer.«

»Sie hatten nicht den Eindruck, dass er verängstigt war oder sich Sorgen machte?«

Kern zögerte einige Sekunden, bevor er antwortete. »Nein. Paul hat sich keine Sorgen gemacht.«

»Haben Sie Alkohol konsumiert?«

»Ob wir getrunken haben? Ja natürlich. Dafür geht man doch in eine Bar, oder?«

»Können Sie eine ungefähre Angabe machen, wie viel es gestern gewesen ist?«

»Ist das denn wichtig? Ein paar Glas Wein. Ob es vier waren oder fünf, kann ich nicht beschwören.«

»Wann hat sich die Runde aufgelöst?«

»So gegen halb zwölf. Vielleicht war es auch zwölf.«

»Ist zu diesem Zeitpunkt auch Diebold gegangen?«

»Ja, als wir uns vor dem *Déjà bu* verabschiedet haben, sagte er, dass er gleich nach Haus wollte. Er war ziemlich müde, hatte eine anstrengende Woche hinter sich.«

»Haben Sie oder Monsieur Pegeraro ihn bis in die Rue Lipsheim begleitet?«

»Nein. Er ist allein gegangen«, sagte Kern niedergeschlagen. »Niemand war bei ihm, als es passiert ist.« Der große Mechaniker schien vor Jules' Augen zu schrumpfen. Sein Blick wirkte beinahe ängstlich, als er sich erkundigte: »Wissen Sie schon, wer es gewesen ist?«

»Pardon?« Jules stutzte. Mit keinem Wort hatte er erwähnt, dass es sich vermutlich um Brandstiftung gehandelt hatte. Er hatte auch nicht vor, es Kern auf die Nase zu binden. Wenigstens nicht sofort. Stattdessen fragte er: »Wie kommen Sie darauf, dass jemand Schuld daran sein soll? Es könnte sich um einen Kurzschluss handeln oder um eine vergessene Zigarette.« Jules beugte sich vor. »Oder wissen Sie mehr, Monsieur Kern?«

Der Mechaniker schnappte nach Luft. »Nein, nein, ich weiß gar nichts. Aber wenn plötzlich jemand von der Gendarmerie auftaucht und Fragen stellt, muss man ja mit dem Schlimmsten rechnen.«

Dieser Punkt ging an Kern. Trotzdem glaubte er dem Mann nicht. Kern fühlte sich ganz offensichtlich nicht wohl in seiner Haut und wich seinem Blick konsequent aus. Jules wollte ausloten, ob sein Misstrauen gerechtfertigt war, und ging nun doch auf die potenzielle Brandstiftung ein. »Um Ihre Frage zu beantworten: Nein, wir wissen nicht, wer das Feuer gelegt hat. Aber wir sind sicher, dass jemand Benzin im Hausflur verschüttet hat. Einiges spricht dafür, dass das ein Werk des Feuerteufels war, über den Sie sicher in der Zeitung gelesen haben.«

Kern schluckte hörbar. »Der Feuerteufel«, wiederholte er. »Der, der überall in der Gegend zündelt?«

»Genau der. In allen Fällen wurde Benzin als Brandbeschleuniger verwendet«, erwiderte Jules und beobachtete sein Gegenüber sehr genau.

»Dann war es also ein Zufall, dass es Paul erwischt hat«, redete Kern weiter, wobei Jules ihm eine gewisse Erleichterung anzumerken glaubte.

»Wahrscheinlich ja«, sagte Jules. »Unter Umständen ist der Brandstifter davon ausgegangen, dass er ein leer stehendes Gebäude angezündet hat.« Nun war es eindeutig: Kern atmete auf. Auch die Farbe kehrte in sein Gesicht zurück. Jules nahm das zum Anlass, um nachzufassen. »Sie fragten, ob Ihr Freund ein Zufallsopfer gewesen ist. Daraus schließe ich, dass Sie sich auch andere Möglichkeiten vorstellen können. Welche zum Beispiel?«

Diesmal reagierte Kern weniger schlagfertig als zuvor. Er musste nachdenken. Die Zeit, die er dafür benötigte, verriet Jules, dass er nach einer Ausrede suchte. Das wiederum bestärkte ihn in seiner Vermutung, der Mechaniker würde etwas vor ihm verheimlichen.

»Ich habe keine Ahnung, worauf Sie hinauswollen«, sagte Kern nach viel zu langem Zögern. Seine Anspannung war zurückgekehrt. Er presste seine Lippen fest aufeinander.

»Wirklich nicht?« Jules sah Kern scharf an. Nachdem dieser den Mund nicht mehr aufmachte, erhob er sich und setzte seine Kappe auf. Er tippte sich an die Krempe und sagte: »*Salut,* Monsieur Kern. Sie wissen, wo Sie mich erreichen können, falls Ihnen die richtige Antwort auf meine Frage einfällt.«

Damit ließ er den Mechaniker allein und ging aus dem Raum. Statt in sein Auto zu steigen, blieb er jedoch neben dem aufgebockten Peugeot stehen – in Hörweite des Aufenthaltsraums, dessen Tür er aufgelassen hatte. Jules wartete kurz ab, um dann überraschend noch einmal im Aufenthaltsraum aufzutauchen. Wie er vermutet hatte, fand er Kern mit dem Telefon in der Hand vor.

Der Mechaniker machte große Augen, als Jules ihn ansprach. »Wenn Sie Ihren Kumpel Pegeraro anrufen, um ihn vor mir zu warnen, richten Sie ihm schöne Grüße aus. Sagen Sie ihm, ich bin in zehn Minuten bei ihm.«

Entgeistert ließ Kern den Hörer sinken.

Er nahm ihn erst wieder auf, als er überzeugt war, dass der Gendarm diesmal wirklich weggefahren war. Étienne merkte, dass seine Hände unverwandt zitterten. Beinahe wäre ihm der Hörer aus der Hand gerutscht, während er dem Freizeichen lauschte.

Endlich nahm jemand ab. Es war Janneke, die blöde Niederländerin von der Campingplatzrezeption. Étienne verlangte nach Mathé. »Stell mich in den *supermarché* durch, aber schnell.«

»Dem Personal sind Privatgespräche während der Dienstzeit nicht erlaubt«, kam es schnippisch zurück.

Gedanklich verfluchte Étienne das dumme Blondchen, riss sich aber am Riemen. »Bitte«, sagte er mit aufgesetzter Höflichkeit. »Es dauert auch nicht lange.«

»Na gut«, gab Janneke nach und legte Étienne in die Warteschleife.

Es dauerte eine gefühlte Ewigkeit, bis sich Mathé meldete. Étienne legte sofort los und berichtete vom Tod des gemeinsamen Freundes.

»Jetzt haben wir den Salat. So ein gottverdammter Mist!«, machte er seinem Unmut Luft. »Der Bulle sagt, dass das Ganze ein Zufall sein kann. Weil der Feuerteufel vielleicht nicht wusste, dass Paul in dem Haus war. Aber was, wenn er damit falschliegt? Was, wenn es die pure Absicht war?«

»Das gefällt mir gar nicht«, äußerte sich Mathé. Besorgnis schwang in seinen Worten mit. »Hast du eine Ahnung, wer es gewesen sein könnte?«

»Du etwa nicht?« Étienne fragte sich, ob sein Kumpan schwer von Begriff war oder die Gefahr verdrängen wollte.

»Glaubst du wirklich?«, klammerte sich Mathé an seinen Zweifeln fest. »So weit würde doch niemand gehen, oder? Ich meine – das wäre dann ja glatter Mord.«

»Genau!«, sagte Étienne hart. »Und wenn wir Pech haben, bleibt es nicht bei diesem einen.«

»Du meinst …«

»Natürlich meine ich! Mach endlich die Augen auf, Mathé. Wenn das mit dem Feuer kein Zufall war, kann es nur eines bedeuten: Es geht uns an den Kragen!«

Mathé brauchte einige Momente, um die Botschaft zu verarbeiten. Mit banger Stimme fragte er: »Was können wir dagegen tun?«

»Gegenmaßnahmen ergreifen«, antwortete Étienne

bestimmt. Allmählich gewann er an innerer Stärke zurück.

»Wie willst du es anstellen?«

»Ich mache ein Treffen aus. Um zu reden.«

»Nur reden?«

»Wenn sich herausstellt, dass wir mit unserer Vermutung richtigliegen, wird es nicht beim Reden bleiben. Dann werde ich zeigen, dass wir auch anders können. Uns geht keiner ans Leder, dafür werde ich sorgen.«

An seinem nächsten Ziel bekam es Jules mit einer äußerst zuvorkommenden Holländerin zu tun, die mit ihrem hellblonden Haar, sonnengebräunten Teint und strahlend weißen Zähnen nicht nur blendend aussah, sondern mindestens vier Sprachen fließend beherrschte. Davon konnte er sich überzeugen, während er in der Rezeption des gediegenen Campingplatzes *Camp du Domaine* darauf wartete, dass er an der Reihe war. Nacheinander erklärte sie niederländischen Neuankömmlingen den Weg zu ihrem Stellplatz, einer deutschen Familie das Unterhaltungsprogramm für Kinder, händigte belgischen Campern einen Faltprospekt mit touristischen Attraktionen aus und beschrieb einem Paar aus Paris den Weg zum nächstgelegenen Weingut mit Degustationsmöglichkeit. Ebenso freundlich und geduldig brachte sie zwei Neuankömmlingen bei, dass sämtliche dreihundert Stellplätze leider schon belegt seien.

Ihr Namensschild wies sie als Janneke aus. Als Jules an den Schalter trat und nach Mathé Pegeraro verlangte, hielt Janneke an ihrem sonnigen Lächeln fest. Sie wisse nicht, wo sich der Kollege gerade aufhielt, teilte sie ihm in perfektem Französisch mit. Selbstverständlich werde sie sich darum kümmern, dass er gleich für die Gendarmerie zur Verfügung stehe. Dabei legte sie keinerlei Neugierde an den Tag und fragte nicht einmal, um was es denn gehe.

Auf dem Weg zu einer Mikrofonanlage, mit der Durchsagen über den ganzen Platz übertragen werden konnten, half Janneke einem Rentner aus der Schweiz, der sich nach den Toiletten erkundigte, um dann mit heller Stimme ins Mikro zu sprechen: »Mathé Pegeraro, bitte melde dich in der Rezeption!« Sie wiederholte ihre Durchsage zweimal, bevor sie zu Jules zurückkehrte und ihre perlengleichen Zähne zeigte. »Er wird gleich hier sein. Es ist schon das zweite Mal, dass ich ihn heute ausrufe. Ein viel gefragter Kollege.«

»Das zweite Mal?«

»Ja, er wurde am Telefon verlangt. Es ist keine Viertelstunde her.«

Jules konnte sich denken, wer der Anrufer gewesen war. »Danke für den Hinweis«, sagte er.

»Nicht der Rede wert. Möchten Sie inzwischen etwas trinken, während Sie warten? Einen *café crème*?«

Jules lehnte dankend ab und fragte sich, warum die Rezeptionen von französischen Campingplätzen so oft von niederländischen Schönheiten besetzt waren und wo die Holländerinnen ihr Talent für Fremdsprachen herhatten. Er teilte der netten Janneke mit, dass er draußen auf Mathé warten würde, und trat auf den Hof der gepflegten Anlage.

Anders als manche Plätze im Süden Frankreichs befanden sich die Campinganlagen im Elsass auf sehr hohem Niveau. Sowohl was die Ausstattung der einzelnen Parzellen anbelangte wie auch die der sanitären Anlagen. Wie überall in diesem lieblichen Landstrich legte man Wert auf üppigen Blumenschmuck, was die Besitzer des *Camp du Domaine* mit hübsch angelegten Steingärten, prächtigen Beeten und top gepflegten Rasenflächen bewiesen. Nach dem Geschmack von Jules, der im Schatten eines Wohnwagengespanns wartete, fiel der Campingplatz sogar eine Spur zu ordentlich und akkurat aus. Für ihn hatte das Campen auch immer mit Lässigkeit zu tun, daher würde er selbst stets naturbelassenen Plätzen den Vorzug geben.

Mathé Pegeraro trug einen weißen Kittel mit Namensschild und dem Symbol einer Supermarktkette. Jules schloss daraus, dass er im kleinen *supermarché* des Campingplatzes beschäftigt war. Der jungenhaft auftretende Mann hatte ein blasses, schmales Gesicht und auffallend rote Haare, die er mit viel Gel nach hinten gekämmt hatte. Er wirkte sehr unsicher, als er Jules die Hand reichte. Diese war feucht und warm.

Jules wahrte die Form, indem er Mathé seinen Ausweis zeigte. »Ich nehme an, Étienne Kern hat Sie bereits informiert?«

Mathé antwortete mit dünner Stimme. Ja, er sei im Bilde. Die Todesnachricht habe ihn sehr aufgewühlt, und er wisse gar nicht, ob er seine Schicht zu Ende arbeiten könne oder sich krankschreiben lassen solle. Denn er habe Paul Diebold seit Kindheitstagen gekannt. Entsprechend groß sei der Kummer.

Mathé Pegeraro bestätigte, dass er am Abend ebenfalls im *Déjà bu* gewesen war. Und nein: Auch ihm sei nichts Ungewöhnliches am Verhalten des Freundes aufgefallen.

Jules notierte sich alles, stellte ein paar weitere Fragen über die Gespräche des gestrigen Abends und den Lebenswandel von Paul Diebold, erzielte jedoch keine brauchbaren Resultate. Schließlich klappte er seinen Block zu und bedankte sich für das Gespräch.

»Bevor Sie gehen, Major Gabin«, hielt ihn Mathé zaghaft auf. »Étienne sagte, dass Sie den Feuerteufel dafür verantwortlich machen. Ist das wahr?«

Jules kniff die Augen zusammen. »Spielt es für Sie denn eine Rolle, wer oder was den Brand verursacht hat?«

Der schmalbrüstige Supermarktgehilfe wippte nervös von einem Fuß auf den anderen. »Paul war mein bester Freund. Da ist es doch normal, dass ich mich dafür interessiere.«

»Das kann ich nachvollziehen. Ja, es trifft zu, dass unsere Ermittlungen in diese Richtung laufen.«

Mathé nickte und verschluckte sich beinahe, so sehr beeilte er sich, die nächste Frage zu stellen. »Étienne hat außerdem gesagt, dass sich der Feuerteufel geirrt haben könnte. Dass er dachte, das Haus sei leer. Ist das auch richtig?«

Jules musterte ihn genau, bevor er darauf einging. »Ich muss Sie enttäuschen. Es deutet zwar einiges darauf hin, aber zu hundert Prozent sicher sind wir nicht.«

Jules glaubte, einen Anflug von Panik aus Mathés flackernden Augen lesen zu können. Er fragte sich, vor wem oder was die beiden Kumpel des Verstorbenen eine solche Angst hatten.

Am späten Nachmittag wusste er verbindlich, dass es sich bei dem Feuertoten um Paul Diebold handelte. Sein Zahnarzt lieferte den dafür nötigen Beweis. Außerdem hatte Dr. Wollenburger – nach seiner wohlverdienten Mittagspause – eine sofortige Autopsie der Leiche durchgesetzt, womit er den Tagesplan der Gerichtsmedizin in Strasbourg gehörig durcheinandergewirbelt hatte. Eines der ersten Ergebnisse daraus lautete, dass Diebold zum Zeitpunkt seines Todes einen Alkoholspiegel jenseits von Gut und Böse aufgewiesen hatte.

»Viel Blut hatte er ja nicht mehr im Körper, aber das, was nicht verdampft ist, reichte für die Untersuchung aus«, so der Doktor.

Für Jules stand damit fest, dass selbst ein funktionierender Feuermelder oder Warnrufe von Nachbarn Diebold nicht hätten retten können. Der Mann war dermaßen blau gewesen, dass er seinen eigenen Tod wahrscheinlich glattweg verschlafen hatte.

Und Jules wurde um eine weitere Erkenntnis reicher. Kaum zurück in der Gendarmerie breitete Kieffer eine ansehnliche Sammlung von Gipsabdrücken auf Jules' Schreibtisch aus. Weiße Brösel lösten sich von den Platten und verteilten sich auf den Unterlagen.

»Was soll das?«, fragte er entgeistert.

»Das sind die Reifenspuren, nach denen Sie verlangt haben«, gab Kieffer nicht weniger konsterniert zurück.

Jules, der aus seiner Zeit in Royan in der sogenannten Trassologie durchaus bewandert war, glaubte zunächst an einen schlechten Scherz. Denn wenn in der modernen Kriminaltechnik Eindruckspuren sichergestellt werden sollten, kamen zeitgemäße Techniken zum

Einsatz: Messmikroskope zum Beispiel oder Handscanner. Die damit gewonnenen Daten wurden als 3-D-Bild im Computer dargestellt und zu Vergleichen herangezogen. Dass heutzutage noch jemand Spuren mit Gips ausgoss, fand Jules seltsam, ja anachronistisch.

Doch Kieffer hatte eine plausible Erklärung parat. »Es sollte schnell gehen, Chef. Bis ich mir das ganze technische Zeug besorgt hätte und dafür wer weiß wohin fahren müsste, habe ich die alte Methode verwendet.« Er drückte seinen Zeigefinger auf das Relief. »Sehen Sie das breite Profil? Charakteristisch für ein Mountainbike. Das Muster ist recht ungewöhnlich, wie ich finde. Auch wenn ich kein Experte in diesen Dingen bin, meine ich, dass es sich um einen Spezialreifen handelt.«

»Spezialreifen?« Jules kannte sich lediglich mit Rennradreifen aus – und die besaßen kein Profil. Er wies Kieffer an, die Abdrücke zu Gilbert, dem Besitzer des Fahrradladens Cycl'évasion, zu bringen. Sollte der Gendarm richtigliegen und es sich um besondere Pneus handeln, würde er sie erkennen und mittels seiner Kundendatei zuordnen können. Vorausgesetzt, der Fahrer hatte das Rad in seinem Geschäft gekauft.

All diese Neuigkeiten hatte Jules im Kopf, als er sich wenig später in seinem Pensionszimmer in den Bikerdress zwängte, im Treppenhaus Fahrradhandschuhe und Sturzhelm überzog und im Hof aufs Rad stieg. Paul Diebolds Tod ließ ihn nicht vergessen, dass er sich zum Chefplaner der *Tour d'Alsace* aufstellen lassen hatte. Vor dieser Verantwortung wollte er sich nicht drücken und noch heute mit der Auswahl möglicher Strecken beginnen.

Fürs Erste nahm er sich einen Sprint nach Ribeauvillé mit Abstecher zum Château de Saint-Ulrich vor. Auf dem Weg dorthin könnte er – vom Fahrtwind erfrischt – den Tag Revue passieren lassen und neue Ideen sammeln. Und er hätte Zeit, über Lilou und ihren unerwartet angekündigten Besuch nachzudenken. Denn eines stand fest: Sie würde sein neues Leben im Elsass, das er sich so mühsam erarbeitet hatte, ganz schön durcheinanderwirbeln!

Sein Ziel lag etwa sechs Kilometer südlich von Rebenheim – Luftlinie. Seine gewählte Route, die durch das kleine Rodern und über Bergheim führte, würde die Strecke auf gute zehn Kilometer dehnen. Immer noch ein Klacks für sein Rennrad, das er sich gleich am Anfang seiner Rebenheimer Zeit zugelegt hatte und mit dem er nach wie vor sehr zufrieden war.

Jules strampelte munter drauflos und merkte schon nach den ersten Kurven, wie gut der Sauerstoff ihm beim Grübeln half. Er überlegte, wie er sich auf Lilous Besuch vorbereiten könnte. Ob er sie bei sich in der *auberge* unterbringen oder ob er für die Zeit ihres Aufenthalts nach einer etwas moderneren Unterkunft Ausschau halten sollte. Denn ob Clotildes folkloristisch-rustikaler Stil ihr behagen würde, daran hatte er Zweifel.

Jules suchte geistig nach Alternativen, als er hinter sich ein angestrengtes Keuchen hörte. Gleich darauf tauchte ein anderer Radfahrer neben ihm auf. Das runde Gesicht mit Schweiß benetzt, Wangen und Knollennase rot glühend.

»Schalt mal 'nen Gang runter«, japste Lino Pignieres, der sich auf seinem robusten, aber schweren Stahlrahmenrad abmühte.

Jules, völlig überrascht vom Auftauchen seines beruflichen Vorvorgängers, reduzierte das Tempo. »Ist es Zufall, dass du hier aufkreuzt, oder bist du mir gefolgt?«

»Ich habe dich durchs Stadttor flitzen sehen und mich drangehängt. Dachte mir, du könntest einen Berater gebrauchen.«

Sie erreichten das Strengbachtal, in Jules' Augen Idylle pur. Auch hier Weinberge, malerisch auf den sanften Hügeln verteilt. Als Kulisse erhoben sich nicht weniger als drei Burgen, deren Zinnen und Türme über die Wipfel der umliegenden Wälder ragten.

»Berater – wofür?«, fragte Jules, der bei Lino lieber etwas Vorsicht walten lassen wollte.

»Zum Beispiel, um die geeignete Lokalität für unseren Zwischenstopp bei der *Tour d'Alsace* auszusuchen«, gab Lino vor, konnte Jules jedoch nicht überzeugen. In Wahrheit war der alte Polizist darauf aus, in Jules aktuellem Fall mitzumischen. Wie lautete doch sein selbst gewähltes Credo? Einmal *flic*, immer *flic*.

Auf einem Radweg entlang des Flüsschens Le Strengbach ließen sie ihre Räder in das mittelalterliche Ribeauvillé rollen. Dort übernahm Lino die Führung und lotste Jules mitten hinein in die historischen Gassen mit ihren unzähligen Cafés, Bars und *winstubs*. Bald mussten sie absteigen, denn die Wege waren von dermaßen vielen Touristen verstopft, dass Isabelle Cantalloube ihre wahre Freude daran gehabt hätte.

»Wenn du dir einen Überblick verschaffen willst, machen wir am besten die *Tours des Cigognes*«, schlug Lino vor und erläuterte, dass damit eine Besteigung der zur Stadtbefestigung gehörenden Wehrtürme gemeint war, die – wie sollte es auch anders sein? – von Storchennestern gekrönt waren.

Jules entgegnete, dass er lieber durch die Altstadt bummeln und dabei nach einer passenden Einkehrmöglichkeit suchen wollte.

»*D'accord*«, stimmte Lino zu und schlug einen Besuch der Flaniermeile Grand Rue vor. »Da tobt das Leben, und gut essen kann man auch.«

Jules konnte sich an den wunderschön herausgeputzten Fachwerkfassaden kaum sattsehen, auf deren Fensterbänken es farbenfroh blühte. Ein Gebäude tat es ihm wegen seiner kunstvollen Schnitzereien im Gebälk besonders an. *Zum Pfifferhüs* nannte sich die dort untergebrachte *winstub*, deren Speisekarte Jules auf Anhieb überzeugte. Hechtklößchen, Geflügellebermousse … Jules lief das Wasser im Mund zusammen.

»Nicht so voreilig«, mahnte Lino und trieb ihn weiter auf den Place de la 1ère Armée, wo Jules angesichts der farbenfrohen Fassaden und wirkungsvoll arrangierten Gebäudeensembles die Augen übergingen. Auch hier wurde er bald fündig, doch sein Begleiter meinte, dass es für die Radlertruppe immer noch nicht das Richtige sei, und stachelte Jules dazu an, auch den Rest dieses romantischen Städtchens zu bestaunen.

Letztlich kehrten sie in einem urigen Lokal unweit der Chapelle Ste-Catherine ein, das nicht nur eine große Speisekarte mit Köstlichkeiten wie Spargelgratin mit Käseschaum, gebratene Stubenküken und Hähnchen in Riesling vorwies, sondern über einen Gewölbekeller verfügte, der ausreichend Platz für die Männertruppe bot. Alternativ stand eine von Weinranken beschattete Terrasse zur Verfügung.

»Damit könnten sich Pierre, Christian, Jean Paul und die anderen zufriedengeben«, urteilte Lino und nippte an seinem Schoppen Wein, den er sich hatte bringen lassen.

»Ich werde es in Erwägung ziehen«, blieb Jules reserviert. Denn als Tourziel war ihm Ribeauvillé einfach nicht sportlich genug: zu wenige Kilometer, kaum Höhenmeter.

»Du musst dich ja nicht sofort entscheiden«, redete Lino ihm zu und sah seinen Moment gekommen, das Thema zu wechseln. »Täusche ich mich oder ist euch der Feuerteufel stets eine Nasenlänge voraus?«

Jules straffte die Schultern. Er wollte sich vor dem anderen keine Blöße geben. »Ich würde sagen, weniger als eine Nasenlänge. Wir wissen mittlerweile ziemlich viel über ihn.« Damit nahm er den Mund sehr voll, denn die Wahrheit sah ja so aus, dass er nichts weiter in der Hand hatte als ein verwaschenes Foto und Gipsabdrücke von Fahrradspuren, von denen nicht einmal sicher war, dass sie vom Täter stammten.

Lino verzog sein faltiges Gesicht. »Mit mir kannst du offen reden. Kieffer und Lautner haben gesagt, dass ihr im Nebel stochert. Ihr habt nach wie vor keine Ahnung, wer die Feuer gelegt haben könnte, stimmt's?«

Jules gab ihm zähneknirschend recht und verfluchte seine beiden Mitarbeiter im Stillen dafür, dass sie wieder einmal nicht den Mund halten konnten. Er berichtete vom schattenhaften Fahrradfahrer auf dem Foto des Ornithologen und den Reifenspuren vorm Heuschober.

Lino neigte den Kopf und sah Jules mitleidig an. »Das ist nicht gerade viel, was du in den Händen hast.

Ich möchte nicht in deiner Haut stecken. Gerade jetzt, da es dem Präfekten gar nicht schnell genug gehen kann. Und deine Joanna macht sicherlich auch ordentlich Dampf, stimmt's?«

Jules verschränkte die Arme und schob das Kinn vor. »Es ist nicht *meine* Joanna«, stellte er klar, denn ihm passte es nicht, was Lino ihm mit diesem sehr bewusst gewählten Pronomen unterstellte.

Lino tat erstaunt. »Ach? Nicht?« Verschmitzt fügte er hinzu: »Die Leute erzählen sich aber etwas anderes.«

»Wie du sehr wohl weißt, gebe ich nicht viel auf den Dorfklatsch«, fuhr Jules ihn trotzig an. Er stand kurz davor, an die Decke zu gehen, denn Lino hatte mit der Stichelei seinen wunden Punkt getroffen.

Wieder einmal kam Jules ins Grübeln: Sein Verhältnis – konnte man es überhaupt so nennen? – zu Joanna blieb äußerst kompliziert. An ihre mitunter schroffe und ruppige Art in dienstlichen Belangen hatte er sich mittlerweile ja gewöhnt. Auf privater Ebene aber stellte ihn diese Frau ein ums andere Mal vor Rätsel. Fest stand: Beide fühlten sich zueinander hingezogen. Immer wenn sie sich begegneten, knisterte es in der Luft. Da war diese schwer beschreibbare Art von Magie, manche würden es Liebe nennen. Jules war sich sicher, dass Joanna ebenso empfand wie er selbst. Dennoch hatten weder er noch Joanna ihre Emotionen bisher in Worte gefasst. Lag es allein an Lilou? Seine Beziehung, an der Jules festhielt, stand zwischen ihnen. Doch war das wirklich der ganze Grund für die beiderseitige Zurückhaltung?

Lino schien seinen inneren Monolog mitgehört zu haben und hatte offensichtlich damit zu kämpfen, eine drängende Frage zu unterdrücken. Nämlich die, ob Jules und Joanna schon miteinander geschlafen hatten. Die Frage, die der alte *flic* stattdessen stellte, fiel unwesentlich harmloser aus: »Wie soll es eigentlich weitergehen mit dir und Lilou? Wann stellst du uns deine Braut endlich einmal vor? Wenn sie hier bei dir wäre, würden die Lästermäuler vielleicht Ruhe geben.«

Ja, pflichtete Jules ihm im Stillen bei. Vielleicht wäre es dann auch mit seiner inneren Zerrissenheit vorbei, was sein Schwanken zwischen zwei Frauen betraf. »Bald«, antwortete Jules knapp. »Sie kommt Montag in einer Woche nach Rebenheim.«

»So wie du das sagst, klingt es nicht nach heller Begeisterung.«

Jules hob mühsam seine Mundwinkel an. »Ich bin mir nicht sicher, ob es ihr bei euch gefallen wird.«

»Na hör mal! Das Elsass kann man nur lieben. Du wirst sehen, sie wird begeistert sein!«

Da war sich Jules nicht so sicher. Lilou, aufgewachsen in der salzhaltigen Luft des Atlantiks und tief verwurzelt im *département* Charente-Maritime, würde sich nicht einfach verpflanzen lassen. Den wahren Grund, weshalb sie mit ihren Gewohnheiten brechen und in einen anderen Teil Frankreichs reisen wollte, sah er darin, dass sie ihn zurückholen und ihm das Elsass mitsamt seiner Fachwerkidylle, dem Flammkuchen und vor allem Joanna ausreden wollte. Denn selbst wenn sie am Telefon ihre Freundin Chantal vorgeschoben und ihr Interesse an seiner neuen Wirkungsstätte geheuchelt hatte, konnte sie ihm nichts vormachen. Jules war gewiss, dass Lilou ihre über viele Jahre geschmiedeten

Pläne nicht preisgeben würde. Und die sahen nun mal vor, Jules zu ehelichen und ihn in den väterlichen Betrieb zu integrieren. Er sollte Kapitän eines Touristenkahns sein und kein Gendarm.

Doch all das brauchte Lino nicht zu wissen. Daher versuchte Jules, die Kurve zu kriegen, indem er hastig sagte: »Es gibt da etwas, das mir seltsam vorkommt. Unser Toter, Paul Diebold, war am Abend des Brandes mit zwei Freunden unterwegs. Ich habe mit beiden gesprochen. Zwar konnten sie keine sachdienlichen Hinweise beitragen, dennoch kommt es mir vor, als wüssten sie mehr über das Ganze.«

»Das Ganze?« Lino sah ihn erstaunt an. »Du meinst, die beiden Kerle kennen den Brandstifter?«

»So weit würde ich nicht gehen. Bislang ist Paul für mich ein Zufallsopfer. Dennoch hatte ich während der Befragungen seiner Freunde das unbestimmte Gefühl, als würden sich beide vor etwas oder jemandem fürchten. Sie wirkten – wie soll ich sagen? – eingeschüchtert und auf der Hut.«

Linos Augen verengten sich. »Die beiden Freunde, von denen du sprichst, heißen Étienne und Mathé, richtig?«

»Du kennst sie?« Jules' Überraschung darüber hielt sich in Grenzen. Als Rebenheimer Urgestein gab es wahrscheinlich nicht einmal eine streunende Katze, die Lino unbekannt war.

»Paul, Étienne und Mathé – dieses Trio war seit Kindergartenzeiten unzertrennlich. Alle drei keine Waisenknaben. Sie haben es ziemlich krachen lassen in jungen Jahren. Aber wie man hört, ist es in letzter Zeit ruhiger um sie geworden«, berichtete Lino.

»Du sagtest, sie haben es krachen lassen. Was verstehst du darunter?«

»Die drei haben die Kollegen mit ihren Lausbubenstreichen auf Trab gehalten. Etwa, indem sie Verkehrsschilder ummontierten, um Touristen in die Irre zu führen. Oder sie schlugen bei Dorffesten über die Stränge.«

»War das alles?«, forschte Jules nach. »Oder ist da noch etwas, das ich wissen muss?«

Lino haderte einige Momente mit sich selbst, bevor er mit einer weiteren Information herausrückte. »Es gab einen ziemlich bösen Unfall im letzten Jahr. Das war kurz bevor du nach Rebenheim gekommen bist. Nach einem Weinfest drüben in Sainte-Marie-aux-Mines wollten Étienne, Mathé und Paul zurück nach Hause fahren. Alle drei hatten dem Alkohol zugesprochen, um es einmal vorsichtig auszudrücken.«

»Sie waren also sturzbetrunken«, nahm Jules den Faden auf.

Lino nickte. »Sie nahmen nicht die D 416 durch Col du Haut de Ribeauvillé, sondern den Schleichweg durch die Weinberge. Du weißt selbst, wie finster es dort in der Nacht ist. Schon ein nüchterner Fahrer hätte seine Schwierigkeiten, im Stockdunkeln zurechtzukommen. Vor allem mit nur einem funktionstüchtigen Scheinwerfer, wie es beim Wagen der Jungs der Fall war.«

»Sind sie gegen eine Mauer gerauscht?«, riet Jules.

»Schlimmer. Viel schlimmer«, sagte Lino mit betretener Miene. »Sie haben eine Radfahrerin erwischt.«

»Tot?«, fragte Jules und wunderte sich, weshalb er nie davon gehört hatte.

»Nein. Aber ziemlich übel verletzt.«

»Wer von den dreien saß am Steuer?«, wollte Jules wissen.

»Es konnte nicht geklärt werden, wer das Auto gefahren hat. Als die Gendarmerie am Unfallort eintraf, wollte es keiner gewesen sein. Die drei sollen dermaßen betrunken gewesen sein, dass sie sich wahrscheinlich wirklich nicht erinnern konnten, wer von ihnen den Wagen gelenkt hatte und wer daneben saß.«

Kaum zu fassen, dachte Jules und fragte: »Wer war Halter des Fahrzeugs?«

»Ein Onkel von Étienne, wenn ich mich recht erinnere.«

»Wurden keine Fingerabdrücke genommen, um die Fahrerfrage zu klären?«, bohrte Jules nach.

»Doch. Kieffer hatte das damals angeordnet. Aber gebracht hat es auch nichts. Am Lenkrad fanden sich Abdrücke von allen dreien.«

Jules zuckte die Schultern. »Also ließ man die Sache im Sande verlaufen«, folgerte er und überlegte, ob diese schlimme Geschichte in einem Zusammenhang mit Paul Diebolds Feuertod stehen konnte, war sich jedoch nicht schlüssig.

Lino machte einen Vorschlag: »Wenn du weiterkommen willst in deinem Fall, solltest du die Trauerfeier besuchen.«

»Trauerfeier?« Jules machte große Augen. An eine Beisetzung von Paul Diebolds sterblichen Überresten war vorerst nicht zu denken. Die Leiche lag in der Strasbourger Pathologie und würde dort bis auf Weiteres bleiben. Eine Beerdigung kam frühestens in der nächsten Woche infrage.

»Pasteur Bernard wird Pauls Tod zum Thema seiner Sonntagsandacht machen. Morgen im Hauptgottesdienst der Notre-Dame des Trois Épis«, erläuterte Lino.

»Danke für den Hinweis«, sagte Jules und nahm sich vor, die Predigt des örtlichen Pfarrers Virgile Bernard keinesfalls zu versäumen. Gut möglich, dass er tatsächlich neue Hinweise sammeln und den Fall einen Deut transparenter machen könnte.

Lino registrierte den Elan, den er mit seinem Tipp bei Jules ausgelöst hatte, und war zufrieden. Genau da wollte er seinen eifrigen Nachfolger haben: Jules sollte beschäftigt sein. Die Ermittlungsarbeit würde ihn voll in Beschlag nehmen. Und das bisschen Zeit, das übrig blieb, brauchten die unbedachten Liebeleien des jungen Kollegen auf. Die Verlobte in der alten Heimat, die Geliebte vor Ort – so etwas hielt einen Mann in Atem. Und das war gut so!

Der Stress im Beruflichen wie im Privaten würde verhindern, dass Jules sich um andere Dinge kümmern könnte. Somit wurde fürs Erste verhindert, dass er sich intensiver mit dieser unsäglichen Geschichte aus den Vierzigerjahren befasste. Aus gutem Grund suchte es Lino zu vermeiden, diese alte Wunde aufzureißen. So lange war darüber geschwiegen worden. In Rebenheim hatte man sich arrangiert mit dem, was geschehen war. Die Zeit hatte sich wie eine dämmende Schicht über all das Ungemach von einst gelegt.

Lino würde alles dafür tun, damit es so blieb.

LE QUATRIÈME JOUR

DER VIERTE TAG

Unsicher und halb hinter Dunstschleiern verborgen schien die Sonne auf die sonntäglich verschlafenen Straßen von Rebenheim. Als hätte sie Skrupel, an einem traurigen Tag wie diesem aufzugehen. Auch die Kirchgänger, die sich gemeinsam mit Jules dem Glockengeläut von Notre-Dame des Trois Épis näherten, ließen die Köpfe hängen. Den Blick auf das Pflaster geheftet, auf dem einzelne Kastanienblätter klebten. Weit gespreizt wie tote Hände. Viele Rebenheimer hatten den Verstorbenen, dem Pasteur Bernard seinen Gottesdienst widmen wollte, persönlich gekannt, nahm Jules an.

Ein frischer Windstoß fegte durch die Reihen der Grabsteine des benachbarten Friedhofs, um anschließend auf die Menschen vor dem Hauptportal zu treffen. Jules fröstelte, als er die Fassade des Gotteshauses emporblickte.

Das Kirchenschiff lag hoch und erhaben vor ihm, als er sich einen der wenigen freien Plätze mit Blick auf die Kanzel suchte und fand. Ein schwermütiges Orgelspiel vertrieb die letzten heiteren Gedanken aus den Köpfen der Gläubigen und bereitete sie mental auf das vor, was Pasteur Bernard zum Gegenstand seiner Sonntagsworte machen würde.

Virgile Bernard, ein beleibter Mann von zweiundsechzig Jahren, der im ganzen Ort wegen seiner besonnenen Art geschätzt wurde, seinen Hang zur Theatralik jedoch nicht verleugnen konnte, begann mit dem dreiundzwanzigsten Psalm. Die Gemeinde lauschte andächtig seinen Worten, bevor ein weiteres Orgelspiel erklang. Dunkle Töne, die von den gemauerten Wänden widerhallten. Im Anschluss ließ der Pfarrer Paul Diebolds »viel zu kurze Zeit auf Gottes Erden« Revue passieren, wobei er in getragenen Worten das Leben eines Mannes nachzeichnete, der nach kurzer Schullaufbahn eine Lehre als Restaurantfachmann absolviert und anschließend im *À la charrue* gearbeitet hatte. Darüber hinaus war Diebold vorübergehend als Jugendwart im FC Rebenheim engagiert gewesen. Einen Hinweis auf den frühen Tod der Eltern verband Bernard mit seiner Auffassung, dass der Verstorbene sein Leben trotz dieses Schicksalsschlages gottesfürchtig angenommen und gemeistert habe. Ansonsten beschränkten sich die Ausführungen des Geistlichen auf Plattitüden. Von Fehltritten jedweder Art oder gar dem Verkehrsunfall im letzten Jahr selbstverständlich kein Wort. Jules hatte das in diesem Rahmen auch nicht erwartet.

Nach weiteren Gebeten im Andenken an Paul Diebold und zwei anderen in diesem Monat verblichenen Rebenheimern fand Jules, dass man den Toten genügend Tribut gezollt hatte, und war erleichtert, dass der Pfarrer zum Ende kam.

»Gutes und Barmherzigkeit werden mir folgen mein Leben lang, und ich werde bleiben im Hause des Herrn immerdar. Amen.«

Das Amen kehrte wie ein gemurmeltes Echo aus Dutzenden Kehlen zurück. Jules sah sich unter den

Gemeindemitgliedern um, in die nun wieder Bewegung kam. Unter dem Geläut der Glocken verließen sie – teils mit verweinten Gesichtern – die Kirche. Jules bemerkte, dass die meisten von ihnen den älteren Semestern angehörten und wohl regelmäßige Kirchgänger waren. Zu den wenigen jüngeren Leuten gehörten die beiden Freunde des Verstorbenen, Mathé und Étienne, die mit gesenkten Köpfen in Richtung Ausgang strebten.

Jules fiel ein weiterer jüngerer Mensch auf: eine Frau, relativ klein und schmal. Warum er sie nicht mehr aus den Augen ließ, lag daran, dass sie ihr Gesicht fast vollständig unter ihrem kastanienbraunen Haar zu verbergen versuchte. Und an ihrem Gang. Sie hinkte.

»*Bonjour*, Major«, kam eine Stimme von der Seite. Es war Lautner, der ebenfalls den Gottesdienst besucht hatte. Hinter ihm seine Mutter, ebenso gertenschlank wie der Adjutant. Sie nickte Jules freundlich zu.

»Gut, dass ich Sie treffe«, sagte er zu ihm und bemühte sich, die hinkende Frau nicht aus dem Blickfeld zu verlieren. »Kennen Sie die junge Dame dort drüben?«

»Wo?«, fragte Lautner und schaute in die falsche Richtung.

Seine Mutter schaltete schneller und folgte Jules Fingerzeig. »Na sicher, das ist die kleine Bernadette Richelieu.«

»Der Name sagt mir nichts.«

Madame Lautner schlug die Augen nieder und fügte mit gesenktem Ton hinzu: »Unsere ehemalige Weinkönigin. Das arme Kind hat es nicht leicht im Leben.«

Jules erfuhr, dass es sich bei Bernadette Richelieu um

ebenjenes Unfallopfer handelte, von dem ihm Lino am Vortag erzählt hatte. Sie war es gewesen, die die drei betrunkenen Freunde mit ihrem Wagen vom Rad geholt hatten.

»Kaum ein Knochen in ihrem Körper, der nicht gebrochen war«, berichtete Madame Lautner anschaulich. »Und das Gesicht so zerschnitten, dass es selbst ein plastischer Chirurg aus Paris nicht richten konnte. Ihre linke Gesichtshälfte bleibt entstellt. Für immer. Deshalb hat sie sich angewöhnt, die Haare über Stirn und Wange zu kämmen.«

Jules fand es bemerkenswert, dass die junge Frau trotz allem, was ihr durch die Mitschuld von Paul Diebold widerfahren war, einen Gottesdienst im Gedenken an den Toten besucht hatte. Diese schwer nachvollziehbare Geste verstörte ihn so sehr, dass er mit Bernadette Richelieu sprechen wollte. Und zwar unverzüglich.

Mit einer Entschuldigung ließ er die Lautners stehen und beeilte sich, die Kirche zu verlassen. Auf dem Place Turenne, auf dem sich die Schar der Gottesdienstbesucher schnell auflöste, entdeckte er die junge Frau nahe dem großen Brunnen wieder. Er holte sie ein und stellte dabei fest, dass sie sogar noch zierlicher war, als er aus der Entfernung vermutet hatte. So dünn, dass ihr Körper kaum einen Schatten warf.

»Verzeihung«, sprach er sie an, woraufhin sie stehen blieb und sich ihm zuwandte. Wie Madame Lautner treffend beschrieben hatte, war Bernadette Richelieus Haar so geschickt frisiert, dass es fast die ganze linke Seite verdeckte. Die freie rechte Gesichtshälfte hatte den Unfall offenbar ohne jeden Schaden überstanden.

Was Jules sah, war ein fein geschnittenes, ausgesprochen apartes Antlitz, aus dem ihn ein grüngraues Auge neugierig musterte. »Darf ich Sie einen Moment aufhalten? Ich habe ein paar Fragen an Sie.«

»Sie sind Polizist.« Das war keine Frage, sondern eine Feststellung.

Da heute Sonntag war, trug Jules keine Uniform. Woran also hatte sie ihn als Gendarm erkannt? »Wie kommen Sie darauf?«, wollte er wissen.

Ihre Stimme klang erstaunlich fest für eine so zarte Person. »Ihr *flics* geht gern zu Trauerfeiern. Auf der Suche nach Schuldigen. Es gibt doch immer einen Schuldigen. Denn mehr Menschen sterben an Menschen als an sonst etwas.«

Sollte das eine philosophische Betrachtung über die Polizeiarbeit sein? Damit hatte Jules gewiss nicht gerechnet und war neugierig, wie es weiterging.

Die kleine Person sah ihn herausfordernd an, als sie ihm ihre Meinung sagte. »Dabei ist es totaler Quatsch, hier zu suchen. Die Schuldigen sitzen zu Hause und lachen sich eins. Oder im Bistro und lassen es sich bei ein, zwei, drei Sylvanern gut gehen. Vielleicht sollten Sie Ihre Zeit lieber im Bistro verbringen statt in der Kirche!«

Jules nahm sehr wohl den Zynismus wahr, der aus ihren Worten sprach. Weshalb dieser bittere Ton ihm gegenüber, fragte er sich. Sie kannten sich doch überhaupt nicht. Hatte sie eine Wut gegenüber der Polizei im Allgemeinen entwickelt, weil diese den Unfallfahrer nicht ermittelt hatte? Verdenken konnte man es ihr wohl nicht.

Jules versuchte einen Neuanfang, indem er ebenso

sachlich wie freundlich sagte: »Mein Name ist Jules Gabin. Ich bin Major und seit einem Dreivierteljahr Leiter der Gendarmerie.« Er streckte ihr die Hand entgegen, die sie zögernd ergriff.

»Bernadette Richelieu. Aber das wissen Sie sicher längst.«

»Ja«, erwiderte er und erklärte ihr ohne Umschweife, dass er auch von ihrem Unfall Kenntnis hatte. »Was mich zu der Frage bringt, weshalb Sie sich das antun.«

»Antun?« Etwas Verletzliches lag in ihrem Blick, als sie antwortete: »Sie meinen, dass ich den Gottesdienst besucht und mir den Lobgesang auf Paul angehört habe?« Sie dachte nach oder tat zumindest so. »Vielleicht gehe ich ja jeden Sonntag in die Kirche. Warum nicht auch heute?«

»Mademoiselle Richelieu ...«

»Bitte einfach nur Bernadette. Ich mag meinen Nachnamen nicht besonders. Er klingt so geschichtsbelastet.«

»Also gut, Bernadette.« Jules sah sie fest an. »Sind Sie eine regelmäßige Kirchgängerin?«

»Nein.« Sie lehnte sich an die hüfthohe Ummauerung des Marktbrunnens. Die inzwischen mutiger gewordene Sonne brachte ihr Haar zum Leuchten.

»Dann wiederhole ich meine Ausgangsfrage: Weshalb waren Sie heute in der Kirche?«

»Ich habe nicht die geringste Ahnung, warum das die Polizei etwas angehen sollte. Aber wenn es für Sie kriegsentscheidend ist: Mir war es wichtig, von Paul Abschied zu nehmen. Seit dem Unfall war er mein ständiger Begleiter. In Gedanken immer bei mir. Er und seine beiden Kumpane. Ich dachte mir, wenn ich mir anhöre, was Virgile Bernard über ihn sagt, fällt es mir leichter loszulassen. Einen Schlussstrich zu ziehen. Verstehen Sie das?«

»Ich kann Ihnen folgen, ja.« Bernadette tat ihm leid, doch kam er nicht umhin, ihr weiter auf den Zahn zu fühlen. »Sie wissen, wie Paul Diebold gestorben ist?«

»Wer weiß das nicht in Rebenheim? Es steht ja groß auf der Website von Vincents Zeitung.«

»Möglicherweise ist Diebold ein Zufallsopfer gewesen. Der Feuerteufel hatte bekanntlich schon öfter gezündelt. Andererseits …« Jules beobachtete Bernadettes Reaktion genau, während er weitersprach. »Andererseits könnten wir es ebenso gut mit einer vorsätzlichen Tat zu tun haben.«

»Was soll ich dazu sagen? Sie sind der Polizist und nicht ich«, ließ sie seine Anspielung von sich abtropfen.

Jules erwog, deutlichere Worte zu benutzen. Immerhin stand er jemandem mit einem waschechten Tatmotiv gegenüber. Doch ohne jeden Beweis konnte er es nicht riskieren, ihr seinen Verdacht auf den Kopf zuzusagen.

Aber das brauchte er gar nicht. Bernadette wusste offenbar sehr genau, was er von ihr wollte. »Möchten Sie mich nach meinem Alibi fragen? Wollen Sie wissen, was ich in der Nacht zum Samstag gemacht habe?« Angriffslustig funkelte sie ihn an, um dann – mit einer ruckartigen brutalen Geste – ihre Haarsträhnen aus dem Gesicht zu wischen.

Jules bekam dadurch ihr ganzes Gesicht zu sehen: blutrot geränderte Narben, ein hängendes Augenlid, die Braue kaum mehr vorhanden. Ein erschreckender Kontrast.

»Wo ich Freitagabend war? Ich kann mich gerade nicht erinnern«, sagte sie und ließ das Haar los. Wie eine schützende Hülle legte es sich wieder über die entstellte Gesichtshälfte. »Aber ich denke drüber nach.«

Mit diesen Worten drehte sie sich um und ging. Jules tat nichts, um sie aufzuhalten.

Er sah ihr nach und beobachtete, wie sie sich darum bemühte, den Platz stolz erhobenen Kopfes und schnellen Schrittes zu verlassen.

Dass er seinerseits beobachtet wurde, bekam er nicht mit. Étienne und Mathé hatten sich hinter eine Rabatte gestellt und verfolgten mit Argusaugen, was vor sich ging.

»Was hat der *flic* mit Bernadette zu schaffen?«, fragte der Monteur, dessen schwarzes Jackett über seiner breiten Schulter spannte.

»Keine Ahnung, aber es gefällt mir nicht«, antwortete sein schmächtiger Begleiter.

»Wahrscheinlich weiß er es inzwischen«, meinte Étienne. »Dieser Gabin ist nicht auf den Kopf gefallen. Bernadette hat ihm unter Garantie von dem Unfall erzählt und dass Paul daran beteiligt war. Wie ich die dumme Nuss kenne, hat sie ihm unsere Namen gleich mit verraten.«

»Verraten? Was gibt's denn da zu verraten?« Mathé sah seinen Kumpan schräg an. »Der Bulle braucht nur in die Akte zu schauen, schon weiß er, dass wir dabei waren. Aber was bringt ihm das? Nichts.«

»Vielleicht ja doch. Kann sein, er denkt, sie ist es gewesen. Dass sie es war, die Paul ...« Er fuhr sich mit der Handkante über die Gurgel.

Mathé winkte ab. Verbissen hielt er Ausschau nach dem Major, der sich noch immer nicht vom Fleck bewegt hatte. »Gabin hat keine Ahnung, was wirklich gespielt wird«, meinte er schließlich »Er wird uns nicht helfen können.«

»Was meinst du, sollen wir ihm einen Tipp geben?«, fragte Étienne.

»Bist du wahnsinnig? Das würde alles nur noch schlimmer machen.«

»Ja«, sagte Étienne mit grimmigem Blick. »Vor allem für dich.«

»Was willst du damit andeuten?«, fragte Mathé, woraufhin sich der deutlich größere Étienne vor ihm aufbaute.

»Tu nicht so begriffsstutzig«, drohte der Mechaniker.

Mathé trat eingeschüchtert einen Schritt zurück. »Wir sitzen beide in einem Boot, vergiss das nicht.« Mit einer fahrigen Bewegung strich er sich durchs rote Haar. »Was ist denn aus deinem Plan geworden? Hast du das Treffen ausgemacht?«

»Ja, die Verabredung steht. Nach Feierabend in der Autowerkstatt. Da stört uns keiner.«

»Wann?«

»Morgen Abend.«

Mathé atmete erleichtert auf. »Na siehst du. Es geht doch. Wir brauchen keine Polizei, um unsere Angelegenheiten zu regeln. Willst du, dass ich dabei bin?«

»Nein, Kleiner, bleib zu Hause. Ich regele das allein.«

Umso besser, dachte Mathé. Sollte sich Étienne darum kümmern. Mathé verspürte kein gesteigertes Interesse daran, neben ihm zu stehen, wenn sein Freund grob werden müsste. Denn das wusste er von manch einer Dorffestprügelei: Wo Étienne hinschlug, wuchs kein Gras mehr.

Reichlich verwirrt kehrte Jules wenig später in der *Auberge de la Cigogne* ein, wo er bereits von seiner Wirtin erwartet wurde.

»Gerade richtig zum *déjeuner.*« Clotilde bekam ihn in der Armbeuge zu fassen und führte Jules auf direktem Wege in den idyllischen Hinterhof ihrer Herberge. Dort, zwischen Weinranken und allerlei Zierrat, hatte sie einen Tisch für ihren Dauergast gedeckt.

Sie servierte ihm den deftigen Klassiker *choucroute alsacienne.* Die überbordende Schlachtplatte auf einem Sauerkrautbeet kam gerade recht. Beherzt griff er zu Messer und Gabel und schnitt in eine daumendicke Knackwurst. Wie es ihre Art war, raffte Clotilde ihre Kittelschürze und ließ sich neben ihrem Dauergast nieder. Zufrieden sah sie ihm beim Schlemmen zu.

»Ich muss schon sagen«, meinte Jules und schob sich ein Stück geräucherte Schweinebrust in den Mund, »ja, ich muss sagen, dass ich zwar eigentlich ein großer Freund der französischen Küche bin, ich mich mit Ihren deutschen Gerichten aber sehr gut anfreunden kann.«

Was als Lob gemeint war, rief bei Clotilde eine heftige Reaktion hervor. Ihre Kinnlade klappte nach unten, gleichzeitig stieg eine alarmierende Röte in ihrem Gesicht auf. »Deutsch?«, fragte sie. »Wie kommen Sie denn darauf, Monsieur le Commissaire?«

Dass ihn die Wirtin so förmlich und noch dazu mit dem falschen Titel ansprach, deutete Jules als Warnsignal und antwortete beschwichtigend: »Nun ja, das Sauerkraut ...«

Clotilde beugte sich weit über den Tisch und ließ ihren Zeigefinger über Jules Teller schweben. »Das ist französisches Sauerkraut, völlig verschieden zu dem auf der anderen Rheinseite. Unseres ist locker und leicht, gemüsiger und – das ist der entscheidende Unterschied – mit Elsässer Wein gekocht. Für meines verwende ich einen Tokay, allererste Wahl.«

Jules nahm ein wenig von den goldgelben zarten Fäden auf die Gabel und probierte. »Ganz ausgezeichnet«, sagte er mit gewinnendem Lächeln, woraufhin der vorübergehende Unmut seiner Wirtin verflog.

Nach der üppigen Speise nahm er den hausgemachten Obstler, den ihn Clotilde anbot, dankend an. Er ließ den Mirabellenbrand seine Wirkung entfalten, bevor er sich in der Lage sah, sich dienstlichen Belangen zu widmen. »Sie kennen Bernadette, die ehemalige Weinkönigin?«, fragte er.

»Natürlich kenne ich Bernadette«, antwortete Clotilde. »Ein nettes Mädchen. Nur leider hatte sie ziemliches Pech gehabt im letzten Jahr. Ein Verkehrsunfall ...«

»Ich bin im Bilde.« Er berichtete von dem kurzen Gespräch, das er mit Bernadette vor der Kirche geführt hatte. Er gestand auch, dass er es recht seltsam fand, ausgerechnet sie in einem Trauergottesdienst zu Ehren von Paul Diebold angetroffen zu haben. Immerhin bestand ja die Möglichkeit, dass Diebold es gewesen war, auf dessen Konto der schwere Unfall ging.

»Macht sie das in Ihren Augen etwa verdächtig?«, fragte Clotilde.

»Zumindest ihr Verhalten erscheint mir verdächtig, ja«, bestätigte Jules.

Anscheinend löste diese Äußerung bei Clotilde das Bedürfnis aus, sich schützend vor Bernadette stellen zu müssen. Sie kannte das Mädchen, seit es mit seinen Eltern aus Mulhouse – oder elsässisch Mìlhüsa – nach Rebenheim gezogen war. Da war die Kleine gerade fünf Jahre alt gewesen und so süß, dass sie den Leuten ein Lächeln ins Gesicht zauberte. Natürlich konnte sie auch anders, war frech und piesackte ihre Lehrer. Doch es überwog ihre Herzlichkeit sowie ihre offene, auf die Menschen zugehende Art, die ihr später ins Amt der Weinkönigin verhalf. Clotilde hatte bei diversen Gelegenheiten mit ihr geplaudert und sie ins Herz geschlossen. Umso mehr traf sie die Nachricht von ihrem Unfall. Für sie war es schwer erträglich, mit anzusehen, wie aus der lebenslustigen, stets gut gelaunten Bernadette nach dem Unfall ein völlig anderer Mensch geworden war – in sich gekehrt, nachdenklich, zurückgezogen. Eben voller Verbitterung. Erst in den letzten Wochen ließ sich Bernadette ab und zu wieder sehen, ging auf den Markt oder kam als Gast zu der einen oder anderen Festivität. Neulich hatte Clotilde sie sogar mal wieder lächeln sehen. Ein gutes Zeichen, wie sie meinte.

Deshalb sah sie sich in der Pflicht, Partei für die frühere Weinkönigin zu ergreifen. »Die Schuldfrage bei dem Unfall konnte nie geklärt werden. Bernadette hat sich damit abgefunden und bemüht sich, dem Leben wieder seine positiven Seiten abzugewinnen. Sie hat vergeben. Dass sie heute in die Kirche gegangen ist, beweist es.«

Jules fand das nicht überzeugend. »Ich habe mich

nur kurz mit ihr unterhalten können. Sie hat es genauso dargestellt. Doch dass sie es fertiggebracht haben soll, nach nicht mal einem Jahr alles vergeben und vergessen zu haben, halte ich schlichtweg für unwahrscheinlich.«

»Sie ist eine starke Persönlichkeit«, bekräftigte Clotilde ihre Meinung. »Schon immer gewesen. Ich bin zuversichtlich, dass Bernadette das hinkriegt.«

Starke Persönlichkeit – das waren die Stichworte für ein weiteres Anliegen, das Jules beschäftigte. »Eine ganz andere Frage: Wäre es möglich, dass ich vorübergehend in ein größeres Zimmer umziehe? Oder gibt es zwei zusammenhängende Räume, die ich belegen könnte?«

Clotilde runzelte die Stirn. »Die Saison läuft gerade an. Wir sind so gut wie ausgebucht. Gefällt Ihnen Ihr Zimmer denn nicht mehr? Es ist unser schönstes.«

»Doch, doch, alles bestens«, versicherte er. »Es ist nur so, dass ich übernächste Woche Besuch erwarte. Mein Bett ist für Lilou und mich zusammen einfach zu schmal, und der Kleiderschrank reicht gerade für meine Sachen.«

Ehrliche Freude vertrieb die Falten von der Stirn der Wirtin. »Ihre *petite amie* kommt nach Rebenheim? Warum sagen Sie das nicht gleich?« Überschwänglich drückte sie seinen Unterarm. »Selbstverständlich finden wir ein größeres Zimmer für Sie und Ihre Verlobte. Wir wollen doch, dass sie sich bei uns wohlfühlt.«

Das wollte auch Jules – hatte aber wenig Hoffnung, dass es funktionieren würde.

Sein Verdauungsspaziergang, den er spätestens nach dem Dessert – Apfeltarte mit einer riesigen Haube Sahne – nötig hatte, führte ihn zum Corps de Garde. In der Gendarmerie schob François Kieffer missgelaunt Sonntagsdienst. Jules erwischte den Gendarm dabei, wie er mit den Füßen auf der Schreibtischplatte in seinem Stuhl hing und in einer Sportzeitschrift vertieft war. Kaum dass er seinen Chef erblickte, sprang Kieffer auf. So überstürzt, dass er eine Tasse Kaffee umkippte, deren Inhalt sich über den Boden ergoss.

»*Merde alors!*«, schimpfte er und sprang zurück, um nicht in die Kaffeepfütze zu treten. »So eine Sauerei. Ausgerechnet heute, wo Charlotte nicht da ist.«

Jules, den dieser Vorfall eher belustigte statt ärgerte, sagte: »Ich denke nicht, dass es zu den primären Aufgaben der Kollegin Regnier gehört, von Ihnen verschüttete Heißgetränke aufzuwischen.« Aus der Kaffeeecke holte er eine Rolle Haushaltstücher und reichte sie Kieffer. »Selbst ist der Mann!«

Der Gendarm fügte sich in sein Schicksal und ging in die Knie. Allerdings nicht, ohne sich demonstrativ an den Rücken zu fassen und schmerzvoll aufzustöhnen.

»Ich hab's im Kreuz«, jammerte er. »Hoffentlich geht das gut, sonst muss mich der *docteur* wieder für eine Woche krankschreiben. Mindestens.«

»Sie werden's überleben«, gab sich Jules zuversichtlich. Er sah dem dicklichen Kieffer beim Wischen zu, während er seine Fragen stellte. »Haben wir noch die Akten über den Verkehrsunfall von Bernadette Richelieu aus dem letzten Herbst vorliegen oder setzen die bereits Staub an im Archiv?«

»Sind schon auf dem Dachboden«, stöhnte Kieffer und riss das dritte Blatt von der Papierrolle. »Aber das bisschen, was drin steht, kann ich Ihnen auswendig aufsagen.«

»Schießen Sie los«, forderte Jules ihn auf und bekam mehr oder weniger die gleiche Geschichte zu hören, die er bereits kannte. »Haben Sie nicht ein wenig mehr Informationen für mich? Was ist zum Beispiel mit den kriminaltechnischen Untersuchungen?«

»Da kam nicht viel bei rum«, fasste sich Kieffer kurz und wischte um die Stuhlbeine herum. »Die Kollegen von der Spusi aus Colmar konnten den Fahrer ebenso wenig ermitteln wie ein Gutachter, den Bernadettes Versicherung auf den Fall angesetzt hatte. Entsprechend ergebnislos ist später das Verfahren gegen die Insassen des Unfallautos verlaufen. Im Zweifel für den Angeklagten. Der Richter konnte keinen der drei wegen fahrlässiger Tötung drankriegen, wie es sich die Staatsanwaltschaft gewünscht hatte.« Mühsam zog er sich an der Schreibtischkante hoch. »Weshalb interessieren Sie sich eigentlich dafür, Major?«

Jules sagte es ihm und erlebte eine ähnliche Reaktion wie kurz zuvor bei seiner Wirtin Clotilde.

»Bernadette soll verdächtig sein?« Kieffer sah ihn an, als hätte dieser soeben den Papst zum Heiden erklärt. »Damit liegen Sie ziemlich daneben, Chef. Wie sollte das denn funktionieren? Denken Sie etwa, die kleine Bernadette hätte all diese Feuer gelegt?«

Jules, dem diese Vorstellung selbst nicht leichtfiel, wies seinen Mitarbeiter auf ihr starkes Tatmotiv hin.

Doch der ließ das nicht gelten und schlug vor: »Fragen Sie sie einfach danach, was sie während der Tatzeit getan hat. Sie werden sehen, dass sich Ihr Verdacht ganz schnell in Luft auflöst.«

»Das habe ich bereits getan.«

»Und? Was sagt Bernadette?«

»Sie konnte sich nicht erinnern.«

»Nicht erinnern?« Kieffer stieß einen kurzen Lacher aus. »Typisch Bernadette. Sie hat Sie veräppelt, Chef.«

»Den Eindruck hatte ich auch«, meinte Jules betreten.

»Das tut sie gern, wenn sie mit Respektspersonen und Autoritäten zu tun bekommt. Schon als Mädchen hat sie sich mit ihren Lehrern angelegt. Hat Pierre etwa noch nie von ihr erzählt?«

Pierre, ehemaliger Lehrer und Mitglied von Jules' Radsportgruppe, redete oft und gern über seine früheren Pennäler. An eine Anekdote über die aufmüpfige Bernadette konnte sich Jules jedoch nicht erinnern. »Wenn man Clotilde über sie reden hört, meint man, sie könnte kein Wässerchen trüben.«

»Bernadette ist ein nettes Mädchen mit dem Herzen am richtigen Fleck. Aber sie kann auch anders.« Kieffer machte einen Vorschlag: »Gehen wir sie besuchen! Wenn ich dabei bin, entspannt sie sich und sagt uns, was wir wissen wollen.« Mühelos richtete er sich auf, der Rückenschmerz wie weggezaubert. »Sie werden sehen, Bernadette ist schwer in Ordnung.«

Die ehemalige Weinkönigin hatte sich im ersten Stock eines türkisblauen Altbaus in einem Seitengässchen der Rue des Vosges eingerichtet. Geschmackvoll das Interieur, liebevoll die Dekoration der Regale und Fensterbretter. Eine kleine Sammlung von Auszeichnungen und Dankesurkunden der Winzergenossenschaft und des Fremdenverkehrsverbandes plakatierten eine sonnengelb getünchte Wand.

»Aus meiner aktiven Zeit als Majestät«, erklärte Bernadette, als sie merkte, dass Jules davor stehen blieb. »Sie interessieren sich für Wein?«

»Sehr sogar«, antwortete Jules, der froh über den freundlichen Empfang war.

»Allerdings nur für Rotwein«, ergänzte Gendarm Kieffer unaufgefordert.

»Ist das so?« Bernadette warf Jules einen beinahe mitleidigen Blick zu. »Es gibt hervorragende Rotweine, keine Frage. Übrigens auch hier bei uns im Elsass. Aber keiner trippelt so leichtfüßig über die Zunge wie unsere Weißen. Sie sind nicht so schwer wie die Roten aus dem Süden und machen nicht gleich satt. Unsere Weißweine sind feinkörnig und samtig wie Babypuder.«

Unwillkürlich musste Jules schmunzeln. So unbekümmert hatte er noch keinen Weinprofi reden hören. »Ich bin direkt versucht, mit meinen Gewohnheiten zu brechen und öfter mal einen Ihrer Sylvaner oder Rieslinge zu trinken.«

»Unbedingt!«, betonte Bernadette. »Ich gebe Ihnen gern Hilfestellung, wenn Sie sich bei der Auswahl nicht sicher sind.« Dann trübte sich ihr Blick. »Aber Sie sind nicht wegen des Weins gekommen. Ich bin Ihnen ein Alibi schuldig.«

»Ja«, sprang Kieffer seinem Chef bei. »Erzähl uns, wo du Freitagnacht warst, und wir lassen dich gleich wieder in Ruhe.«

Bernadette sah nicht Kieffer, sondern Jules an. »Ich war in Colmar im Kino. Eine Komödie mit ein bisschen Herzschmerz. Recht kurzweilig und amüsant.«

»Hat dich jemand begleitet?«, fragte Kieffer.

»Ja. Evi war dabei und Pauline.«

»Wenn Sie in der Abendvorstellung waren, können Sie gegen elf zurück in Rebenheim gewesen sein«, rechnete Jules vor. »Wie sieht es mit den Stunden danach aus?«

Bernadette zeigte ein halbes Lächeln. »Wir sind anschließend in eine Bar gegangen. Ungefähr bis Mitternacht.«

Immer noch ausreichend, um zwischen eins und halb vier ein Feuer zu legen, dachte Jules und fragte: »Sind Sie danach gleich nach Hause gefahren?«

»Ja«, bestätigte Bernadette.

»Ich nehme an, dafür gibt es keine Zeugen«, meinte Jules, woraufhin ihn Kieffer vorwurfsvoll ansah.

»Doch«, lautete Bernadettes überraschende Antwort. »Wir waren so gut drauf, dass wir bei mir weitergefeiert haben.« Sie deutete auf einen geleerten Bocksbeutel und Weingläser, die neben dem Spülbecken standen. »Pauline, Evi und ich haben die ganze Flasche leer gemacht.«

So langsam ging Jules' Rechnung nicht mehr auf. »Und danach haben sich Ihre Freundinnen verabschiedet?«

»Nein. Es war sehr spät, und alle waren müde. Die beiden haben bei mir auf dem Klappsofa geschlafen.«

Jules nickte und sah seinen Verdacht ausgeräumt. »Wenn das so ist …«

»Sie können meine Freundinnen gern dazu befragen«, gab sich Bernadette jetzt kooperativ, riss einen Zettel vom Block neben ihrem Telefontischchen und schrieb zwei Nummern auf. »Wollen Sie auch wissen, was ich an den anderen Abenden gemacht habe, als es gebrannt hat?«

»Das wird nicht nötig sein«, kam Kieffer Jules zuvor.

Jules ließ es geschehen, als der Gendarm ihn nach einem freundlichen »*Salut!*« aus der Wohnung schob und ihn die Treppe hinunter dirigierte.

»Alles ist geklärt, Sie können Bernadette von Ihrer Liste streichen, Major«, sagte Kieffer, noch bevor sie unten angekommen waren.

»Nicht, ehe das Alibi überprüft ist«, wandte Jules ein.

»Ich kenne Evi und Pauline. Absolut zuverlässige Mädchen. Auf ihr Wort können Sie zählen.«

Jules hatte ein gewisses Einsehen, weshalb Kieffer ebenso wie Clotilde daran lag, Bernadette zu schützen. Dennoch durfte er – ihrem harten Schicksal zum Trotz – bei ihr nicht nachlässiger ermitteln als bei jedem anderen.

Sie hatten den Treppenabsatz erreicht, da wurde Jules auf ein Fahrrad aufmerksam, das an die Wand gelehnt war. Ein hochwertiges Mountainbike, gesichert mit einem Kettenschloss. Da es in einer kaum beleuchteten Nische stand, war es Jules vorher nicht aufgefallen. Er ging davor in die Hocke, um die Reifen anzusehen.

»Was machen Sie da?«, fragte Kieffer. Er hatte bereits die Haustür geöffnet.

»Ich frage mich, ob das Bernadettes Rad ist.« Jules betastete das Profil.

»Und wenn schon. Sie hat mit den Bränden nichts zu tun. Davon haben wir uns doch gerade überzeugt.«

»Wie weit sind Sie eigentlich mit den Vergleichsabdrücken? Waren Sie inzwischen im Fahrradladen von Gilbert? Es wird Zeit, dass wir das Rad ermitteln, das die Spuren an Miguels Scheune hinterlassen hat.«

Der Gendarm stöhnte. »Das wird morgen erledigt, Chef.«

Allzu gern hätte François Kieffer aufbegehrt und infrage gestellt, ob es denn die Mühe wert sei, mit den Abdrücken hausieren zu gehen. Wer sagte denn, dass sie wirklich vom Täter stammten und nicht rein zufällig vor der Brandstelle entdeckt worden waren? Alle Welt fuhr hier Fahrrad: Jeder zweite Einheimische und immer mehr Touristen auf ihren Trekking- oder Mountain- oder E-Bikes. Hätte er seinen übereifrigen Chef bloß nie darauf hingewiesen, dass die Spuren von einem Spezialreifen stammten. Das hätte ihm viel Arbeit und Stress erspart.

»Kann ich mich darauf verlassen?«, fragte Jules.

»Ganz sicher«, antwortete Kieffer gequält. »Können wir jetzt los?«

Jules machte keine Anstalten, seine Untersuchung des Mountainbikes abzubrechen. »Gehen Sie schon vor, Kieffer. Ich komme bald nach.«

Mit einem weiteren deutlich vernehmbaren Stöhnen trat der Gendarm ins Freie und zog die Tür hinter sich zu.

Während Jules neben dem Bike hocken blieb, hatte er wieder seine spätabendliche Begegnung mit dem rüpelhaften Radfahrer vor Augen – oder mit der Radfahrerin? Er rief sich die kurze Szene in Erinnerung und dachte darüber nach, ob es sich um Bernadette gehandelt haben könnte.

»Das ist ein Ghost Lanao FS 2.«

Die Stimme kam von oben und ließ Jules aufschrecken. Bernadette humpelte die Treppe herunter, in der Hand eine Tüte mit Abfällen. »Ein Fully, also prima fürs Gelände geeignet«, erklärte sie. »Interessieren Sie sich fürs Biken?« Sie stellte den Müllbeutel ab und sah Jules neugierig an.

»Ja, ich bin vor einiger Zeit auf den Geschmack gekommen und habe mir ein Rennrad zugelegt.«

»Ach, dann sind Sie sicher schon von Linos Radlerklub vereinnahmt worden.«

Jules schmunzelte. »Von einer Vereinnahmung würde ich nicht sprechen. Es ist mir eine Ehre, dabei sein zu dürfen.« Er erzählte, dass man ihm als Neuling sogar die diesjährige Tourplanung anvertraut habe.

Bernadette, die für den Moment Jules' Beruf vergessen zu haben schien und sich zusehends aufgeschlossener gab, war begeistert. »Das ist eine tolle Aufgabe und eine gute Gelegenheit, die Gegend zu erkunden. Welche Orte haben Sie denn schon abgeklappert?«

»Bisher erst einen.«

»Nur einen? Da läuft Ihnen ja die Zeit davon.«

Er hob die Schultern. »Was soll ich tun?«

Bernadette setzte ein Lächeln auf, das ihr ein Grübchen auf die Wange zauberte. »Wenn Sie mögen, helfe ich Ihnen bei der Tourvorbereitung«, schlug sie überraschend vor.

»Sie wollen mir helfen?«, wunderte sich Jules, konnte sich aber spontan mit dem Gedanken anfreunden, sie gegen den brummigen Lino als Tourenplaner einzutauschen.

»Ja!«, nickte Bernadette. »Das Radfahren ist für mich eine Art Therapie. Auf meinem Bike komme ich besser zurecht, als wenn ich zu Fuß gehe. Im Sattel spüre ich kaum Schmerzen in der Hüfte. Deswegen kenne ich alle Radwege rings um Rebenheim. Ich könnte Ihnen ein paar tolle Geheimtipps zeigen.«

Jules musterte die junge Frau, die er heute – an einem einzigen Tag – von drei sehr verschiedenen Seiten kennengelernt hatte: als zynische Philosophin, in ablehnender Überheblichkeit und als hilfsbereit und zuvorkommend. Nach kurzem Zögern willigte er ein. Dass sie ihn bei der Vorbereitung der *Tour d'Alsace* unterstützen wollte, war allerdings nicht der Hauptgrund für seine Zustimmung. Er spürte, dass Bernadette mehr über Paul Diebolds Tod wusste, als sie eingestehen wollte.

Auch Bernadette taxierte den Chef der Gendarmerie genau und registrierte sehr wohl sein Mienenspiel. Sie fragte sich, was in seinem Kopf vorgehen mochte und ob es eine gute Idee war, sich ihm als Fremdenführerin anzudienen. Aber sie hatte es sich vorgenommen, und wenn sie sich einmal etwas in den Kopf setzte, zog sie es durch.

Ihre Motivation war in erster Linie emotional. Sie tat es, weil der Mann ihr sympathisch war. Ihr gefiel sein lässiges Erscheinungsbild mit Stoppelbart und schwarzem Wuschelhaar – nicht so aalglatt wie andere *flics*. Ebenso seine Art: charmant, trotzdem verbindlich. Außerdem mochte sie seine Augen, die Wärme und Witz ausstrahlten.

Ja, sie wollte Jules helfen, damit er sich unter den voreingenommenen Männern seiner Fahrradtruppe beweisen konnte und sich in Rebenheim willkommen fühlte. So etwas lag ihr, denn auch als Weinkönigin hatte sie dafür gesorgt, dass es den Leuten gut ging und sie zufrieden waren mit Land und Leuten.

Gleichzeitig könnte sie die Touren, die sie mit dem Major unternehmen würde, dafür nutzen, um an Informationen zu gelangen. Aus erster Hand sozusagen. Denn natürlich interessierte sie es, wie die Polizei mit ihren Ermittlungen vorankam. *Alles*, was mit Paul, Étienne und Mathé zu tun hatte, interessierte sie.

LE CINQUIÈME JOUR

DER FÜNFTE TAG

Alain Lautner beobachtete seinen Chef aus dem Fenster der Gendarmerie. Er sah, wie Major Gabin über den Place Turenne ging – nicht schlendernd, sondern im Stechschritt. Das hieß, dass er unter Dampf stand, was wiederum bedeutete, dass sich Lautner auf einen arbeitsreichen Tag einstellen musste.

In solchen Momenten sehnte er sich nach den alten Zeiten, als es in ihrer Amtsstube gemächlich zuging, immer nach dem gleichen Trott. Da beschäftigten sie sich großenteils mit kleinen Fischen, kaum einmal mit einer schweren Straftat. Und wenn doch ein ernsthaftes Verbrechen geschehen war, überließ man es gern den Kollegen aus den größeren Nachbarstädten. Aber dieser Gabin wollte ja unbedingt alles selbst machen! Manchmal hatte Alain Lautner den Eindruck, als würde sein neuer Chef regelrecht aufblühen, wenn um ihn herum das Verbrechen wütete. Wo mochte das bloß hinführen, wenn es dauerhaft keinen Verlass mehr auf stressfreie Arbeitstage und pünktlichen Feierabend geben sollte?

Lautner konnte nicht länger über sein schweres Los nachdenken, denn der Major ließ die Tür mit Schwung auffliegen.

»Was haben wir? Wie ist die Lage?«

Jules strebte auf seinen Schreibtisch zu und ließ sich darauf nieder. Damit saß er höher als seine Mitarbeiter, die ihre Stühle zu einem Halbkreis zusammenstellten. Es war elf Uhr. Spät genug, um Ergebnisse erwarten zu können, und früh genug, um vor der Mittagspause mit der Besprechung fertig zu sein.

Gendarm Kieffer meldete sich als Erster zu Wort. »Ich habe die Gipsabdrücke bei Gilbert abgegeben. Auch er meint, dass sie ein charakteristisches Profil aufweisen. Er konnte mir auf Anhieb den passenden Reifen dazu zeigen.«

»Hat er gesagt, wem er solche Reifen in letzter Zeit verkauft hat?«, fragte Jules.

»Nein, aber er geht seine Bücher durch und meldet sich bei uns.«

»In Ordnung. Und die Alibis, die Sie überprüfen sollten?«

Kieffer verdrehte die Augen, womit er klar zu verstehen gab, was er von dieser Aufgabe hielt. »Wie zu erwarten, wurde Bernadettes Alibi für den Freitag bestätigt. Übrigens auch für fast alle Tage, an denen es andernorts gebrannt hat, konnte sie plausible Angaben machen. Ich habe sie dafür eigens noch mal angerufen.«

»Haben Sie die auch überprüft?«, vergewisserte sich Jules.

Kieffer tauschte einen vielsagenden Blick mit Adjutant Lautner, bevor er antwortete: »Ja, Major. Bernadettes Angaben waren allesamt korrekt.«

»Gut, also weiter. Was gibt es sonst Neues? Haben die erkennungsdienstlichen Untersuchungen inzwischen mehr erbracht? Oder die Autopsie?«

Alain Lautner schnappte sich einen Spiralblock, den er mit seiner gestochenen Schrift über mehrere Seiten gefüllt hatte. Seine umfangreichen Aufzeichnungen ließen auf eine Fülle neuer Informationen schließen, doch sein Resümee blieb bescheiden. »Nichts, was wir nicht schon wussten«, fasste er zusammen. »Der Tod durch Rauchgasvergiftung wurde bestätigt. Auch, dass das Opfer stark alkoholisiert gewesen war, haben wir jetzt schwarz auf weiß. Und es war Brandstiftung. Jeder Zweifel ist ausgeschlossen.«

Jules richtete seinen Blick erwartungsvoll auf Charlotte Regnier. Die ebenso eifrige wie pfiffige Assistentin bekam meistens mehr mit als ihre männlichen Kollegen, wusste, was im Städtchen geredet wurde, und besaß einen guten Riecher. Er traute ihr weit mehr zu, als es ihrer Position entsprach.

Doch auch sie konnte nichts beitragen, was den Fall voranbrachte. Als sie Jules' Enttäuschung erkannte, sagte sie: »Richterin Laffargue fordert von uns, dass wir bald Fortschritte machen. Das ist uns allen bewusst.«

Nicht nur Joanna saß ihnen im Nacken, dachte Jules. Auch das Vorzimmer des Präfekten hatte schon am frühen Morgen anfragen lassen, wann mit der Festnahme eines Verdächtigen zu rechnen sei.

»Liebe Kollegen, wir stehen ziemlich unter Druck«, bestätigte er deshalb das Offensichtliche. »Man erwartet von uns nicht weniger als den Durchbruch – und zwar möglichst schon gestern.«

Er schwang sich von seinem Schreibtisch, ging zum Fenster und schaute auf den belebten Place Turenne hinaus. Heute war Markttag. Die Händler füllten gerade ihre Stände auf und entluden Kisten voller Obst und Gemüse aus ihren Transportern. Einheimische Kunden waren kaum mehr zu sehen, denn sie hatten ihre Einkäufe längst erledigt. Dafür aber tummelten sich die Touristen, unschwer an ihrer Kleidung mit Shorts, knallig bedruckten T-Shirts und Baseballkappen zu erkennen. Jules konnte gut nachvollziehen, weshalb es die Verantwortlichen so eilig hatten, dass wieder Ruhe und Ordnung in die beschaulichen Rebenheimer Gassen einzog, denn alles andere schadete dem Fremdenverkehr. Und genau darin bestand ja seine eigentliche Aufgabe: die öffentliche Ordnung zu gewährleisten.

»Wir werden es folgendermaßen angehen«, sagte er in entschiedenem Ton und wandte sich wieder seinen Leuten zu. »Wir werden dem Feuerteufel auflauern. Wir richten Beobachtungsposten ein und warten, bis er erneut zuschlägt. Dann krallen wir ihn uns!«

Die Gesichter seiner drei Mitarbeiter drückten alle mehr oder weniger das Gleiche aus: eine Mischung aus Unverständnis und Unwillen.

»Wie soll das funktionieren, Chef?«, fragte Kieffer und kratzte sich am Doppelkinn. »Keiner von uns kann gleichzeitig an allen Plätzen und Straßenecken von Rebenheim sein. Schon gar nicht in den Außenbezirken.«

»Die lassen wir vorerst außer Acht«, bestimmte Jules. »Der Brandstifter hat sich bis in die Altstadt hineingewagt, von daher glaube ich, dass er es hier ein zweites Mal versuchen wird.«

»Trotzdem können wir unsere Augen nicht überall gleichzeitig haben«, protestierte Kieffer. »Außerdem sollten wir nicht den ganzen Tag damit verbringen, in der Gegend herumzustehen. Das ist Sache der Police municipale.«

»Den ganz Tag?« Jules sah den Gendarm scharf an.

»Wer redet denn von Tag? Ich möchte, dass wir nachts observieren. Nur nach Einbruch der Dämmerung, wenn sich der Brandstifter unbeobachtet fühlt, ist es sinnvoll, auf ihn zu warten. Alles andere wäre für die Katz.«

Die Mienen der anderen verdüsterten sich zusehends. Kaum hatte Jules zu Ende gesprochen, steckten sie ihre Köpfe zusammen und tuschelten. Ein Wort gab das nächste, und es entbrannte eine hitzige Diskussion. Obwohl Jules direkt vor seinen Mitarbeitern stand, hatte er keine Chance, der Aussprache zu folgen. Er verstand wieder einmal kaum ein Wort dieser Konversation.

Schließlich wurde es ihm zu bunt, und er erhob seine Stimme. »Darf ich daran erinnern, worauf wir uns geeinigt hatten: kein Elsässisch in dienstlichen Belangen!«

Die anderen verstummten.

»Pardon«, entschuldigte sich Adjutant Lautner. »Aber wir sind uns einig, dass das nicht geht.«

»Wie bitte?« Jules stemmte seine Arme in die Hüften.

»Unsere Überstundenkonten sind so voll, voller geht es gar nicht. Wenn Sie uns zusätzlich Nachtschichten aufbrummen, kommen wir in den roten Bereich.« Die beiden anderen nickten eifrig.

Roter Bereich? Jules fragte sich, wobei diese angeblich so vielen Überstunden entstanden sein sollten. Ob Lautner und Kieffer ihre ausgedehnten Mittagspausen und die gelegentliche abendliche »Dienstbesprechung« in der *brasserie* mit eingerechnet hatten? Er würde sich künftig dringend mehr um Personalangelegenheiten kümmern müssen.

»Kurz und gut, mit uns dürfen Sie nicht rechnen«, bekräftigte Kieffer. »Was zu viel ist, ist zu viel.«

Sogar Charlotte Regnier, die Jules gemeinhin sehr behilflich war, reagierte ablehnend. »Mein Feierabend ist mir heilig.«

Was sollte er tun? Den Vorgesetzten herauskehren und seine Leute dienstverpflichten? Damit wäre das Betriebsklima für die nächste Zeit empfindlich gestört.

»Also gut«, gab er nach. »Ich werde es selbst tun.«

»Sie selbst?«, fragte Lautner überrascht.

Jules nickte und schaute nacheinander jedem in die Augen. Sollten sie ruhig ein schlechtes Gewissen haben, wenn sie sich vor der Arbeit drückten und ihn – den Rebenheim-Neuling – allein in die Nacht schickten.

Anschließend verließ er die Amtsstube, um sich noch einmal an der Brandstelle umzusehen. Vielleicht würde er auf einen neuen Hinweis stoßen oder schon vorher, auf seinem Weg über den Wochenmarkt, etwas Verwertbares aufschnappen.

Im Treppenhaus wurde er jedoch ausgebremst. Isabelle Cantalloube kam ihm entgegen. Wie üblich in wallender Tunika, mit ungezähmter schwarzer Lockenmähne und mindestens einer Lage zu viel Schminke auf den Wangen. Der penetrante Veilchenduft ihres Parfüms füllte den Flur.

»Gut, dass ich Sie antreffe, Major Gabin!« Sie stellte sich so hin, dass Jules nicht an ihr vorbeikam.

»Ich bin in Eile«, gab er vor, weil er ahnte, was die Fremdenverkehrschefin von ihm wollte.

»Ich muss Sie aber dringend sprechen!«

»Wenn Sie sich nach dem Stand der Ermittlungen

erkundigen möchten, muss ich Sie um Geduld bitten. Wir tun unser Möglichstes, um den Brandstifter zu finden. Glauben Sie mir, Madame Cantalloube, die negativen Auswirkungen von Kriminalität auf den Tourismus sind mir durchaus bewusst.«

Isabelle Cantalloube wedelte mit ihrem Zeigefinger dicht vor Jules' Gesicht. »Deshalb bin ich nicht hier.«

»Nein?«, fragte er verblüfft. Er hätte jede Wette abgeschlossen, dass sich die emsige Leiterin des *office de tourisme* über die schleppende Polizeiarbeit beschweren wollte, wie sie es wiederholt getan hatte.

Stattdessen griff sie in ihre mit allerlei bunten Perlen und Fransen verzierte Handtasche und beförderte eine kleine durchsichtige Plastiktüte hervor. Darin lagen rote Plastiksplitter. »Hier, die sind für Sie!« Sie drückte Jules das Tütchen in die Hand. »Ich möchte, dass Sie ermitteln.«

Jules hob die Tüte fragend an. »Ermitteln – in welcher Angelegenheit?«

Isabelle Cantalloube hatte wohl erwartet, dass er allein beim Anblick der Splitter seine Schlüsse ziehen und verstehen würde, was sie von ihm wollte. Ungeduldig und ziemlich unwirsch erklärte sie: »Jemand hat einen unserer Kundenstopper beschädigt. Eine Ecke ist abgeplatzt. Und eine riesige Schramme hat er auch abbekommen. Wissen Sie, was so ein Werbeaufsteller kostet? Immerhin sind das Spezialanfertigungen!«

Eine Bagatelle. Isabelle Cantalloube hielt ihn wegen eines drittklassigen Falls von Vandalismus auf, ärgerte sich Jules. »Melden Sie das bitte oben bei den Kollegen«, sagte er förmlich und wollte sich an ihr vorbeizwängen.

Doch die Tourismusleiterin ließ ihn nicht. »Nein!«, sagte sie überaus resolut. »Ich möchte, dass Sie das zur Chefsache machen.« Sie tippte mit dem Finger auf das Tütchen in Jules' Hand. »Wenn mich nicht alles täuscht, sind das Teile eines Rücklichts. Wahrscheinlich von einem Fahrrad. Sie haben also nichts weiter zu tun, als einen Radfahrer mit defekter Rückleuchte zu suchen. Wenn Sie ihn haben, können Sie ihn mit diesen Splittern überführen und einsperren.«

Jules wollte seiner aufgebrachten Gesprächspartnerin gerade erklären, dass er niemanden ins Gefängnis stecken würde, der gegen ein Werbeschild gestoßen war, als er innehielt. »Können Sie sagen, wann das passiert ist?«, fragte er plötzlich interessiert.

»Sie meinen, wann der Radler gegen meinen Kundenstopper gefahren ist?«

»Genau!«

»Leider nein. Es ist erst heute früh einer Kollegin aufgefallen. Theoretisch könnte es irgendwann am Wochenende passiert sein, denn wir hatten Samstag und Sonntag geschlossen, weil die Hauptsaison ja noch nicht angelaufen ist. Vielleicht ist es sogar schon Freitagabend geschehen.«

»Freitagabend?«, wiederholte Jules nachdenklich und schloss seine Hand um den Beutel. »In Ordnung, Madame Cantalloube. Ich werde mich persönlich darum kümmern. Haben Sie vielen Dank dafür, dass Sie sich bei uns gemeldet haben.«

Isabelle Cantalloube sah ihm erstaunt nach, wie er auf dem Absatz kehrtmachte und zurück in die Wachstube ging.

Nicht weniger wunderten sich seine drei Mitarbeiter, als ihr Chef unversehens wieder vor ihnen stand.

»So bald zurück?«, fragte Lautner.

Jules sparte sich die Antwort und legte den Beutel mit den Plastikstücken auf Kieffers Schreibtisch. »Wenn Sie wieder in Gilberts Radgeschäft gehen, nehmen Sie das hier mit. Fragen Sie ihn, ob seit Samstag einer seiner Kunden ein neues Rücklicht gekauft hat.« Er erzählte von seiner Begegnung mit Isabelle Cantalloube und seiner Annahme, dass die Splitter möglicherweise vom Fahrrad des Täters stammten. Dieser könnte auf seiner Flucht vom Tatort das Hindernis vor dem Touristenbüro übersehen haben. Beim Ausweichversuch war vielleicht sein Hinterrad ausgebrochen, sodass das Bike mit dem Heck an den Aufsteller geschlagen war.

»Ebenso gut kann das kaputte Rücklicht von jedem anderen Radfahrer stammen«, zeigte sich Kieffer unbeeindruckt.

»Man muss auch mal Glück im Leben haben«, versuchte Jules den schwerfälligen Kollegen zu motivieren. Er versetzte ihm einen Klaps auf die Schulter. »Schnappen Sie sich das Tütchen und dann nichts wie los! Inzwischen müsste Gilbert die Gipsabdrücke längst verglichen haben.«

Eigentlich hatte er einige Stunden vorschlafen wollen, um nachts fit für die geplante Observation zu sein. Doch so lange er sich auch im weichen Bett seines Pensionszimmers herumwälzte, fand Jules nicht zur Ruhe. Zu vieles spukte ihm im Kopf herum: Lilous Tag für Tag näher rückender Besuch, der Schwebezustand, in dem er sich mit Joanna wähnte, und natürlich der aktuelle Fall mit seinen vielen unbekannten Komponenten.

Immerhin wussten Sie dank der Hilfe von Gilbert seit heute Nachmittag, dass bei Cycl'évasion fünf Mountainbikes mit der infrage kommenden Bereifung verkauft worden waren. Laut Gendarm Kieffer waren alle fünf Käufer sorgsam in Gilberts Kundendatei aufgeführt, sodass sie morgen überprüft werden konnten. Einen neuen Rückstrahler hatte allerdings keiner von ihnen gekauft. Doch Gilbert versprach, sich zu melden, wenn sich ein Kunde danach erkundigen würde.

Nach einer Dusche, die zumindest ein paar neue Lebensgeister in ihm wachrief, sah Jules den geeigneten Zeitpunkt gekommen, seinen Streifzug durchs abendliche Rebenheim zu beginnen.

Mittlerweile war es nach zehn Uhr. Ausgestattet mit Fleecejacke und Mütze – in den Nächten wurde es mitunter noch recht frisch – trat Jules ins Dunkel. Mit dabei einen Rucksack voller Proviant, auf den Clotilde bestand, kaum dass sie von seinem Vorhaben erfahren hatte. Enthalten waren geräucherte Würste aus ihrer bevorzugten *boucherie*, ein kleiner Laib *pain paillasse*, Obst und für den Fall, dass ihm der Sinn nach etwas Süßem stand, ein halber Gugelhupf. Seine mütterliche Wirtin hatte auch eine Flasche Pinot blanc hineingestopft. Samt Korkenzieher und Plastikkelch. Doch den Wein würde Jules gewiss nicht anrühren.

Er hatte sich einen strategischen Plan zurechtgelegt. Von der *auberge* aus würde er zunächst die Rue de Pinot und die Rue du Riesling entlang die Stadtmauer abschreiten. Später wollte er sich im Zickzackmuster durch die Innenstadt arbeiten. Da er keine Uniform trug, würde er nicht gleich als Polizist auffallen. Er hatte eine Baskenmütze aufgesetzt, die er sich tief in die Stirn zog. Zusätzlich nahm er sich vor, die Lichtkegel der Laternen zu meiden und sich katzengleich im Verborgenen zu halten. Jules war klar: Alles kam darauf an, unentdeckt zu bleiben.

Zuversichtlich ging er sein Vorhaben an und schlich sich schattenhaft durch die Nacht. Er war gerade zwanzig Meter weit gekommen, als ihn jemand ansprach.

»*Bonsoir*, Major Gabin«, grüßte Madame Ruemgardt, der Jules vor einiger Zeit zum neunzigsten Geburtstag gratuliert hatte. Sie ging mit ihrem krummbeinigen Dackel Gassi, der freudig kläffte.

Er erwiderte den Gruß und sah zu, dass er weiterkam. Jetzt bloß kein Plausch am Wegesrand! Während er seinen Weg fortsetzte, fragte er sich, wie gut seine Tarnung sein konnte, wenn ihn eine steinalte Frau mit schlechten Augen auf Anhieb erkannt hatte.

»*Salut*, Monsieur Gabin«, rief eine helle Stimme, kaum dass er um die Ecke gebogen war. Es war Marie-Claire, eine Jugendliche, die in der Nähe seiner *auberge* wohnte. An ihre Seite drückte sich ein pickelgesichtiger Jüngling, der verschämt den Kopf senkte. Beide waren keine sechzehn und hätten längst zu Hause sein müssen.

Jules aber hatte Wichtigeres zu tun, als den Jugendschutz zu achten, und beließ es bei einem strengen Blick.

Bevor er das südliche Stadttor erreichte, wurde er ein drittes Mal angesprochen. Diesmal von einer sehr vertrauten Stimme. »Schön, dass ich Sie noch erwische, Major!«

Alain Lautner war außer Atem, als er neben Jules stehen blieb.

»Ist etwas vorgefallen?«, fragte dieser alarmiert.

»Nein, keine Sorge, Major, alles ruhig. Meine Mutter schickt mich. Sie meint, dass wir Sie nicht unversorgt in die Nachtschicht schicken dürften.« Der klapperdürre Adjutant hielt ihm einen Korb aus geflochtener Weide hin, aus dem Jules das Ende eines Baguettes herauslugen sah. Ein köstlicher Duft nach allerlei Leckereien stieg ihm in die Nase. »Wenn Sie schon zu solch unchristlicher Zeit arbeiten, dann wenigstens nicht mit leerem Magen, meint sie. Mutter hat Ihnen ein Glas *foie gras* eingepackt. Außerdem ein paar *grumbeerekiechle*, die schmecken auch kalt hervorragend.«

»*Grumbeer*-was?« Jules, völlig überrumpelt von Madame Lautners Verpflegungsoffensive, sah sich wieder einmal mit einer ihm unbekannten Wortschöpfung konfrontiert.

»Eine Art Kartoffelpuffer«, übersetzte Lautner.

Jules bedankte sich brav für die nette Geste und lud einen Teil der Speisen in seinen nun zum Bersten vollen Rucksack um. Dann entließ er Lautner, der demonstrativ gähnte, in die Nacht und setzte seine Patrouille fort.

Endlich ließ man ihn in Ruhe, sodass er sich mit voller Konzentration seiner Aufgabe widmen konnte. Auf der Suche nach allem Verdächtigen, Auffälligen und Ungewöhnlichen strich er über den verschlafenen Marktplatz, scheuchte einen streunenden Hund auf und merkte sich die Autonummer eines Taxifahrers, der wohl beim Warten auf seinen letzten Fahrgast über dem Steuer eingeschlafen war. Er kontrollierte das Umfeld der Kirche, um danach das Tourismusbüro zu umrunden. Hinter einem kleinen Lebensmittelladen entdeckte er einen Stapel Kartons. Guter Brennstoff, dachte er sich und schob die Pappkisten so weit an die Hauswand, dass sie für Passanten nicht mehr sichtbar waren. Als Nächstes richtete er sein Augenmerk auf die *mairie*. Das Rathaus als eines der schönsten Gebäude der Stadt gäbe ein lohnendes Objekt für den Feuerteufel ab. Doch auch nach dem zweiten Kontrollgang und dem wiederholten Überprüfen von Vorder- und Hintereingang konnte Jules nichts Besorgniserregendes feststellen.

Er nahm sich die Rue de Strasbourg vor, machte Abstecher in die eine oder andere Seitenstraße und wollte sich im Anschluss im finsteren Parc de Noyer umschauen.

Dort verspürte er den Drang nach einer Pause, denn die Trageriemen des schweren Rucksacks schnitten ihm unangenehm in die Schulter. Er suchte sich eine Bank neben dem kleinen Teich inmitten des von Walnussbäumen umsäumten Parks, die von der nahen Rue du Ruisseau à truites leidlich beleuchtet wurde. Wenigstens war es gerade hell genug, damit Jules sein Essen sah, ohne dass man ihn von der Straße aus entdecken konnte.

Das glaubte er zumindest.

Dass er sich getäuscht hatte, merkte er keine fünf Minuten später. Zielstrebig kam jemand auf ihn zu. Ein Mann von gedrungener Gestalt und mit schleppendem Gang. Jules erkannte ihn erst, als er direkt vor ihm stand.

»*Salut*, Lino«, sagte er verwundert. »Um diese Zeit bist du noch im Park unterwegs?«

Der alte Gendarm ließ sich stöhnend neben Jules nieder. »Ich war auf dem Heimweg von der *brasserie*, und als ich dich hier sitzen sah, dachte ich mir, ich leiste dir noch kurz Gesellschaft.« Mit Stielaugen sah er in Jules geöffneten Rucksack. »Wie läuft die Observation? Schon einen Verdächtigen ausgespäht?«

»Woher weißt du …?«

»Von Charlotte«, verriet Lino unbekümmert. »Meine Drähte in die Gendarmerie funktionieren immer noch gut. Darf ich?« Er griff zielsicher nach Madame Lautners Glas mit Gänsestopfleber und öffnete es. Er hielt es unter seine rübengroße Nase, woraufhin sich ein verzücktes Lächeln in seinem Gesicht ausbreitete. »Ein Gedicht. Lass uns das Brot brechen und davon probieren.«

Charlotte Regnier hatte also geplaudert. Jules fragte sich, wer sonst alles von seiner konspirativ gedachten Tätersuche wusste. Von einer Observierung im Geheimen konnte mittlerweile keine Rede mehr sein. Wahrscheinlich war inzwischen halb Rebenheim informiert. Seufzend fügte er sich in sein Schicksal und reichte Lino das Weißbrot. Der riss zwei große Stücke davon ab, reichte eines an Jules zurück und bestrich das andere daumendick mit der Pastete.

»Das nenne ich ein Festmahl.« Zufrieden rieb sich Lino den Bauch. Im Nu war die *foie gras* bis auf den letzten Rest vertilgt, da beugte sich der beleibte Pensionär über den Rucksack, um nach der nächsten Köstlichkeit zu suchen. Er entschied sich für die sorgsam umwickelten Kartoffelreibekuchen, deren elsässischen Namen Jules längst wieder vergessen hatte. Kauend erkundigte er sich bei ihm: »Glaubst du, der Kerl lässt sich heute Nacht blicken?«

»Das weiß ich nicht. Außerdem ist nicht gesagt, dass es sich um einen Mann handelt.«

Lino verschluckte sich und hustete, wobei einige Brösel aus seinem Mund flogen. »Natürlich ist es ein Mann! Glaubst du etwa, eine Frau würde durch die Gegend laufen und Feuer legen?«

Jules schmunzelte über Linos überholtes Verständnis der klassischen Geschlechterrollen und ließ dessen Frage offen. Er sah keinen Grund dafür, ihm auf die Nase zu binden, dass er zwischenzeitlich die frühere Weinkönigin im Visier gehabt hatte. Denn auch wenn er den Haudegen Lino durchaus mochte und gern mit ihm zusammentraf, so stand doch immer diese alte Geschichte zwischen ihnen: der ungesühnte Mädchenmord.

Auch jetzt musste Jules unwillkürlich wieder daran denken. Es war im Jahr 1941 gewesen, als Linos Vater ein Weingut übernehmen wollte. Doch die deutschen Besatzer machten ihm einen Strich durch die Rechnung. Der Hof geriet in die Hände der Zuwandererfamilie Hauenstein. Linos Vater ging leer aus und verdiente sich seine Brötchen fortan als Landgendarm. Vier Jahre später, als der Krieg sich dem Ende neigte, gerieten die Neubürger aus Deutschland unter Druck. Wie in vielen anderen Elsässer Gemeinden sahen sich die Deutschstämmigen massiven Anfeindungen gegenüber. Ihr Wein wurde boykottiert, einheimische Erntehelfer verweigerten die Arbeit. Die Fehde gipfelte im Tod der kleinen Tochter der Hauensteins, die man erschlagen mitten im Weinberg fand. Selbst wenn der Fall nie aufgeklärt werden konnte, war sich Jules sicher, dass viele im Ort den oder die Mörder von damals kannten und deckten. Auch Lino.

»Schau nicht so vorwurfsvoll. Ich lasse dir genug übrig«, missinterpretierte der alte Polizist Jules' ernste Miene. Mit einem beherzten Griff in die Tiefe des Rucksacks förderte er die Flasche Wein zutage, die Clotilde verstaut hatte. Lino stieß einen Pfiff aus. »Ein Pinot blanc vom kleinen, aber feinen Weingut unseres geschätzten Pierre.« Sanft strich er über das bauchige Behältnis mit dem verheißungsvollen goldgelben Inhalt. »Wenn ich mich nicht täusche, machst du dir nichts aus Weißwein«, sagte er, ohne den Blick von der Flasche zu lassen.

Wortlos reichte Jules ihm den Korkenzieher und den Kunststoffbecher.

»*Merci beaucoup!*« Lino zog den Korken mit einer einzigen flüssigen Bewegung aus dem Flaschenhals. Das Ploppgeräusch ließ einige Vögel aufschrecken, die in den Baumkronen nisteten.

Jules wartete ab, bis Lino sein Glas geleert hatte, dann meinte er: »Irgendwann werden wir darüber reden müssen.«

Lino schluckte. Nun hatte er begriffen, worum es Jules ging. »Ich bin anderer Ansicht.« Er hielt Jules' forschendem Blick stand. »Man sollte die Vergangenheit ruhen lassen.«

»Mord verjährt nicht, wie du weißt.«

Lino fuhr sich mit der Hand durch sein weißes Stoppelhaar. »Ich habe es dir schon einmal gesagt. Du wirst dir keine Freunde machen, wenn du alte Wunden aufreißt.«

»Als Ermittler kann man darauf keine Rücksicht nehmen. Zumindest dann nicht, wenn man seinen Beruf ernst nimmt.«

Aufbrausend knallte Lino den Becher auf die Bank.

»Willst du damit andeuten, dass ich kein guter Gendarm gewesen bin?«

»Du bist es, der Andeutungen macht, anstatt endlich einmal Klartext zu sprechen.«

»So etwas muss ich mir von dir nicht anhören«, fuhr Lino Jules an. Dabei kam er ihm mit dem Kopf so nahe, dass sich ihre Nasen beinahe berührten. »Ich habe nichts zu verbergen.«

»Wenn das so ist, dann erzähl mir doch, wie es sich seinerzeit wirklich abgespielt hat. Jetzt wäre eine gute Gelegenheit dafür. Wir sind unter uns, ganz allein. Niemand hört mit, ausgenommen den paar Piepmätzen dort oben.«

Lino wollte kontern, doch ein Geräusch ließ beide Männer aufhorchen – der Lärm eines hochtourig laufenden Motors. Kurz darauf ertönte ein Martinshorn, gleich danach das nächste.

Jules sprang auf, als sein Handy klingelte. Er meldete sich knapp und hörte die aufgeregte Stimme von Claude.

»Es brennt wieder! Wir rücken aus!«

»Es brennt?« Jules sah sich um, fahndete mit seinen Blicken nach dem verräterischen Feuerschein, den er irgendwo über den Dächern der Stadt vermutete. Auch Lino hatte sich von der Bank erhoben und sah sich um.

»Ich kann nirgends Flammen oder Rauch sehen!«, rief Jules.

»Doch! Dort hinten!« Lino, der sich kurzerhand auf die Bank gestellt hatte, wies in östliche Richtung. Tatsächlich war der Horizont an dieser Stelle heller als die Umgebung.

»Das muss in der Neustadt sein«, vermutete Jules.

»Ja, die Neustadt!«, rief Claude durchs Telefon. »Diesmal hat es eine Firma erwischt. Nachbarn haben gemeldet, dass Flammen aus dem Dach schlagen.«

»Was für eine Firma?«, fragte Jules mit aufkeimender Unruhe. »Weißt du schon Näheres?«

»Es ist die Peugeot-Werkstatt.«

Lino kam einfach mit. Erst zur Gendarmerie, um den Autoschlüssel zu besorgen. Dann mit eingeschalteter Sirene durchs Stadttor in Richtung Neustadt. Jules holte aus dem Dienst-Renault alles heraus, was ging, und erreichte den Vorort wenige Minuten später.

Während ihrer Anfahrt wurde offensichtlich, dass der Brandstifter sich nicht mehr mit Heuschobern und Geräteschuppen zufriedengab. Nach dem Wohnhaus in der Altstadt hatte er sich ein noch größeres Zielobjekt ausgesucht. Schon von Weitem konnten Jules und Lino sehen, dass die Kfz-Werkstatt lichterloh brannte.

Claudes Männer waren damit beschäftigt, Schläuche zu verlegen und die nächstliegenden Hydranten anzuzapfen. Das Blaulicht ihrer Feuerwehrwagen mischte sich ins funkelnde Gelb und Rot des Feuers und verlieh der Szenerie zusätzliche Dramatik. Jules stoppte seinen Wagen in gebührendem Abstand, um den Feuerwehrmännern nicht in die Quere zu kommen. Zu Fuß ging er näher auf das tosende Inferno zu, dicht gefolgt von Lino.

»Wahnsinn! Die reine Hölle!«, schrie Lino gegen das Fauchen der Flammen an.

Jules versuchte, in dem Gewimmel der Helfer Claude auszumachen. Gerade meinte er ihn erspäht zu haben, da löste sich die Leuchtschrift mit dem großen Peugeot-

Logo vom Dach des Autopavillons und zerplatzte lautstark auf dem Pflaster.

»Warte hier«, wies Jules seinen Begleiter an. »Ich suche Claude.« Lino wollte nicht hören, also drückte Jules ihm seine Hand vor die Brust. »Du bleibst, wo du bist! Alles andere wäre viel zu gefährlich.«

Lino wollte aufbegehren, doch nur für den Moment. Er sah ein, dass Jules recht hatte. Lino war nicht mehr der Jüngste. Zwar hielt er sich fit. Körperlich, indem er regelmäßig Rad fuhr und Boule spielte. Geistig, weil er seine Hobbys pflegte, angelte und ein eifriger Zeitungsleser war. Aber das hier – er sah in das lodernde Unheil – überstieg seine Kräfte. Mit Schaudern blickte er auf das Werk eines Wahnsinnigen. Denn nichts anderes konnte der Feuerteufel sein als verrückt, durchgedreht, außer Rand und Band! Ein Monstrum, das vor nichts zurückschreckte. Lino schaute seinem jungen Kollegen nach und beneidete ihn heute Nacht ausnahmsweise nicht um seinen Job. Also würde er still und brav zurückbleiben und abwarten. Wenigstens bis Claudes Mannschaft das Schlimmste überwunden hatte.

Je näher Jules dem überschäumenden Flammenmeer kam, desto stärker spürte er die Hitze. Er fühlte sich an seinen Einsatz an Miguels Scheune erinnert, nur dass das hier eine ganz andere Dimension annahm. Das Feuer wütete vollkommen unkontrolliert und entwickelte einen Heißhunger auf mehr. Auf viel mehr!

Als er Claude fand, zeigte sich dieser besorgt wie nie. Jules hatte den Feuerwehrkommandanten als einen Mann kennengelernt, den so leicht nichts aus der Fassung brachte. Ob Brände oder Unfälle – Claude bewahrte Ruhe und kam seiner Aufgabe besonnen nach. Jetzt aber glaubte Jules, die nackte Panik in den Augen des Feuerwehrchefs zu erkennen.

Sekunden später erfuhr er, warum. Zuerst fühlte er es. Ein heftiger Windstoß fegte aus der Richtung der Werkstatt auf ihn zu. Dann das Krachen. Ein Höllenlärm, tosend und trommelnd wie ein Orchester voller Pauken. Gefolgt vom Licht, das frei wurde, als die Explosion das Dach wegsprengte und Wände zum Einsturz brachte. Es war so hell, als würde die Sonne aufgehen. Jules erstarrte, gepackt von Ehrfurcht vor der Urgewalt der Detonation. Er glaubte, dass alles um ihn herum zerfiel. Steine, Platten, Eisenträger schossen durch den von Funken durchzogenen Himmel. Kindshohe Blumenkübel, die den Eingang der Werkstatt geziert hatten, wurden weggeschleudert wie zerknüllte Papiertaschentücher.

Zusammen mit Claude suchte Jules Deckung hinter einem der Rüstwagen. Zusätzlich hielt er sich die Hände über den Kopf, um glühende Holzsplitter und Mörtelbrocken abzuwehren, die hagelgleich vom Himmel prasselten.

»Verdammt, was war das?«, brüllte Jules.

»Der Tank für das Autogas«, rief Claude. »Er stand direkt neben dem Gebäude. Wir haben versucht, ihn runterzukühlen, aber …«

Eine weitere Explosion ließ den Boden erzittern. Weniger heftig diesmal. Wahrscheinlich hatte es eine Gasflasche erwischt, die für Schweißarbeiten in der Werkstatt gebraucht wurde. Wenigstens stand das Autohaus in freier Umgebung, gute dreihundert Meter von der nächsten Wohnbebauung entfernt.

»Bleib hier!«, schärfte Claude ihm ein und stand auf. »Ich muss zurück zu meinem Trupp. Wir versuchen reinzukommen.«

»Warum wollt ihr rein? Nachts ist niemand in der Werkstatt.«

»Einer meiner Leute will Hilferufe gehört haben. Wir müssen das überprüfen«, sagte Claude mit entschlossenem Ausdruck und rückte sich seinen Helm zurecht.

»Was?« Auch Jules sprang auf. »Da soll jemand drin sein?« Ungläubig blickte er auf das gleißende Inferno. Wenn es stimmte, was der Feuerwehrmann behauptet hatte, durften sie sich keinen Illusionen hingeben. Nicht mal eine Maus hätte eine Chance, mit heiler Haut diesem Hades zu entkommen.

»Bleib zurück!«, wiederholte Claude seinen Befehl, um sich gleich darauf einem Stoßtrupp an der rechten Flanke des brennenden Gebäudes anzuschließen.

Doch Jules dachte nicht daran, abzuwarten und den Dingen ihren Lauf zu lassen. In geduckter Haltung lief er auf die Werkstatt zu, aus deren perforiertem Dach Stichflammen wie böse Giftpfeile schossen. Geblendet vom grellen Weiß des Feuers, hielt er sich die flache Hand über die Augen. Er trotzte der Gefahr und ging näher auf das Werkstatttor zu. Jules fragte sich, warum es geschlossen war. Wenn sich tatsächlich jemand im Inneren aufgehalten haben sollte, als der Brand ausbrach, hätte er das Schiebetor öffnen und fliehen können. Weshalb hatte er es nicht getan?

Knappe zehn Meter trennten ihn noch von dem Tor, als er meinte, die Antwort auf seine Frage gefunden zu haben: Die Griffe waren mit einer Eisenkette umwickelt worden. Von innen hätte man so viel zerren und ziehen können, wie man wollte, und hätte das Tor doch nicht aufbekommen. War der Kollege in der Werkstatt einfach vergessen worden, oder hatte ihn jemand absichtlich dort eingesperrt?

Seine Überlegung wurde von einem berstenden Geräusch unterbrochen. Die enorme Hitze hatte eine große Scheibe des Autosalons zum Platzen gebracht, deren Scherben auf Jules hinabprasselten. Er schaffte es gerade noch, sich hinter eine mit Sandsteinblöcken eingefasste Blumenrabatte zu werfen. Schwein gehabt, dachte er erleichtert. Das war wieder einmal verdammt knapp gewesen.

Von seinem Unterschlupf aus konnte er sehen, wie mit Äxten bewaffnete Feuerwehrleute auf das Tor zustürmten und gegen das Vorhängeschloss hieben. Ihre Schutzkleidung schützte sie vor der schlimmsten Hitze, dennoch mussten sie ihre Arbeit immer wieder unterbrechen und sich in geschütztere Bereiche zurückziehen.

Beim vierten Anlauf gelang es den Männern, die Kette zu entzweien. Klirrend löste sie sich von den Haltegriffen und gab das Tor frei. Als Claudes Leute es aufzuwuchten versuchten, blies ihnen eine funkenstiebende Glutwolke entgegen. Erst als ihre Kameraden mit mehreren Wasserschläuchen direkt auf das Tor hielten, zog sich die entfesselte Urgewalt zurück. Zischend erstarb das Lodern im Inneren der Werkstatt und machte Raum für grauweißen Wasserdampf.

Nun traute sich auch Jules wieder vor. Zaghaft bei den ersten Schritten, dann forscher, je sicherer der Sieg von Claudes Männern ihm erschien. Das Hallentor stand jetzt weit offen. Im Innern die glühenden Stahlskelette von ausgebrannten Autos. Von der enormen Hitze verformtes Werkzeug lag verstreut auf den geplatzten Bodenfliesen. Ein hässlich schwarzer Haufen in der Ecke verbreitete einen bestialischen Gestank: verbrannte Reifen, wie Jules annahm.

»Sieht ja übel aus«, sagte jemand dicht neben ihm. Es war Lino, der überraschend an seiner Seite aufgetaucht war. Im Gegensatz zu anderen Schaulustigen, die sich trotz der nächtlichen Stunde eingefunden hatten, war er nicht von der Police municipale auf Abstand gehalten worden. Zu Jules' Verdruss wurde sein Vorvorgänger von den meisten nach wie vor so behandelt, als wäre er immer noch in Amt und Würden.

»Ja«, stimmte Jules ihm zu und zeigte auf einen verbeulten Behälter, der auf der Türschwelle am Übergang zum Verkaufsraum lag. »Wieder ein Benzinkanister von der Sorte, die unser Brandstifter benutzt. Es sieht ganz so aus, als hätte ich mich an der falschen Stelle auf die Lauer gelegt.«

Während sich das Löschwasser kaskadenartig über die Brandstelle ergoss, durchsuchte Claudes Stoßtruppe jeden zugänglichen Winkel des Gebäudes. Mit ihren Stiefeln wateten sie durch knöcheltiefe Pfützen, in denen sich das Wasser mit Schlacke und austretendem Öl zu einer giftigen Brühe vermengte. Jules, der zusammen mit Lino am Eingang stehen blieb, verfolgte jeden ihrer Schritte mit Argusaugen. Würden sie jemanden finden, fragte er sich. Sollten die Eskapaden des Feuerteufels tatsächlich ihr zweites Todesopfer gefordert haben?

Lino schien unter der gleichen Anspannung zu stehen wie er. Auch er starrte in die Werkstatt, als erwarte er jeden Augenblick die Todesnachricht.

Claude selbst war es, der nach bangen Minuten Meldung machte. Neben einem Schaltschrank am anderen Ende der Halle blieb er stehen, hob seine Hand und rief: »Hierher!« Die Strenge in seinen Gesichtszügen ließ keinen Zweifel daran, dass er den Eingeschlossenen gefunden hatte. Auch dass jede Hilfe zu spät kam, war offensichtlich. Claude machte keinerlei Anstalten, Erste Hilfe zu leisten.

»Ob *er* es ist?«, fragte Lino mit rauer Stimme.

Jules musste nicht auf den Obduktionsbericht warten, um diese Frage zu beantworten. »Ich würde mich wundern, wenn es nicht Étienne Kern wäre«, sagte er. Unausgesprochen blieb der Gedanke, dass es sich dieses Mal keinesfalls um ein Zufallsopfer handelte. Jules war sich nun sicher, dass es der Feuerteufel auf Paul Diebolds Clique abgesehen hatte. Offenbar war Bernadette nicht die einzige Person, die sich die drei jungen Männer zum Feind gemacht hatten.

LE SIXIÈME JOUR

DER SECHSTE TAG

Wieder eine Nacht, die keine gewesen war. Und wieder ein *petit-déjeuner*, das nicht seinen Vorstellungen entsprach. Im Gegensatz zu den meisten seiner Landsleute zählte sich Jules nämlich nicht zu den Frühstücksmuffeln, sondern brauchte zum Start in den Tag etwas Anständiges für den Magen. Als er sich nach gerade mal zwei Stunden Schlaf, ein paar Liegestützen zum Munterwerden und einem hastig heruntergeschlungenen Croissant zum Corps de Garde quälte, fühlte er sich unentspannt wie lange nicht mehr. Dass Joanna bei ihm angerufen hatte, um ihre Teilnahme an der morgendlichen Lagebesprechung in der Gendarmerie anzukündigen, machte es auch nicht besser. Im Gegenteil. Er konnte sich denken, wie sie ihn in die Mangel nehmen würde, um einen Teil des Drucks weiterzugeben, unter dem sie selbst stand.

Zu allem Überfluss klingelte auf halber Strecke sein Handy. In Erwartung der nächsten Hiobsbotschaft ging er dran: »Ja, bitte?«

»*Bonjour, mon préféré*«, flötete es durch den Hörer.

Lilou! Ausgerechnet jetzt! Sicher wollte sie mit ihm über ihren geplanten Besuch nächste Woche sprechen. Sich erkundigen, wo sie wohnen könnte, wohin er sie zum Essen ausführen und wann er sie seinen Kollegen vorstellen würde. Jules verlangsamte seinen Gang. Er musste sich etwas einfallen lassen, um Lilou möglichst charmant abzuspeisen.

»Guten Morgen, Schatz«, sagte er so freundlich es ging. »Ich bin unterwegs zur Arbeit. Geht gleich los.«

»Was habt ihr denn Wichtiges zu besprechen? Ist euch dieser Feuerteufel endlich ins Netz gegangen?«

»Leider nein«, erwiderte Jules und berichtete in aller Kürze über die Ereignisse der Nacht.

Das verschlug sogar Lilou die Sprache. Aber nur kurz. »Was ist mit dem dritten Mann, von dem du erzählt hast? Der, der auf dem Campingplatz arbeitet?«, wollte sie wissen. »Stellt ihr den unter Polizeischutz?«

»Noch weiß ich nicht mal verbindlich, ob es sich bei dem Toten von letzter Nacht um Étienne Kern handelt. Erst wenn das geklärt ist, kann ich die nächsten Schritte einleiten.«

»Wie du das sagst! Als ob du ein verstaubter Beamter wärst.«

Jules sah es bildlich vor sich, wie seine Freundin missbilligend den Kopf schüttelte und dabei ihr seidiges schwarzes Haar in Schwingung versetzte. Vorhaltungen dieser Art hatte sie ihm schon öfter gemacht. Immer dann nämlich, wenn er sich zu sehr an Vorschriften klammerte. Der impulsiven Lilou passte das ganz und gar nicht: Spontaneität und Flexibilität machten ihren Charakter aus, gleichzeitig war sie enorm zielgerichtet.

»Wenn du zu lange wartest, darfst du dich bald um den dritten Toten kümmern«, malte sie schwarz und brachte Jules damit zum Umdenken.

Denn es war nicht von der Hand zu weisen, dass auch Mathé Pegeraro in Gefahr schweben könnte. Sollte der feuerlegende Mörder vorhaben, alle drei Männer zu töten, würde er seine nächste Tat womöglich früher verüben, um Polizeimaßnahmen zuvorzukommen. Er würde versuchen, Jules und seinem Team einen Schritt voraus zu sein, und alles daran setzen, schnell zuzuschlagen. Frühzeitig genug, um einem Polizeischutz zu verhindern. Das wiederum könnte bedeuten, dass der Täter dafür sogar bereit war, sein Muster aufzugeben. Statt wie bisher vorwiegend nachts zu agieren, würde er seinen dritten Schlag am helllichten Tag ausführen …

»Jules? Bist du noch dran?«

»Ja, ja«, entgegnete er geistesabwesend. »Es stimmt vollkommen, was du sagst. Ich werde mich um Mathé kümmern. Jetzt gleich!« Er schickte einen gehauchten Kuss hinterher und unterbrach die Leitung.

Er stand vor dem Corps de Garde und konnte Joanna sehen. Sie blickte vom Fenster seines Büros auf den Platz hinunter und winkte ihm auffordernd zu. Kurz darauf erschien Adjutant Lautner an ihrer Seite. Heute noch blasser als sonst. Jules wusste ganz genau, was von ihm erwartet wurde. Statt aber hinaufzugehen und sich bei der Besprechung die Blöße zu geben, dass er nichts Neues vorzuweisen hatte, winkte er einfach zurück. Dann zog er den Autoschlüssel aus der Tasche, den er über Nacht bei sich behalten hatte, stieg in den Polizei-Renault und drückte aufs Gaspedal. Dass sich kurz danach sein Handy meldete, ignorierte er.

Das gediegene Campingareal vor den Toren Rebenheims hatte er bald erreicht. Anstelle der charmanten Holländerin bekam er es an der Rezeption mit einem ebenfalls äußerst zuvorkommenden jungen Mann aus Kanada zu tun. Jules, der gemeinsam mit Lilou eine

Reise durch die französischsprachigen Provinzen des nordamerikanischen Landes unternommen hatte, erkannte seine Herkunft auf Anhieb am Akzent. Jules, der seine Uniform trug, brauchte sich nicht auszuweisen, um sein Anliegen vorzubringen. Keine fünf Minuten später stand er Mathé gegenüber, der ihn unsicher ansah.

»Sie schon wieder?«

»Ja, ich. Können wir uns irgendwo ungestört unterhalten?«

Mathé führte Jules an einer Reihe sorgsam gepflegter Tennisplätze entlang zu einem Fußballfeld, auf dem mehrere Rasensprenger ihren Dienst taten. Sie setzten sich auf eine Bank am Rande des Spielfelds.

»Es ist wieder etwas passiert, richtig?«, nahm Mathé Jules' Worte vorweg. »Geht es um Étienne? Ist ihm etwas zugestoßen?«

Besser hätte es für Jules nicht laufen können: Mathé dachte in dieselbe Richtung wie er und verheimlichte es nicht einmal. Er musste diese Gelegenheit beim Schopfe packen.

»Es gab in der letzten Nacht ein Großfeuer. Die Werkstatt Ihres Kumpels ist niedergebrannt«, berichtete Jules, ohne den Leichenfund zu erwähnen.

Doch das brauchte er gar nicht. Mathé wich alle Farbe aus dem Gesicht. Er ließ seinen Oberkörper vornüberfallen, vergrub seine Hände im Gesicht und begann jämmerlich zu schluchzten. »Étienne. Jetzt hat es auch Étienne erwischt.«

Jules wartete ab, bis sich Mathé einigermaßen gefangen hatte. Dann sagte er: »Wir haben einen Toten in den Trümmern gefunden. Noch aber steht die Identität des Toten nicht fest.« Er nahm ihn ins Visier, als er fragte: »Haben Sie einen Grund anzunehmen, dass es sich um Ihren Bekannten handelt?«

Mathé gab sich nicht die Mühe, irgendetwas zu leugnen. »Ich weiß, dass er es ist. Ich weiß es!« Seine Augen waren rot gerändert.

»Also gut, Sie wissen es«, sagte Jules sehr ruhig, behielt jedoch seinen strengen Blick bei. »Weshalb sind Sie sich so sicher? Oder anders gefragt: Was hatte ihr Freund mitten in der Nacht im Autohaus zu suchen?«

Mathé fuhr sich nervös durchs rote Haar. »Er musste dorthin, weil … weil …«

»Weil was?«, versuchte Jules ihn festzunageln.

»Weil …« Mathé quälte sich. Er fiel ihm schwer weiterzusprechen. »Er hatte etwas aufgeschnappt.«

»Was hat er aufgeschnappt?«

Mathé sah sich Hilfe suchend um. Doch da war niemand, der ihm hätte beistehen können.

»Was?«, wiederholte Jules eindringlich seine Frage.

»Einen Namen«, gab Mathé zögernd preis.

Jules horchte auf. »Etwa den Namen des Brandstifters? Hat er ihn Ihnen auch verraten?«

»Nein, Étienne hat dichtgehalten. Weil er sich nicht sicher war, ob an dem Gerede etwas dran war. Es hätte ja sein können, dass er bloß zum Narren gehalten wurde. Deshalb wollte er sich mit jemandem treffen. Einem, der Bescheid weiß.«

»Mit einem Informanten?«, tippte Jules.

»Ja, so in der Art.«

»Wissen Sie, wer dieser Jemand war?«

Mathé senkte schuldbewusst den Kopf, die Augen auf den Boden gerichtet. »Nein, leider nicht. Ich hätte ihn danach fragen müssen.«

Für dieses Einsehen war es nun zu spät, dachte Jules. »Wie ging es weiter? Wo und wann wollte Étienne mit dem Informanten zusammenkommen?«

»Étienne sollte in der Werkstatt warten. Bis nach Feierabend, wenn es kein anderer mehr mitbekam.«

»Sehr konspirativ. Hat Étienne nicht daran gedacht, dass es eine Falle sein könnte?«

»Nein, überhaupt nicht«, versicherte Mathé und wagte es nun wieder, Jules anzusehen. »Er vertraute demjenigen, mit dem er verabredet war. Ich glaube, er kannte ihn recht gut.«

»Umso erstaunlicher ist es, dass er Ihnen nicht den Namen des Mannes nennen wollte. Wenn es denn überhaupt ein Mann gewesen ist.« Jules war sich so gut wie sicher, dass Mathé ihn belog. Natürlich wusste Mathé genau Bescheid. Aber aus irgendeinem Grund wollte er mit dem Namen nicht herausrücken.

Mathé druckste nur weiter herum.

Also bohrte Jules nach und brachte ein Detail zur Sprache, auf das er noch in der Nacht gestoßen war. »Die Wartezeit hat sich Étienne damit vertrieben, indem er eine Flasche Ricard geleert hat. Sie lag neben dem Toten. Wie erklären Sie sich das?«

»Das ist nichts Besonderes für Étienne. Er verträgt einiges … äh … vertrug.«

»Nach einer solchen Menge Hochprozentigem verliert man leicht die Orientierung. Möglicherweise hat er das Feuer kommen sehen, hat es aber nicht mehr bis zum Ausgang geschafft.«

»Étienne kannte die Werkstatt in- und auswendig. Auch sturzbetrunken hätte er sich zurechtgefunden.«

»Verstehe ich Sie richtig? Sie gehen davon aus, dass

er es selbst unter Alkoholeinfluss aus der brennenden Werkstatt geschafft hätte …« Jules legte eine Kunstpause ein. »… wenn das Tor nicht von außen verriegelt gewesen wäre?«

Mathé zuckte zusammen. »Es war zugesperrt?«, fragte er mit bebender Stimme.

»So fest, dass es unmöglich war, es von innen zu öffnen. Und der hintere Notausgang war von einer Altöltonne blockiert.« Jules kam auf seine Ausgangsfrage zurück. »Der Alkohol allein hätte Ihren Freund also nicht daran gehindert, die Werkstatt zu verlassen?«

»Nein«, sagte Mathé mit flimmerndem Blick. »Er hätte es geschafft. Ja, das hätte er.«

Jules glaubte den verängstigt wirkenden Mann nun so weit zu haben, dass er doch noch auspacken und den Namen von Étiennes Verabredung preisgeben würde. Aber Mathé tat ihm diesen Gefallen nicht. Kaum hatte er sich von dem Schrecken erholt, nahm er eine distanzierte Haltung ein und gab vor, schleunigst zurück in den Campingplatz-Supermarkt zu müssen.

»Also gut. Belassen wir es vorerst dabei. Sie müssen sich allerdings darüber im Klaren sein, dass es auch Sie treffen könnte«, sagte Jules in der Hoffnung, ihn mit dieser Warnung aus der Reserve locken zu können. Wiederum erfolglos.

»Der soll nur kommen!«, gab sich Mathé trotzig und plusterte sich auf.

»Wenn man Sie im Schlaf überrascht wie Paul, helfen Ihnen Ihre Muskeln wenig«, gab Jules zu bedenken.

»Das wird er nicht wagen. Ich wohne in einem Mietshaus mit fünf Parteien. Wenn der Feuerteufel dort zündelt, gehen Familien mit drauf.«

Jules kam zu dem Schluss, dass dieser Umstand tatsächlich für einen gewissen Schutz sorgen könnte. Dennoch erteilte er einen Rat. »Vermeiden Sie es vorerst, sich nachts auf dem Campingplatz oder an einsamen Orten aufzuhalten.«

»Nachts bin ich nie hier. Warum auch? Spätestens um halb acht ist für mich hier Feierabend. Bin froh, wenn die Schicht rum ist und ich nach Hause kann.«

»Nach Hause oder ins *Déjà bu*, Ihr Stammlokal in der Neustadt?«

»Na und? Dort bin ich auch nicht allein. Mich kriegt er nicht, dieser Verrückte!«

Jules konnte Mathés zur Schau gestellte Zuversicht nicht teilen. Zwar stimmte es, dass der Täter bislang meist nachts zugeschlagen und keine weiteren Menschen gefährdet hatte. Doch wer konnte behaupten, dass das so bleiben würde? Er sah die Gefahr, dass der Brandstifter von Mal zu Mal mutiger wurde und das Risiko in Kauf nahm, bei seinen Taten gesehen zu werden.

»Wundern Sie sich nicht, wenn Sie ab und zu einen Streifenwagen vorbeifahren sehen«, kündigte Jules an.

»Stehe ich etwa unter Polizeischutz? Das will ich nicht!«

»Kein Polizeischutz. Denn dafür müssten Sie mit uns kooperieren. Aber wir behalten Sie im Auge.«

»Sehr beruhigend«, sagte Mathé und meinte offensichtlich das Gegenteil.

Mit verengten Augen sah er dem Major nach, bis er hinter einem Wohnmobil verschwunden war. Mathé verabscheute diesen Typen. Die zur Schau getragene Lässigkeit des *flic* ging ihm gegen den Strich. Wie er seine Uniformjacke über der Schulter trug, um durch sein kurzärmliches Hemd den Bizeps zu betonen, war doch nichts weiter als eine versteckte Drohung. Gabin wollte ihm zeigen, wer von ihnen der Stärkere ist. So wie er sich aufspielte, wollte er ihn einschüchtern, genau wie durch seine Worte.

Aber Mathé würde sich nicht ins Bockshorn jagen lassen. Er würde diesem Schnüffler nicht auf den Leim gehen und dichthalten. Da könnte der Major so oft kommen, wie er wollte, und ihm Löcher in den Bauch fragen – von ihm würde er nichts erfahren.

Natürlich hatte er Sorgen, dass auch ihm etwas zustoßen könnte. In dieser Hinsicht lag Gabin nicht einmal falsch. Aber Mathé durfte sich von seiner Furcht nicht unterkriegen lassen. Er musste standhaft bleiben. Standhaft und wachsam.

Sich der Polizei zu offenbaren kam für ihn nicht infrage. Denn dafür stand zu viel auf dem Spiel. Er hatte schlicht und einfach zu viel zu verlieren.

»Da haben Sie aber Schwein gehabt, Chef«, begrüßte Gendarm Kieffer Jules auf der Wache. »Fünf Minuten früher, und Sie hätten Madame Laffargue angetroffen. Und ich sage Ihnen, sie war ziemlich sauer auf Sie.«

Jules schielte auf sein Handy: sechs entgangene Anrufe, alle von Joannas Telefon. »Ich hatte Wichtiges zu tun«, gab er vor und setzte sich an seinen Schreibtisch. Dieser wurde von einem Blatt Papier geziert, auf dem drei Worte standen. Alle Buchstaben in Versalien: »RUF MICH AN!«

Es war klar, wer die Nachricht für ihn hinterlassen hatte. Jules schob den Zettel beiseite und unterrichtete Kieffer und den hinzukommenden Lautner über die jüngsten Entwicklungen. Inklusive seines Gesprächs mit Mathé Pegeraro.

»Mathé behauptet, dass sich Étienne mit einem Informanten verabredet haben sollte?«, fragte Lautner mit ungläubigem Blick. »Und den Namen will er angeblich nicht kennen? Das hört sich nach einer Lügengeschichte an, vor allem wenn man weiß, wie eng Paul, Étienne und Mathé befreundet waren. Zwischen die drei passte kein Blatt. Geheimnisse untereinander hatten die ganz bestimmt nicht.«

»Mathé hat Ihnen einen Bären aufgebunden«, stimmte Kieffer mit ein. »Wahrscheinlich wollte er sich bloß wichtigmachen.«

Das sah Jules anders. Er hatte die Angst in den Augen des jungen Mannes erkannt – und er wusste, wie Angst aussah. »Jedenfalls möchte ich, dass wir auf ihn achtgeben«, bestimmte er. »Und sobald bestätigt ist, dass es sich bei der Leiche aus der Werkstatt um Étienne Kern handelt, fühlen wir Mathé ein weiteres Mal auf den Zahn. Höchste Zeit, dass wir in dieser Sache vorankommen. Apropos vorankommen …« Er richtete seine Aufmerksamkeit auf Kieffer, der sich selbstgefällig an Jules' Schreibtischkante lehnte. »Was hat Gilberts Kundenkartei hergegeben? Sind die fünf Käufer inzwischen überprüft?«

Kieffer straffte seinen rundlichen Körper, zog einen abgenutzten Notizblock aus seiner Hosentasche und blätterte darin herum. »Gilbert? Ja, wo habe ich es mir denn aufgeschrieben …«

Jules mangelte es heute an Geduld, so unausgeschlafen und hungrig wie er war. »Vielleicht kriegen Sie die Informationen über eine Handvoll Kunden ja aus dem Kopf zusammen«, fuhr er Kieffer an.

Dieser warf ihm einen eingeschüchterten Blick zu. »Ja, das werde ich wohl.« Er steckte den Block zurück in die Tasche. »Also … äh … wo fange ich am besten an?«

»Nenn ihm die Ergebnisse!«, zischte Lautner seinem verunsicherten Kollegen ins Ohr.

Kieffer parierte und sagte: »Drei von den fünfen können Sie vergessen, Chef. Einer war nicht zufrieden mit den breiten Pneus und hat den Reifensatz ausgetauscht. Der Nächste hat sein Fahrrad bei eBay irgendwohin ins Hinterland verkauft. Der dritte ist aufs Rennrad umgestiegen. Sein Mountainbike verstaubt mit platten Reifen in der Garage.«

»Haben Sie die Angaben gescheckt?«

»Ja.« Kieffer wischte sich demonstrativ mit dem Handrücken über die Stirn. »War ein Haufen Arbeit.«

»Was ist mit den beiden anderen?«

»Die beiden anderen?«, fragte Kieffer mit hochgezogenen Brauen.

»Ja, fünf minus drei ergibt zwei, wenn ich mich nicht sehr täusche. Verraten Sie mir, was bei den letzten beiden herausgekommen ist?«

Kieffer winkte ab. »Die sind nicht der Rede wert. Sie kennen sie, Chef. Die haben beide nichts mit der Sache zu tun.«

Nun wurde es Jules zu bunt. »Trotzdem würden

mich die Namen interessieren«, sagte er mit anklingender Schärfe im Ton.

»Wer sagt denn, dass der Täter sein Rad bei Gilbert bereifen ließ?«, wich Kieffer einer Antwort aus.

»Es gibt nun mal keinen anderen Fahrradladen in Rebenheim als Gilberts Cycl'évasion.«

»Aber in Colmar zum Beispiel. Dort kenne ich allein drei Fahrradhändler.«

Jules tippte mit den Fingerkuppen auf seine Schreibunterlage. »Die Namen, Kieffer. Sofort!«

Der Gendarm holte nun doch noch einmal seinen Notizblock hervor, jedoch nicht, um hineinzusehen, sondern um ihn nervös zwischen seinen Händen zu kneten. »Es sind Christian und Claude«, gab er endlich preis. Hastig fügte er hinzu: »Sagen Sie selbst, Chef, die können es nicht gewesen sein. Nie und nimmer!«

Christian war Mitglied in Jules' Radlertruppe und Claude der Feuerwehrkommandant – Jules konnte gut nachvollziehen, warum Kieffer sich schwertat, diese beiden angesehenen Rebenheimer ins Spiel zu bringen. Dennoch durfte man sie nicht aussparen, nur weil sie einem sympathisch waren.

»Ich kümmere mich selbst darum«, sagte Jules kurz entschlossen und hörte Kieffer erleichtert aufatmen.

Er wollte keine Zeit verlieren und mit den beiden unverzüglich reden. Nicht am Telefon, denn dann würde er ihre Reaktion nicht beobachten können. Er wollte sie persönlich sprechen und wusste auch, wo er sie um diese Uhrzeit höchstwahrscheinlich antreffen würde: Christian, den Bankkaufmann, in der Filiale der Crédit Agricole und Claude in der Feuerwache; nach den jüngsten Einsätzen gab es eine Menge Papierkram für ihn zu erledigen, und es mussten sicher etliche Geräte gewartet werden.

Er nahm sein Rad, das er nach der letzten Fahrt am Corps de Garde abgestellt hatte. Damit kam er in der Altstadt mit ihren engen Gassen und vielen Einbahnstraßen ungleich schneller voran als mit dem Auto.

Als er das Rad auf den Place Turenne schob, vernahm er das Brummen seines Magens. Eigentlich war es mehr ein Knurren. Kein Wunder. Wann hatte er das letzte Mal etwas Anständiges zu sich genommen? Jules rang mit sich, ob er sein Vorhaben zugunsten einer kurzen Zwischenmahlzeit ein wenig nach hinten verlegen sollte. Der hübsche Platz mit seinen Cafés und Bistros lud geradezu dazu ein. Nur zu gern hätte er sich unter einem der Sonnenschirme niedergelassen, sich einen *café au lait* bestellt und dazu eine *tarte* mit Apfel oder Rhabarber gegönnt.

Während er noch zögerte, nahm er aus den Augenwinkeln die Ankunft eines Busses wahr. Die Linie 33 des Verkehrsunternehmens TER Alsace pendelte regelmäßig zwischen Rebenheim und Strasbourg und entlud seine Fahrgäste am Place Turenne. Jules achtete zunächst nicht darauf, wer ausstieg. Meistens waren es ja Touristen. Doch dann blieben seine Augen auf einer schmalen Frau haften, die sich einen sportiven Rucksack über die Schultern warf. Sie fiel ihm wegen der Art und Weise auf, wie sie sich vom Bus entfernte: Sie hinkte.

»*Bonjour*, Bernadette«, sprach Jules sie an, als er sie eingeholt hatte. Dafür musste er auf das Rad steigen, da die ehemalige Weinkönigin trotz ihrer Behinderung ein flottes Tempo vorlegte.

»Oh, Major Gabin!« Sie lächelte ihn an.

»Jules. Wenn wir schon per Du sind, dann richtig.« Er erwiderte ihr Lächeln. »Auf Reisen gewesen?«, erkundigte er sich mit Blick auf ihren Rucksack.

»Bloß ein kurzer Trip. Ich war auf dem Konzert von Les Hurlements d'Léo in Strasbourg und hab bei meiner Tante übernachtet. Magst du sie?«

»Deine Tante?«, wunderte sich Jules. »Die kenne ich doch gar nicht.«

»Sie heißt Nanni und ist sehr nett. Du würdest sie mögen«, machte sich Bernadette über seine Begriffsstutzigkeit lustig. »Aber eigentlich meinte ich die Band.«

»Ich stehe nicht so auf Folkrock«, sagte er ganz offen und fügte eine Spur ernster hinzu: »Dann warst du ja gar nicht in der Stadt, als es passierte.«

Bernadette wusste sofort Bescheid. »Du meinst den Großbrand in der Neustadt? Auf Facebook haben sie Fotos vom Feuerwehreinsatz gepostet. Schlimme Sache, was? Dieser Feuerteufel schreckt vor nichts zurück.«

»Schlimm, ja. Vor allem, weil es erneut einen Toten zu beklagen gibt. Hast du davon auch schon über Facebook erfahren?«

Diesmal dauerte die Antwort etwas länger. »Ja. Habe ich.« Bernadette wandte den Kopf ab. »Angeblich soll Étienne in der Werkstatt gewesen sein. Ist das wahr?«

»Wir warten noch auf das Ergebnis der Genanalyse. Aber vieles spricht dafür.« Er taxierte ihr Gesicht – zumindest die Hälfte, die nicht von ihren Haaren bedeckt war. Wenn er meinte, so etwas wie Genugtuung aus ihrer Mimik ablesen zu können, ging das wohl eher auf das Konto seiner Einbildungskraft. Ein rachlüsternes Lächeln ließ Bernadette jedenfalls nicht erkennen. »Wie bewertest du diesen Vorfall? Dass es kurz hintereinander zwei enge Freunde getroffen hat…«

»Ist es nicht eher eure Aufgabe, so etwas zu bewerten?«, antwortete Bernadette mit einer Gegenfrage. »Oder willst du auf etwas Bestimmtes hinaus?«

Ja, das wollte er. Aber um konkreter zu werden, müsste er Bernadette offiziell zu einem Verhör einbestellen. Dafür aber fehlte der Anlass, denn wie er eben selbst erfahren durfte, hatte sich Bernadette in der Brandnacht in Strasbourg aufgehalten. Sie kam – wie auch bei dem Feuer davor – als Täterin nicht in Betracht.

»Schon gut, Bernadette«, meinte er versöhnlich. »Ich möchte dich nicht aufhalten. Trotzdem wäre es nett, wenn du an mich denkst, sollte dir noch etwas einfallen. Jeder Tipp hilft uns weiter.«

Sie sagte zu und überraschte Jules mit einem Vorschlag. Sie tippte auf den Rahmen seines Rades und sagte: »Ich habe dir versprochen, dass ich dich bei der Tourplanung unterstütze. Wann hast du heute Feierabend? Wenn es nicht allzu spät wird, kann ich dir eine nette Strecke zeigen. Sie führt in Richtung Château de l'Ortenbourg. Auf dem Rückweg könnten wir in Sélestat einkehren.«

Jules überschlug kurz sein zu erwartendes Tagespensum. »Sagen wir um halb fünf an der Gendarmerie?«

»Ich freu mich drauf!«

Fünf Minuten später erreichte Jules die Feuerwache, ein recht schlichter Bau aus den 1960er-Jahren, dessen nüchterne Beton- und Backsteinfront mit regionstypischem Blumenschmuck kaschiert wurde.

Ein echter Hingucker war zudem das aufgemalte Stadtwappen an der Hauswand inklusive Storchennest, Trauben und stilisierten Mauerzinnen – eben alles, was dieses Städtchen ausmachte. Die drei Tore der Wagenhalle standen offen. Innen plärrte Radiomusik.

»*Salut*, Claude!«, rief Jules beim Eintreten. Sein Rad lehnte er an eines der Tore.

Der Feuerwehrkommandant trug einen Blaumann, dessen Oberteil über seine Hüften hing. Den Oberkörper bedeckte nur ein maschinenölverschmiertes Muskelshirt. Mit seinem durchtrainierten Körper, den sportlich kurzen Haaren und seinem markanten Gesicht sah Claude aus wie einer Werbung für Männerdeos entsprungen. Jules registrierte das mit einem leichten Anflug von Neid, zumal Claude mit seinen knapp ein Meter neunzig auch deutlich größer war als er.

Der Feuerwehrchef, der gerade an einem der Fahrzeuge geschraubt hatte, legte eine Rohrzange beiseite und wischte sich die Hände am herunterhängenden Latz seines Blaumanns ab. »Was machst du denn hier? Gibt es etwas Neues über unseren Brandstifter?«

»Wie man's nimmt«, leitete Jules vorsichtig das Thema ein, über das er nur ungern mit dem Mann sprach, den er als absolut zuverlässig und vertrauenswürdig kennen- und schätzen gelernt hatte. »Ich weiß nicht, ob du es mitbekommen hast. Wir haben an einer der Brandstellen die Spuren von Mountainbikereifen entdeckt und sie ausgewertet. Möglicherweise stammen sie vom Täter.«

»Interessant.« Claude sah Jules erwartungsvoll an. »Hat dich diese Spur weitergebracht?«

»Ja«, sagte Jules geknickt. »Genau genommen hat sie mich zu dir geführt.«

»Zu mir?« Claude ging wie ferngelenkt einen Schritt zurück. »Was soll das heißen?«

»Genau, was ich gesagt habe. Gilbert hat die Gipsprobe, die wir von dem Reifenabdruck gezogen haben, netterweise mit seiner Kundendatei abgeglichen. Dabei kam heraus, dass du ein Mountainbike mit genau diesem Reifentyp fährst.«

Claude wirkte für den Moment fassungslos. Man sah ihm an, wie es in ihm arbeitete. Doch dann fing er sich und konnte sogar wieder lächeln. »Wo habt ihr diese Spuren gefunden? Etwa draußen bei Miguel?«

»Ja«, bestätigte Jules. »Stammen die Spuren von deinem Rad?«

»Gut möglich.« Trotz dieses belastenden Zugeständnisses wirkte Claude erleichtert. »Ich bin oft mit meinem Bike unterwegs, und im Gegensatz zu euch Rennradjüngern bin ich nicht auf Asphaltpisten beschränkt. Meine Stammstrecke führt über Miguels Gelände. Also kann es durchaus sein, dass die Spuren von mir stammen.«

Jules fiel ein Stein vom Herzen, dass es der Feuerwehrchef so locker nahm. »Wärst du damit einverstanden, wenn ich später Gendarm Kieffer vorbeischicke, damit er dein Profil mit seinem Gipsabdruck vergleichen kann?«

»Natürlich. Schick ihn her, ich bin hier sicher noch den ganzen Tag beschäftigt und habe das Rad dabei.« Augenzwinkernd fügte er hinzu: »Wenn ich dir mein *vélo* freiwillig überlasse, brauchst du nicht erst Joanna Laffargue zu bemühen. Ich habe mitgekriegt, dass du ihr zurzeit aus dem Weg gehst.«

Ja, dachte Jules ein wenig beschämt. Claude hatte ihn

durchschaut. Er wollte den Kontakt mit Joanna auf ein Minimum beschränken. Einerseits, weil er sich im aktuellen Fall nicht noch mehr unter Zugzwang setzen lassen wollte. Andererseits wusste er nicht, was sie in Bezug auf den anstehenden Besuch von Lilou ausbrütete. Dass sie die Ankunft der potenziellen Rivalin einfach so abwarten würde, hielt er für unwahrscheinlich – und war entsprechend auf der Hut.

Auch bei Christian hatte Jules Glück. Als er sein Rad in den Ständer vor der Filiale schob, trat der Bankkaufmann gerade vor die Tür des schmucken Fachwerkgebäudes. Christian, der Jungsporn und zugleich sportlichste Fahrer aus ihrer Radgruppe, war ebenso überrascht, Jules zu sehen, wie zuvor Claude. In seinem geschniegelten Anzug hätte Jules den hochgewachsenen Mann mit rötlich blondem Haar und sommersprossigem Gesicht fast nicht erkannt. Denn immer wenn er ihn sonst traf, steckte Christian in seinem Radlerdress, auf dem Kopf einen schnittigen Helm.

»Jules?«, fragte Christian. »Wolltest du etwa zu mir? Brauchst du einen Kredit?«

»Nein, nein«, antwortete Jules und drückte Christian die Hand. »Wenn du in die Mittagspause gehen wolltest, will ich dich nicht davon abhalten. Bloß eine kurze Frage. Trifft es zu, dass du neben deinem Rennrad auch ein Mountainbike besitzt? Ich habe dich nie darauf gesehen.«

Christian stutzte. Jules konnte ihm von den Augen ablesen, was in seinem Kopf vorging: Was sollte die Frage? Was bezweckte Jules damit, sich danach zu erkundigen? Wenn es sich um sein rein privates Interesse handeln würde, könnte er sich heute Abend in der *brasserie* danach erkundigen. Aber nicht mitten am Tag und offiziell in seiner Uniform.

»Doch, ja«, entgegnete Christian sehr zögerlich. »Warum willst du das wissen? Bin ich zu schnell gefahren oder so?« Um seine zweite Frage als Witz zu kennzeichnen, lachte er. Aber es war ein gezwungenes Lachen, das Christians Unwohlsein nicht überdecken konnte.

Jules wollte seinen jungen Sportsfreund nicht unnötig lange zappeln lassen und klärte ihn darüber auf, um was es ging. Das machte es jedoch nicht besser, da Christian nun noch nervöser wirkte.

»Wäre es für dich okay, wenn wir uns dein Rad bei Gelegenheit einmal ansehen?«, erkundigte sich Jules so behutsam wie möglich. »Du brauchst dir keine Sorgen zu machen, es ist reine Routine.«

Christian gab sich einen Ruck. »Na gut. Wenn du willst, kannst du es gleich ansehen. Ich habe es hinter der Bank abgestellt.«

»Es reicht, wenn du es später Gendarm Kieffer vorführst«, sagte Jules, doch da flitzte Christian schon los und verschwand in einer Stichstraße, die zu den Kundenparkplätzen führte.

Jules freute sich über Christians Kooperationsbereitschaft, was er ihm auch sagen wollte, als der Bankkaufmann kurz darauf auf seinem Mountainbike um die Ecke schoss. Doch Jules kam nicht dazu, denn Christian machte keinerlei Anstalten anzuhalten. Stattdessen trat er kräftig in die Pedale und hielt direkt auf Jules zu. Der musste hinter einen Geranienkübel springen, um nicht umgefahren zu werden. Wie ein Wilder zog Christian an ihm vorbei.

»Putain!«, fluchte Jules und stellte fest, dass er sich bei seinem Hechtsprung das Hosenbein aufgerissen hatte. Was sollte das? Was war bloß in Christian gefahren? Hatte bei ihm der Verstand ausgesetzt? Eine Kurzschlussreaktion?

Kaum hatte er sich von dem Schreck erholt, riss Jules sein eigenes Rad aus dem Ständer. Er beschloss, die Verfolgung aufzunehmen. Zwar war Christian besser trainiert und hatte mehr Kondition, dennoch rechnete Jules sich gute Chancen aus, den Flüchtigen abfangen zu können. Denn hier in der Stadt war Jules mit seinem Rennrad im Vorteil und konnte mehr Tempo machen als Christian auf seinem Bike, das fürs Gelände ausgelegt war.

Jules jagte durch die Gassen, fuhr Slalom um Touristen, touchierte Kleiderständer vor den Boutiquen und umschiffte die omnipräsenten Pflanzenbottiche. In der Rue du Ruisseau à truites nahm er Christians Spur wieder auf. Jules sah, wie der Banker mit einem Affenzahn nach rechts in den Parc de Noyer abbog. Vermutlich wollte Christian das Porte de la Ville erreichen, um auf dem schnellsten Weg aus der Altstadt herauszukommen. Außerhalb der Stadtmauern, auf freiem Gelände, könnte er seinen Verfolger locker abhängen. Das musste Jules unter allen Umständen vermeiden und bremste scharf ab. Er riss ein Vorderrad herum und zwang seine Rennmaschine in eine Seitenstraße, die er schon oft als Abkürzung auf seinem Heimweg genutzt hatte.

Auf halber Strecke musste er ein älteres Ehepaar anbrüllen, das nicht aus dem Weg ging. Erschrocken über den wütenden Polizisten drückten sich die alten Herrschaften an eine Hauswand und ließen ihn passieren. Im Vorbeirasen registrierte Jules die Ehrfurcht in den Gesichtern der asiatischen Touristen.

Mit rekordverdächtiger Geschwindigkeit kam er am Stadttor an. Er steuerte sein Rad direkt in den Torbogen des mittelalterlichen Sandsteinbaus hinein und stellte sein Rad quer. Gerade rechtzeitig!

Sekunden später tauchte Christian auf seinem Mountainbike auf. Dass Jules das Tor blockierte, kam für ihn völlig unerwartet. Er betätigte beide Bremsen, versuchte zu wenden. Doch auf dem Kopfstein geriet sein Hinterrad ins Rutschen. Christian verlor die Kontrolle, fiel hin und blieb mit schmerzverzerrtem Gesicht liegen.

Jules schnappte nach Luft, lehnte sein Rad gegen den Torbogen und ging auf Christian zu. Die Hose des ungestümen Bankmanns war nun genauso zerrissen wie seine. Er blutete am Knie. Auch sein Rad war demoliert. Splitter der Lampen verteilten sich über die Straße.

Jules half Christian auf und geleitete ihn zu einer Bank. Dass ihnen dabei eine Reisegruppe zusah und der eine oder andere sogar Fotos schoss, ließ Jules geschehen. Ihn interessierte jetzt einzig und allein der Grund für Christians Flucht. Denn die war für ihn so überraschend gekommen wie ein Blitz aus heiterem Himmel.

»Was, zum Teufel, hast du dir dabei gedacht?«, fuhr er Christian an, kaum dass dieser Platz genommen und sein Bein ausgestreckt hatte. »Warum wolltest du abhauen?«

Christian musste mit den Tränen kämpfen. Aus

Verzweiflung über seine Lage oder weil sein Knie so schmerzte – darüber konnte Jules nur spekulieren.

»Du weißt, dass das ein Vergehen ist?«, redete Jules, noch immer aufgebracht, auf ihn ein. »Vor der Polizei zu flüchten, das geht gar nicht. Ich könnte dich wegen Widerstand gegen die Staatsgewalt drankriegen. Willst du das?«

»Nein«, sagte Christian und klang jämmerlich. »Bitte nicht.«

Jules rückte sehr nahe an ihn heran. Er zischte Christian ins Ohr: »Dann rede! Ich will wissen, weshalb du getürmt bist.«

Nun brach es aus Christian heraus. All seine Selbstbeherrschung ging verloren, als er schluchzend erklärte, dass bei ihm die Sicherungen durchgebrannt seien. »Ich hatte Panik, dass du mich verhaften würdest! Was, wenn die Spuren wirklich von meinem Rad stammen? Das kann durchaus sein, denn der beste Trail der Gegend führt über Miguels Hof.«

»Selbst wenn es so wäre, hättest du dir diese Aktion sparen können«, schalt ihn Jules. »So schnell lege ich niemandem Handschellen an.«

»Aber wie sollte ich beweisen, dass ich nichts mit den Bränden zu tun habe?«, fragte Christian. »Ich habe kein Alibi. Weder für letzte Nacht noch für die von Freitag auf Samstag.«

Jules legte ihm zur Beruhigung die Hand auf die Schulter. »Emilia wird uns gewiss bestätigen können, dass du bei ihr warst«, erwiderte er und dachte an Christians sympathische Lebensgefährtin, eine humorvolle Frau Anfang zwanzig, mit der sich der Bankkaufmann eine schnuckelige Altstadtwohnung teilte.

»Eben nicht!« Christian schien der Verzweiflung nahe. »Sie ist ausgezogen. Schon vor zwei Monaten. Das mit uns beiden hat einfach nicht funktioniert.«

»Sie ist fort?«, wunderte sich Jules. »Davon hast du in der *brasserie* nie etwas erzählt.«

»Damit sich die anderen Jungs darüber die Mäuler zerreißen? Nein danke!«

»Jetzt komm mal wieder auf den Boden«, versuchte Jules die Situation zu entschärfen. »Selbst wenn die Spuren von deinem Rad stammen und du kein Alibi hast, steckt dein Kopf nicht in der Schlinge. Für alles gibt es Erklärungen. Aber du musst uns helfen, den Dingen auf den Grund zu gehen, anstatt mir Knüppel zwischen die Beine zu werfen. Einen solchen Mist, wie gerade eben, möchte ich nicht noch einmal erleben. Haben wir uns verstanden?«

Christian nickte schuldbewusst.

Jules' Ärger wich allmählich der Vernunft. Christians Aussage hörte sich für ihn plausibel an. Er hatte es ganz einfach mit der Angst zu tun bekommen und überreagiert. Ein Verhalten, das ihm nach all den Jahren als Polizist nicht neu war.

Mit langsam einsetzender Entspannung blickte er auf die Straße, wo noch immer das Rad lag. Dabei fiel Jules auf, dass das Rücklicht defekt war: Der Reflektor fehlte. Die rings herum verstreuten Splitter deuteten darauf hin, dass es bei Christians Sturz passiert sein könnte. Womöglich war es aber bereits davor beschädigt gewesen.

Im Zweifelsfall würde man eine Rekonstruktion versuchen müssen, dachte Jules. Eine knifflige Aufgabe.

Das mächtige, weithin sichtbare Château de l'Ortenbourg thronte über den Weinbergen und wurde von der tief stehenden Sonne glutrot beschienen. Der schwere Anstieg zur Burg, für den sich Jules ordentlich ins Zeug legen musste, lohnte sich allein wegen der grandiosen Aussicht. Ihre erhabene Lage auf einem steil abfallenden Granitblock ermöglichte einen uneingeschränkten Blick über das Tal der Liepvrette und weiter bis tief in die Rheinebene hinein. Wundervoll, dachte Jules und war froh, dass er Bernadettes Einladung zu dieser schönen Feierabendtour angenommen hatte.

Bernadette, die sich an ihr Rad lehnte und das Panorama genoss, hatte die Serpentinen wesentlich leichter gemeistert als er. Zumindest hatte sie weniger gekeucht und geschwitzt. Das bestärkte ihn in seinem Vorhaben, künftig noch mehr für seine Fitness zu tun.

»Eine beeindruckende Festung«, meinte Jules über die gut erhaltene Wehranlage. »Viel besser in Schuss als die meisten anderen Burgen in dieser Gegend.«

»Dabei hat sie mindestens so viele Jahre auf dem Buckel wie all die Ruinen ringsherum«, wusste Bernadette. »Rudolf von Habsburg hat Ortenbourg im dreizehnten Jahrhundert errichten lassen. Kurz darauf gab es Zoff, weil der mit den Habsburgern zerstrittene Adolf von Nassau in Sichtweite auch eine Festung aufbaute: Burg Ramstein.« Sie zeigte auf die südwestlich liegende Wehranlage, die über den mit Sträuchern und Wildblumen zugewucherten Burggraben gut zu sehen war.

»Ganz schön dicht dran. Das konnte ja nicht gut gehen.«

»Nein, die haben sich bis auf Blut bekriegt.« Mit

einem mehrdeutigen Lächeln fügte sie hinzu: »Im Elsass geht es trotz der lieblichen Landschaft mitunter hart zur Sache.« Sie schwang sich wieder auf ihren Sattel und forderte Jules zum Weiterfahren auf. »In Sélestat zeige ich dir ein feines Lokal, das du deinen Freunden empfehlen kannst.«

Von der Stadtbefestigung des überschaubaren Örtchens, das sie kurz darauf erreichten, waren der mächtige Tour de l'Horloge, der Uhrenturm, und der Tour des Sorcières, Hexenturm, erhalten. Hübsch anzusehen fand Jules die gotische Kirche St. Georg mit ihren farbenfrohen Glasfenstern. Was ihm auffiel, war der Mangel an Urlaubern. Ob es an der fortgeschrittenen Uhrzeit lag?

»Sélestat ist nicht besonders touristisch«, griff Bernadette seine Gedanken auf. »Ausgenommen in der Weihnachtszeit. Da tummeln sich hier die Menschen, denn Sélestat gilt als Geburtsort des Weihnachtsbaums.«

»Tatsächlich?«, fragte Jules, der nie davon gehört hatte.

»Ja, die erstmalige Erwähnung des Weihnachtsbaumes soll im Jahre 1521 genau hier dokumentiert worden sein.«

»Interessant, was du alles weißt.«

Bernadette grinste. »Als Weinkönigin muss man sich auskennen, denn ein jeder fragt einen Löcher in den Bauch.« Etwas verhaltener korrigierte sie sich: »Fragte. Seit ich mein Krönchen nicht mehr trage, hat sich das erledigt.«

Ehe sie in Selbstmitleid verfallen konnte, sagte Jules: »Dass im Sommer weniger los ist, kommt mir sehr gelegen. Wenn wir mit unserer Radeltruppe einfallen, bekommen wir wenigstens einen freien Tisch.«

»Deshalb habe ich Sélestat vorgeschlagen«, meinte Bernadette.

Seite an Seite schoben sie ihre Räder durch den Ort und blieben vor einer einladend wirkenden *auberge* stehen. Jules warf einen Blick auf die Karte des Restaurants, entdeckte einige Elsässer Klassiker, zudem eine Reihe von Fischgerichten.

»Sélestat liegt an der Ill«, erklärte Bernadette. »Das Filet vom Bachsaibling mit Zitronenbutter und Kräuterkartoffeln ist ausgezeichnet. Aber wenn du etwas wirklich ganz Besonderes essen möchtest, probier die *matelote.*« Bernadette beschrieb diese Spezialität als eine Art Fischeintopf aus Zander, Hecht, Schleie und Barsch, der mit einem guten Schuss Sahne und – wie nicht anders zu erwarten – Weißwein zubereitet wurde.

Mit Blick auf die Uhr musste Jules schweren Herzens passen. »Ich würde gern zurück in Rebenheim sein, bevor es stockdunkel ist«, sagte er. Zwar hatte er mangels realer Erfolgsaussichten keine weitere Nachtschicht geplant, aber er wollte zumindest in der Nähe sein, falls der Feuerteufel ein weiteres Mal zündeln sollte. »Die heutige Tour merke ich mir auf jeden Fall vor. Das könnte den Jungs gefallen.«

Während sie durch die Dämmerung radelten, lenkte Jules das Gespräch auf die Feuerserie und die beiden Toten. Er erkundigte sich, ob Bernadette inzwischen eine Idee hätte, wer dahinterstecken könnte.

»Fängst du schon wieder an?«, fragte sie, wirkte jetzt aber viel aufgeschlossener als heute Mittag vorm Bus. »Wenn dem Trio Paul, Étienne und Mathé wirklich jemand ans Leder will, würde mich das nicht wundern«, sagte sie frei heraus. »Die drei haben eine ganze Menge Blödsinn angestellt. Viele Leute sind mächtig sauer auf sie. Ich bin beileibe nicht die Einzige, die nicht gut auf sie zu sprechen ist.«

»Viele Leute? Wer zum Beispiel?«

»Miguel zum Beispiel. Vor zwei Jahren war er mit den dreien aneinandergeraten. In der Nacht darauf wurde eine junge Apfelbaumplantage auf Miguels Grund zerstört. Um wen es sich bei den Vandalen gehandelt hatte, konnte nicht geklärt werden, aber jeder im Ort wusste es. Als neulich Miguels Geräteschuppen in Flammen aufging, habe ich auch erst an Paul und seine Kumpanen gedacht. Aber da habe ich mich wohl getäuscht.«

»Kannst du mir noch mehr Personen nennen, die Streit mit dem Trio hatten?«

»Mit Georges haben sie sich mehr als nur einmal angelegt.«

»Du meinst den Wirt von der *Brasserie Georges*?«

»Genau den. Paul, Étienne und Mathé haben so oft die Zeche geprellt, dass er ihnen Hausverbot erteilt hat. Zum Dank dafür haben sie seine Hauswand mit Graffiti besprüht. Aber nachweisen ließ sich das wieder einmal nicht.«

Alles böse Geschichten, dachte Jules. Doch keinesfalls reichten diese Motive aus, um einen Doppelmord zu begehen. Er war sich sicher: Das Trio hatte mehr auf dem Kerbholz als allgemein angenommen – und Mathé wusste ganz genau, warum man seinen Freunden und vielleicht auch ihm an den Kragen wollte. Also musste er ihm weiter auf den Zahn fühlen und nicht lockerlassen, bis Mathé endlich auspackte.

Zurück in der *Auberge de la Cigogne* wurde Jules von seiner Zimmerwirtin erwartet. In ihrem wallenden Trachtenkleid kam sie ihm entgegen. Das graue Haar hatte sie zum Dutt geknotet, wodurch ihr rundliches Gesicht noch ein wenig voller wirkte. Jules hatte nichts dagegen, sich von Clotilde direkt an seinen Stammplatz in der *winstub* führen und verköstigen zu lassen. Denn seit er vor der Speisekarte des Fischlokals in Sélestat gestanden hatte, verspürte er einen gesunden Appetit.

Clotilde setzte ihm einen Teller mit einer herrlich duftenden Omelette vor. »Nach Vogesenart«, erklärte sie und nannte ihm den Unterschied zur landläufigen Variante. Die in viel Butter gebackene Eierspeise war mit einer Handvoll Schinkenspeck angereichert und mit Münsterkäse verfeinert worden. Darüber kam eine Handvoll Schnittlauch. Eine wahre Wonne!

Bevor sich die Wirtin zu ihrem Dauergast setzte, schenkte sie Jules ein Glas Wein ein.

Tadelnd wedelte er mit dem Zeigefinger. »Meine liebe Clotilde. Habe ich es nicht oft genug gesagt? Bei allem Respekt vor Ihrer Weißweintradition: Ich war, bin und bleibe ein eiserner Vertreter der Rotweinfraktion.«

Clotilde zuckte die Schulter und schob das Glas beiseite. »Ich dachte, dass hätte sich geändert. Jetzt, da sie so viel mit unserer ehemaligen Weinkönigin unternehmen …«

Jules horchte auf. Der Dorfklatsch hatte also wieder einmal funktioniert – Bernadette und er waren Gegenstand von Tratsch und Ratsch geworden. Er war gespannt darauf, welche Meinung sich Clotilde darüber gebildet hatte. Er musste nicht lange darauf warten, bis er es erfuhr.

Clotilde servierte das Dessert, das famose Honigeis *glace au miel*, als sie ihn mit sorgenvoller Miene auf den schleichenden moralischen Verfall ihres »liebsten Gastes« hinwies. »Meinen Sie wirklich, dass es eine kluge Entscheidung ist, sich von dem Problem mit Ihren zwei Frauen durch eine dritte abzulenken?«, fragte sie ihn überaus direkt, aber immerhin so leise, dass es kein anderer Gast mitbekam.

Das war ein dicker Hund, dachte Jules. Auch wenn er den immer wieder gern erteilten mütterlichen Rat seiner Wirtin durchaus schätzte, schoss sie mit dieser Frage übers Ziel hinaus.

»Bernadette ist mir bei der Planung der *Tour d'Alsace* behilflich«, stellte er klar. »Nicht mehr und nicht weniger.«

Damit meinte er den Verdacht gegen sich ausgeräumt zu haben. Doch bei näherer Betrachtung hatte Clotilde mit ihrer als Frage verkleideten Unterstellung ja viel mehr ausdrücken wollen: sein Schwanken zwischen Lilou und Joanna, die innere Zerrissenheit, die weit über sein Verhältnis zu den beiden Frauen hinausging. Denn der eigentliche Knackpunkt, so musste sich Jules eingestehen, lag in seiner fehlenden Zukunftsperspektive. Er war Mitte dreißig und wusste nach wie vor nicht, wohin es eigentlich gehen sollte. Wo lagen seine Prioritäten? Beim Aufbau seiner Polizeikarriere? Bei der Gründung einer Familie? In der Entscheidung darüber, wo er dauerhaft seine Zelte aufschlagen wollte, hier im Elsass oder lieber in der alten Heimat am Atlantik? Immer wieder hatte er sich diese dummen Fragen gestellt. Jede einzelne von ihnen war ihm völlig abwegig vorgekommen. Doch in ihrer Gesamtheit zeichneten sie ein beunruhigendes Bild seiner Perspektivlosigkeit.

»Habe ich Sie zum Nachdenken gebracht, Monsieur le Commissaire?« Clotilde ließ ein zufriedenes Lächeln aufblitzen. »Dann ist es gut so.«

Sie hatte ihr Ziel also erreicht – und Jules vorerst seine Ruhe. Denn Clotilde ließ ihn mit einem doppelten Espresso allein. Das machte es für ihn allerdings nicht einfacher, denn der angestoßene Denkprozess über seinen Mangel an Verlässlichkeit und Orientierung im Privaten ließ sich nicht so einfach aufhalten. Selbstvorwürfe und Zukunftssorgen vertrieben ihn aus der *winstub*, kaum dass er seinen Kaffee ausgetrunken hatte.

Er verließ die *auberge* und trat in die Nacht, die kühl war und sternenklar. Die frische Luft tat ihm gut, und als eine kleine Gruppe junger Leute ausgelassen lachend an ihm vorbeizog, erschienen ihm seine Probleme mit einem Mal nicht mehr ganz so groß, wie er es sich eben noch eingeredet hatte. Mit Blick auf die Sorglosigkeit der Jugendlichen nahm er sich vor, sich von niemandem drängen zu lassen. In seinem Alter lag der Großteil des Lebens noch vor einem: Wohin ihn seine Reise letztendlich führte, würde er früh genug erfahren.

»So nachdenklich kenne ich dich gar nicht«, sprach ihn eine Frau an.

Es war Joanna, die wie aus dem Nichts neben ihm aufgetaucht war. Ihr hübsches Gesicht wirkte sanft und gütig, ihr Haar schimmerte im Bernsteinlicht des Mondes. Nichts deutete darauf hin, dass sie sauer auf ihn war, weil er ihre Anrufe ignoriert hatte.

Dass Joanna bis vor gar nicht langer Zeit eine gehörige Wut im Bauch gehabt und ihn aus vollem Herzen verflucht hatte, konnte er höchstens vermuten. Noch weniger wusste er um die Gründe, die sie auf so wundersame Weise besänftigt hatten.

Joanna achtete tunlichst darauf, dass er ihr nichts anmerkte. Das schummrige Licht half ihr zu verbergen, welche Gedanken in ihrem Kopf umhergingen. Es waren sehr starke Emotionen, die sie bewegten. Empfindungen, die sie selbst als Liebe interpretierte und die gegen ein anderes Gefühl ankämpften: Eifersucht. Denn am Nachmittag, als sie fuchsteufelswild wegen Jules' ignorantem Verhalten gewesen war, war ihr etwas zugetragen worden – nämlich dass Jules den Besuch seiner Lilou dafür nutzen wollte, sich mit ihr auszusöhnen. Er wollte für »geordnete Verhältnisse« sorgen, hatte Clotilde ihr gesteckt.

Clotilde war immerhin seine Zimmerwirtin, sie musste es also wissen. »Geordnete Verhältnisse« – das konnte nichts anderes bedeuten, als dass er sich von ihr, Joanna, distanzieren würde. Doch das durfte nicht sein! Sie wollte sich nicht das Herz brechen lassen. Denn aus leidlicher Erfahrung wusste sie bereits, wie schmerzhaft das sein konnte.

Mit Jules hatte sie endlich den Mann gefunden, nach dem sie sich lange gesehnt hatte. Er vereinte all das, was sie von dem Partner an ihrer Seite wünschte, ein starker Charakter mit eigenem Kopf, einer Prise Rigorosität und Kaltschnäuzigkeit, gleichzeitig konnte er ungemein sanftmütig und einfühlsam sein, ganz zu schweigen von seinem feinen Sinn für Humor. Sie wollte Jules nicht wieder hergeben. Um dieses Ziel zu erreichen, würde sie kämpfen. Mit allen Waffen einer Frau.

»Wolltest du zu mir?«, fragte Jules ebenso arglos wie verblüfft, nachdem er Joanna zur Begrüßung auf beide Wangen geküsst hatte.

»Ja, ich dachte mir, dass es einfacher sein könnte, dich zu treffen, als mit dir zu telefonieren.«

Also doch ein leiser Tadel, dachte Jules und setzte zu einer Entschuldigung an.

Joanna unterbrach ihn: »Schon gut. Lautner hat mir berichtet, wie fleißig du gewesen bist. Dass du die Sache mit der Fahrradspur weiterhin verfolgst, finde ich gut. Und auch, dass du an diesem Mathé dranbleibst, ist wichtig.«

»War das etwa ein Lob?«, fragte Jules, der dem Frieden nicht recht trauen wollte.

Joanna verzichtete auf eine Antwort und hakte sich bei ihm unter. »Gehen wir ein Stück?«

»Warum nicht«, willigte er ein und spürte die Wärme ihres Körpers, der sich eng an seinen schmiegte. »Dir ist aber klar, dass trotz verschiedener Spuren nach wie vor kein Durchbruch in Sicht ist?«

»Ja, deswegen wirst du mich offiziell anders reden hören als jetzt unter uns. Der Präfekt schaut mir auf die Finger und erwartet, dass ich den Druck auf die Ermittlungsbehörde aufrechterhalte.«

»Mit anderen Worten, morgen in der Gendarmerie ziehst du mir wieder die Ohren lang.«

Joanna ließ ein leises Kichern hören. »Du hast es erfasst, mein Lieber.«

»Klingt beinahe so, als würde dir das Spaß machen«, meinte Jules und versetzte ihr einen Klaps auf den Po.

»Behalt bloß deine Finger bei dir«, tat Joanna empört. »Sonst…«

»Sonst was?«

Unter einer Kastanie am Eingang zum Parc de Noyer blieben sie stehen und sahen sich an. Die Distanz zwischen ihren beiden Köpfen war minimal, und Jules glaubte, in Joannas ozeanblauen Augen zu versinken.

Als sein Mund ihre samtweichen Lippen berührte, waren Clotildes mahnende Worte vollends vergessen.

LE SEPTIÈME JOUR

DER SIEBTE TAG

»Ziemlich spät geworden gestern Abend, nicht wahr?«

»Wie? Was?« Jules erhob sich von seinem Kopfkissen und rieb sich die Augen. Die Tür zu seinem Pensionszimmer war einen Spaltbreit geöffnet. Dahinter stand Clotilde.

»Verzeihung, wenn ich störe, aber Sie haben mein Klopfen wohl nicht gehört – genauso wenig wie Ihren Wecker.«

»Was?«, fragte Jules noch einmal. Für zusammenhängende Sätze war er nicht wach genug. Ein Blick auf den altmodischen Reisewecker verriet ihm, dass er um sage und schreibe zwei Stunden verschlafen hatte. Längst hätte er in der Gendarmerie sein müssen!

Er sprang auf, sah, dass er nichts als einen Slip trug, warf sich hektisch das Betttuch um und drückte die Tür vor Clotildes Nase zu. »Danke!«, rief er ihr zu und verschwand im Bad.

Voller Hektik putzte er sich die Zähne, wobei seine Gedanken zum letzten Abend zurückkehrten. Ein wunderschönes Erlebnis, aber auch eine Torheit sondergleichen. In welche Lage hatte er sich da bloß manövriert? Und worauf sollte das hinauslaufen?

Er dachte an die vielen Nächte, die er einsam im Bett der *auberge* verbracht und Höllenqualen gelitten hatte, weil seine Lilou nicht bei ihm war. Die lange Zeit an ihrer Seite hatte sein Leben ausgefüllt. Sie hatte ihn verwöhnt und verhätschelt, ihm das Essen zubereitet und dafür gesorgt, dass seine Uniform stets in Schuss war. Die meisten ihrer gemeinsamen Freunde hatte sie beigesteuert, und Lilou war es auch, die ihre Urlaube plante. Mit einem Wort, seine Freundin hatte ihn an die Hand genommen und ihm gesagt, was er zu tun und zu lassen hatte. Dann hatte er ihre Hand plötzlich nicht mehr an seiner gespürt: seit dem Tag, als er sich um seine Versetzung nach Rebenheim bemüht hatte. Diese Eigenmächtigkeit verstieß gegen ihre Regeln, und Lilou ließ ihn seitdem spüren, welche Konsequenzen das nach sich ziehen würde.

Aber konnte es eine Lösung sein, sich deshalb in eine Affäre mit einer anderen zu stürzen? Den Versuch zu unternehmen, im Körper einer anderen Frau auch nur den Hauch von ihr wiederzufinden? Sicher nicht, dachte er, während er sein Spiegelbild betrachtete und erstaunt feststellte, dass ihm das schlechte Gewissen gar nicht anzusehen war. Er kam zu dem Schluss, dass womöglich doch mehr dahintersteckte als das simple Verlangen nach einem Seitensprung. Dass er sich zu Joanna hingezogen fühlte, weil er viel für sie empfand. Sehr viel sogar.

Doch jetzt war nicht die Zeit, über sein Liebesleben nachzusinnen. Es gab genug für ihn zu tun, die Arbeit rief!

Mit einem Bartansatz, der den Status eines gepflegten Dreitagebartes längst überrundet hatte, und einem nur halb zugeknöpften Hemd rannte er die Treppe hinunter. An ein Frühstück war wieder einmal nicht zu denken. Mit fliegenden Fahnen eilte er zum Corps de

Garde, riss die Tür zur Wachstube auf und prallte frontal gegen den Bauch von Gendarm François Kieffer.

Dieser taumelte ein paar Schritte zurück. »Gut, dass ich immer meinen Airbag dabeihabe«, witzelte er über die eigene Leibesfülle.

Jules sah die Wagenschlüssel in Kieffers Hand und fragte: »Wo wollen Sie hin? Haben Sie die Lagebesprechung heute ohne mich gehalten?«

Kieffer zuckte verlegen mit den Schultern. »Nun ja, Chef, Sie waren nicht da. Also haben wir die Aufgaben, die heute anstehen, verteilt. Ich kümmere mich um die Tankstellen.«

»Welche Tankstellen und warum?«, fragte Jules argwöhnisch. Dass seine eher lethargischen Mitarbeiter plötzlich Eigeninitiative entwickelten, machte ihn stutzig.

»Ich soll herausfinden, wo und wann jemand Benzinkanister befüllt hat. Aufnahmen von Überwachungskameras könnten uns zum Täter führen.« Im Angesicht der Arbeit, die auf ihn zukam, klagte er: »Dafür muss ich alle Tankstellen in Rebenheim abklappern.«

Jules kniff die Augen zusammen. »Alle beide?«, fragte er mit sarkastischem Unterton und korrigierte Kieffers Tagesplanung. »Die Idee ist nicht schlecht. Aber ein Täter, der so gründlich seine Spuren verwischt wie unser Feuerteufel, wird sein Benzin nie und nimmer direkt vor der Haustür kaufen. Ich möchte, dass Sie Ihre Suche ausweiten. Legen Sie den Radius auf zwanzig Kilometer rund um Rebenheim an.«

Kieffer glotzte Jules wie einen Geist an. »Zwanzig Kilometer? Wissen Sie, wie viele Zapfsäulen es in diesem Umkreis gibt?«

»Viele«, sagte Jules und wollte an Kieffer vorbei in die Wache gehen. Dann aber fiel ihm etwas ein. »Eine Frage noch, haben Sie sich den Auftrag mit den Tankstellen selbst erteilt, oder war es Adjutant Lautner?«

»Weder noch«, erwiderte Kieffer gedämpft. »Madame Laffargue hat heute unsere Einteilung übernommen.« Weil Jules ihn so ungläubig ansah, fügte er hinzu: »Als leitende Untersuchungsrichterin ist sie ja quasi auch unsere Vorgesetzte. Und weil Sie abwesend waren …«

»Schon gut, ich habe verstanden«, unterbrach ihn Jules. »Ist Joanna Laffargue noch da?«

»Nein. Sie hatte nicht viel Zeit, weil sie einen wichtigen Termin in Strasbourg wahrnehmen muss. Bei der Police nationale.«

Jules stutzte zum wiederholten Mal während dieses eigentümlichen Treppenhausgesprächs. Bei der Erwähnung der Police nationale, eines Staatsorgans, das in vielerlei Hinsicht mit der Gendarmerie nationale konkurrierte, wurde sein Misstrauen wachgerufen. »Hat sie gesagt, um was es sich bei ihrem Termin dreht?«

Es war Kieffer unschwer anzusehen, dass er seinen Hinweis auf Joannas Strasbourg-Fahrt gern zurückgenommen hätte. »Sie sucht Unterstützung«, sagte er wenig glücklich.

Jules mahlte mit den Zähnen. Dass sich Joanna um einen Sachverständigen für Brände bemühte, wie er es sich anfangs gewünscht hatte, schloss er aus, denn das käme reichlich verspätet. Unterstützung von der Police nationale konnte zum jetzigen Zeitpunkt nur noch eines bedeuten: Joanna würde beantragen, dass die Kollegen aus der elsässischen Metropole einen Commissaire in die Provinz entsenden sollten. Das Gesetz sah eigentlich vor, dass die Police nationale polizeiliche Aufgaben für größere Städte übernahm und die Gendarmerie nationale für den ländlichen Raum zuständig sein sollte. Auch die ministeriale Zuordnung war unterschiedlich. So unterstanden die einen dem Innenministerium und Jules' Truppe dem Verteidigungsminister. Diese Trennung wurde indes nicht so strikt eingehalten, wie es sich Jules gewünscht hätte. Denn sobald ein Fall eine gewisse Größenordnung überstieg, es Anzeichen von organisierter Kriminalität gab oder gar der Verdacht auf einen terroristischen Hintergrund aufkam, übernahm die Police nationale das Ruder und verwies die Gendarmen auf die Zuschauertribüne. Jules sah vor seinem geistigen Auge bereits einen dieser eingebildeten Schnösel der *Direction centrale de la Police Judiciaire*, der Kriminalpolizei, aufkreuzen, dem er auf Anweisung von Joanna all seine bisherigen Ermittlungsergebnisse überlassen müsste.

Er fragte sich, warum Joanna letzte Nacht kein Sterbenswort über ihr Vorhaben verloren hatte. Hatte sie den Entschluss, die Strasbourger hinzuzuziehen, erst heute früh gefällt oder hatte sie die Romantik des gestrigen Abends nicht verderben wollen?

Jules war so sehr in seinen Gedanken verhaftet, dass er gar nicht merkte, wie sich Kieffer aus dem Staub machte. Dabei hatte er sich noch nach den Reifenspuren erkundigen wollen. Es interessierte ihn sehr, wie der Abgleich mit den Profilen von Christian und Claude ausgegangen war. Aber vielleicht wussten ja auch Lautner und Regnier Bescheid.

Er traf beide im Büro an – und sie waren nicht allein.

»Claude?«, fragte Jules erstaunt, als er den Feuerwehrchef vor Regniers Schreibtisch erblickte. Claude trug heute Alltagskleidung anstelle der Feuerwehrkluft, was nicht verwunderlich war, denn in seinem Brotberuf war Claude als Bauzeichner bei einem hiesigen Architekturbüro angestellt.

»Ich bin gleich hergekommen, als ich es erfahren hatte«, sagte Claude. Der sonst so selbstsichere und vor Kraft strotzende Mann wirkte eigentümlich verletzlich. Eine Seite, die Jules an ihm bislang nicht kennengelernt hatte.

Jules wechselte einen schnellen Blick mit seinen Mitarbeitern und begriff. »Die Reifenspuren auf Miguels Hof stammen wirklich von deinem Mountainbike?« Damit hatte er nicht gerechnet.

»Wie es aussieht, ja«, räumte Claude mit hängenden Schultern ein. »François hat sich sehr viel Zeit gelassen und Abdrücke von Vorder- und Rückreifen genommen, um sie später in der Gendarmerie mit dem anderen Abdruck zu vergleichen. Ich weiß ja, wie gründlich François arbeitet, daher gibt es für mich gar keinen Zweifel: Es ist mein Rad gewesen, das die Spuren vor dem niedergebrannten Schuppen hinterlassen hat.«

Jules holte tief Luft. Dann zog er seine Uniformjacke aus und warf sie über Charlottes Stuhllehne. »Die Reifenabdrücke kommen also von dir«, wiederholte er und versuchte, dabei möglichst entspannt zu klingen. »Das ist keine große Überraschung, denn du hast mir ja selbst erzählt, dass dein bevorzugter Trail über Miguels Grund und Boden führt.« Das war eine glatte Lüge, denn er war sehr wohl von dem Ergebnis des Spurenabgleichs überrascht. Umso wichtiger war es ihm, Claudes höchst wahrscheinlich irrtümliche Verstrickung in den Fall schnell aufzulösen. »Was ist mit deinem Rücklicht?«, erkundigte sich Jules. »Ist es funktionsfähig?«

»Rücklicht? Ich habe gar keines angebaut, warum fragst du?«

»Gut!«, sagte Jules. »Das ist ein Pluspunkt für dich.«

»Ich verstehe nicht ...«

»Hör mir zu, Claude. Wir können diese Angelegenheit ganz fix vom Tisch fegen«, kündigte er mit einem optimistischen Lächeln an. »Alles, was wir von dir brauchen, sind ein paar handfeste Alibis für die Tatnächte.«

»Genau da liegt unser Problem«, meldete sich Lautner zu Wort und rieb sich die picklige Stirn. »Claude kann uns keine nennen.«

»Nicht?« Jules sah den Feuerwehrkommandanten verwundert an. »Du kannst uns keine Angaben darüber liefern, wo du in den Nächten gewesen bist, als Paul und Étienne starben?«

Claude senkte den Kopf. »Das kann ich sehr wohl. Du weißt, dass die Feuerwehr mein Ein und Alles ist. Jede freie Minute verbringe ich in der Wagenhalle und sorge dafür, dass unser Fuhrpark in Schuss gehalten wird.«

Ja, das wusste Jules. Er wusste auch, dass Claudes Steckenpferd zum Verhängnis für seine Ehe geworden war. Seine Frau Yvonne hatte ihm vorgeworfen, mehr Zeit mit seinen Rüst- und Leiterwagen zu verbringen als mit ihr, und ihn eines Tages vor die Tür gesetzt. Jules klangen noch ihre Worte in den Ohren: Claude sei besessen von allem, was mit Feuer und Brandbekämpfung zu tun habe, und daher unfähig für eine Beziehung. Seit Claude wieder solo war, verbrachte er noch mehr Zeit in der Feuerwehrgarage.

»Ich habe an beiden Abenden an einer Hydraulikpumpe geschraubt, die sich verkantet hatte«, führte Claude aus. »Sie in eine Werkstatt zu geben wäre uns viel zu teuer gekommen. Unser Etat ist ja nicht gerade üppig. Deshalb habe ich es selbst gemacht und dabei die Zeit aus den Augen verloren.«

»In Ordnung. Du bist also bis tief in die Nacht auf der Feuerwache gewesen«, hielt Jules fest. »Das Problem besteht darin, dass du allein warst, richtig?«

»Ja, ich war allein. Das bin ich immer.«

Jules hielt an seiner Zuversicht fest, als er sagte: »Du hast sicherlich nicht im Dunkeln gearbeitet. Gibt es Anwohner, die dich gesehen haben könnten und uns das bestätigen?«

Ein Hoffnungsschimmer glomm in Claudes Augen auf. »Nachbarn? Ja, das könnte sein.«

»Gut. Sehr gut.« Jules schnippte mit den Fingern in Lautners Richtung. »Sie starten eine Befragung der Anlieger. Stellen Sie fest, ob sich Claudes Aussage belegen lässt.«

Lautner hob abwehrend die Hände. »Ich? Wann?«

»Jetzt sofort.«

»Unmöglich«, protestierte der klapperdürre Adjutant.

»Haben Sie etwas Besseres vor?«, wollte Jules wissen.

»*Maman* kocht heute Mittag ihr *confit de canard*. Das darf ich keinesfalls verpassen.«

Jules hatte diese ganz besondere Spezialität aus der

Küche von Madame Lautner schon einmal genießen dürfen. Er dachte an die butterzarten, im eigenen Schmalz eingelegten Keulen und Bruststücke der Stopfente, woraufhin ihm prompt das Wasser im Munde zusammenlief. Dennoch musste er hart bleiben.

»Tun Sie es!«, wies er seinen Adjutanten an. *»Tout de suite!«*

Madame Lautners *confit de canard* wollte Jules partout nicht aus dem Kopf. Während er sich in seinem Arbeitszimmer der Aktenlage widmete und dringend fälligen Schreibkram erledigte, meldete sich sein Hungergefühl immer lauter zu Wort. Schließlich, in den frühen Mittagsstunden, gab er seinem Verlangen nach und verließ die Gendarmerie. Er überquerte den Place Turenne, um sich ein sonniges Plätzchen vor einem seiner bevorzugten Bistros zu suchen. Nach einem Blick in die Karte ließ er sich *tarte à l'oignon* kommen. Da ihm der Zwiebelkuchen nicht reichte, orderte er hinterher eine kleine Käseauswahl. Diese wurde ihm mit Baguette und *l'eau du robinet* serviert. Ein Gläschen Rotwein anstelle des Leitungswassers hätte er als passender empfunden, doch Alkohol im Dienst versuchte er zu vermeiden.

Jules probierte sich durch die Käsehäppchen, genoss zunächst den heimischen Münster, der würzig und intensiv all seine Geschmacksnerven in Beschlag nahm. Es folgte ein Petite fleur natur, ein handgeschöpfter Zungenzergeher, mild und sahnig. Anschließend war der Tommette de Yenne an der Reihe, ein besonders aromatischer Vertreter seiner Zunft. Abwechslung bot der jungendlich saftige Comté Cyclamen, ein vorzüglicher Rohmilchkäse. Als Jules den köstlich buttrigen Morbier kostete, merkte er, dass er nicht länger allein war.

»*Salut*, Jules«, grüßte ihn Lino, setzte sich dazu und ließ sich abfällig über Jules Speisewahl aus. »*Fromage*? Damit kannst du mich jagen. Den esse ich allerhöchstens in überbackener Form beim Raclette. Oder auf einer Pizza.«

Jules, der bis eben im siebten Käsehimmel geschwebt hatte, landete hart. »Mir schmeckt's«, sagte er trotzig und schob sich den nächsten Happen in den Mund.

»Jedem das Seine«, meinte der alte Polizist griesgrämig, hielt die Kellnerin am Rocksaum fest und orderte ein Kronenbourg. »Was schaust du mich so an, Jules? Ich darf Bier trinken, schließlich bin ich nicht im Dienst. Genau genommen seit über zehn Jahren nicht mehr.«

Jules fragte sich, ob es sich um einen Zufall handelte, dass Lino ausgerechnet jetzt hier auftauchte. Oder aber ob er darauf gelauert hatte, ihn bei passender Gelegenheit abzufangen. Jules tippte auf Letzteres. »Was gibt's, Lino? Warum willst du mich sprechen?«

Der Alte tat gar nicht erst so, als müsste er sich verstellen. Geradlinig, wie er war, sagte er ihm auf den Kopf zu, dass Jules seinen Fall wohl bald los sei: »Die Richterin hat die Geduld mit dir verloren. Die Spatzen pfeifen es von den Dächern, dass die Police nationale die Jagd auf den Feuerteufel übernimmt.«

Jules schluckte. Mit einem Mal hatte er seinen Appetit verloren. Wie hatte Lino, der Fuchs, so schnell davon Wind bekommen? Es gab eine undichte Stelle in seinem Team, mutmaßte er nicht zum ersten Mal.

Vermutlich gab es sogar mindestens drei. Er konnte diese Lecks sogar namentlich benennen: Alain Lautner, François Kieffer und Charlotte Regnier.

»Haben sie dir von Joannas Termin in Strasbourg erzählt?«, fragte er ihn geradeheraus, denn es hatte keinen Sinn, Lino etwas vorzumachen. »Das muss nichts heißen«, versuchte er die Angelegenheit herunterzuspielen. »Gut möglich, dass sie bloß bei der Pathologie vorbeischaut.«

»Ohne das vorher mit dir abzustimmen?« Lino schüttelte langsam, aber bedeutsam den Kopf. »Das glaubst du selbst nicht. Du musst den Tatsachen ins Auge sehen. Sie hat das Vertrauen in dich verloren, was diesen Fall anbelangt. Und sie ist ehrgeizig. Sehr sogar. Bevor sie eine Schramme in ihrer glänzenden Karriere in Kauf nimmt, opfert sie dich. So einfach lässt sich das erklären.«

Das war zwar überspitzt dargestellt, doch tief in seinem Inneren hegte Jules die gleichen Gedanken. Er wähnte sich von Joanna ausgenutzt, ja, er hatte sogar den Eindruck, dass sie mit ihm spielte. Aber weshalb dieses Hin und Her zwischen offenen Zuneigungsbekundungen und kaltherzigem Affront? Was trieb sie an? Sollte das die Revanche dafür sein, dass er sich nicht festlegte, weil er nicht bereit war, einen Schlussstrich unter seine Beziehung mit Lilou zu ziehen?

»Wenn ich dir einen wohlgemeinten Rat geben darf …«, setzte Lino an, nachdem er sein Glas mit zwei kräftigen Zügen halb leer getrunken hatte.

»Nein, lieber nicht«, wehrte Jules ab.

»Wechsel mal die Perspektive. Ich meine, bislang konzentrierst du dich voll und ganz auf das Auswerten von Spuren, vernachlässigst jedoch das Täterprofil. Du kannst nicht einmal nachweisen, ob es sich um einen oder mehrere Täter handelt, oder?«

Das hatte ihm gerade noch gefehlt. Lino mischte sich mal wieder in seine Arbeit ein. Als ob das nicht schon bei ihrem letzten »gemeinsamen« Fall um ein Haar schiefgegangen wäre. »Wie kommst du darauf, dass wir es mit mehreren Brandstiftern zu tun haben sollten?«, fragte Jules gereizt.

»Es gibt genügend Leute im Ort, bei denen sich Paul und die anderen beiden unbeliebt gemacht haben. Möglich, dass sich die Betroffenen zusammengeschlossen haben.«

»Sehr unwahrscheinlich«, tat Jules den Vorschlag ab. »Eine Verschwörung zum gemeinschaftlichen Doppelmord – so etwas kommt nur in schlechten Krimis vor.«

»Vielleicht gibt es eine Art Aufgabenteilung, die einen haben die Einfälle, die anderen setzen sie um«, spekulierte Lino.

»Das macht deine Idee nicht überzeugender«, sagte Jules und winkte der Kellnerin. *»L'addition, s'il vous plaît!«*

In diesem Moment kam Alain Lautner in sein Blickfeld. Mit gekrümmtem Rücken, wie ein geschlagener Hund, näherte sich der Adjutant ihrem Tisch.

»Der Junge sollte dringend an seiner Haltung arbeiten«, meinte Lino völlig zu Recht.

»Etwas Neues?«, fragte Jules, kaum dass Lautner bei ihnen angekommen war.

»Ich habe die Befragung der Nachbarn durchgeführt. Wie befohlen«, antwortete Lautner und bekam Stielaugen, als er Jules' nicht einmal zur Hälfte verzehrte Käseplatte erspähte.

»Bedienen Sie sich ruhig«, sagte Jules und schob den Teller an den Rand der Tischplatte.

Lautner zog sich einen freien Stuhl heran, setzte sich und steckte sich schnell nacheinander drei Stücke des Münsters in den Mund. »Kein Ersatz für das *confit de canard* von *maman*, aber immerhin«, sagte er kauend.

Jules ging über diesen kaum versteckten Vorwurf über seinen Mangel an Fürsorgepflicht für seine Mitarbeiter hinweg und sagte: »Legen Sie los, Lautner. Was haben Sie in Erfahrung bringen können? Gibt es Anlieger oder Passanten, die Claudes Angaben bestätigen?« Dass Lino neben ihnen saß und alles mithören konnte, ließ Jules zu. Er würde es ja ohnehin binnen kürzester Zeit erfahren.

Lautner probierte noch den Comté und den Morbier, bevor er begann: »Nein, Fehlanzeige. Ich habe mich rund um die Feuerwache umgehört, leider ohne Resultat. Auf dem Rückweg habe ich einen Schlenker an Paul Diebolds abgebranntem Haus vorbei gemacht.«

Jules konnte sich denken, weshalb: Ganz in der Nähe lag die *pâtisserie*, eine ausgezeichnete Feinbäckerei.

»Unser Vogelbeobachter«, fuhr Lautner etwas zusammenhanglos fort. »Sie erinnern sich an die Fotos des Storchenforschers?«

»Mein Gedächtnis funktioniert, Lautner. Selbstverständlich erinnere ich mich.«

»Ich wollte nur sichergehen ...«

»Weiter!«

»Gut, Major. Der Radfahrer, der auf einem der Fotos

von Monsieur Fumer zu sehen war – Sie wissen, wen ich meine?«

»Ja, auch an das verwaschene Foto des Radlers erinnere ich mich gut«, bekräftigte Jules und hoffte auf keine weiteren Nachfragen dieser Art.

»Jedenfalls ist er von einem anderen Anwohner gesehen worden. Also nicht Monsieur Fumer, sondern der Radfahrer.«

»Ich verstehe. Berichten Sie weiter.«

»Timéo Germain, ein ehemaliger Finanzbeamter, inzwischen verrentet, leidet – wie er es selbst ausdrückte – unter seniler Bettflucht und hatte einen nächtlichen Spaziergang unternommen. Dabei wurde er von dem Radler beinahe umgefahren. Seine zeitlichen Angaben decken sich mit denen des Tathergangs.«

Jules pfiff durch die Zähne. »Endlich ein Fortschritt! Sehr gut, Lautner. Konnte Monsieur Germain den Fahrer erkennen?«

»Nicht direkt. Es war dunkel und ging alles sehr schnell. Nach seinen Worten war er groß gewachsen, mit athletischer Figur.«

»Diese Beschreibung kann auf viele zutreffen«, sagte Jules enttäuscht.

Lautner wirkte wenig glücklich, als er ergänzte: »Monsieur Germain ist früher selbst ein leidenschaftlicher Radler gewesen. Er hält sich auf dem Laufenden und erkennt eine Fahrradmarke auf zehn Meter Entfernung, wie er behauptet.«

»Und?«

»Er schwört Stein auf Bein, dass es sich um ein Canyon Special gehandelt hat. Es ist derselbe Typ, wie ihn auch Claude benutzt.«

»Claude?«, fragte Lino und setzte sein Bierglas mit heftiger Bewegung auf dem Tisch ab. »Das hätte ich dem Jungen nicht zugetraut. Aber natürlich! Wenn jemand das Spiel mit dem Feuer beherrscht, dann ist er es.«

Verdammt, fluchte Jules still vor sich hin. Mit dieser Zeugenaussage und den Reifenabdrücken als Indiz wurde es brenzlig für den Feuerwehrkommandanten. Die Schlinge um seinen Hals zog sich zu.

»Was sollen wir tun?«, fragte Lautner mit hochgezogenen Schultern.

»Eure Pflicht«, antwortete Lino anstelle von Jules.

Jules fühlte sich befangen. Selbst wenn er Claude erst seit einem Dreivierteljahr kannte, hielt er große Stücke auf ihn. Deshalb bat er Kieffer darum, den Feuerwehrchef erneut einzubestellen und zu verhören – in der vagen Hoffnung, dass Claude mittlerweile überzeugende Argumente gesammelt hatte, um seine Unschuld zu belegen. Er selbst wollte den Nachmittag nutzen, um sich noch einmal auf dem *Camp du Domaine* umzuhören. Sein Plan: Er würde Mathé mit Claudes Namen konfrontieren und seine Reaktion beobachten. Dabei durfte er zwar nicht offen aussprechen, dass Claude unter Verdacht geraten war, denn das wäre rechtlich nicht zulässig. Aber indirekte Andeutungen würden vielleicht ausreichen, um das Eis zu brechen und Mathé zum Reden zu bringen.

Jules schnappte sich den Schlüssel des Dienst-Renaults und blinzelte in die wärmende Sonne, als sich ihm mit quietschenden Reifen ein schneeweißer Peugeot 308 in den Weg stellte. Die Tür schwang auf, und

Joanna sprang vom Fahrersitz. Weiße Hose, himmelblaue Satinbluse und lässig sitzender Blazer. Mit ihrer sportiven Kurzhaarfrisur und dem aufgeräumten Gesichtsausdruck wirkte sie attraktiv und unternehmenslustig.

»Hast du ein paar Minuten für mich?«, fragte sie, wobei sie genau wusste, dass Jules ihr das Gespräch nicht verweigern konnte.

»Gehen wir in mein Büro?«, schlug er vor.

»Mir wäre es lieber, wenn wir draußen bleiben. Manchmal habe ich den Eindruck, als würden die Wände der Gendarmerie Ohren haben.«

Mit dieser Auffassung lag sie gewiss nicht falsch. »Gut, dann lass uns ein Stück gehen.«

Sie schlugen den Weg entlang der Rue de Strasbourg ein. In den vielen kleinen Geschäften, die mit fantasievoll gestalteten, reichlich verschnörkelten Schildern für ihre Produkte warben, herrschte Hochbetrieb. Von Tag zu Tag strömten mehr Touristen in die Stadt und ergossen sich in die Souvenirshops, Delikatessenläden und Degustationshallen. Die Menschenmengen kamen Jules gut zupass, denn so konnten sich Joanna und er unter die Leute mischen, fielen nicht auf und nährten somit kein neues Gerücht über sich.

»Ist es wahr, dass du in Strasbourg Verstärkung angefordert hast?«, fragte Jules frei heraus. Er wollte das so schnell wie möglich klären.

Joanna blieb vor einem lachsrosa getünchten Fachwerkhaus stehen, aus dessen Balkonkästen Petunien wucherten. »Verstärkung für wen?«, stellte sie die Gegenfrage. »Fühlt ihr euch etwa überfordert?«

Jules ärgerte sich darüber, dass er mal wieder auf

Gerüchte gehört hatte, und biss sich auf die Lippe. »Es stimmt also nicht? Du bist gar nicht bei der Police nationale gewesen?«

»Doch, ich war dort.« Ein leises Lächeln umspielte ihre Lippen. »Mein lieber Jules, musst du eigentlich immer nur das Schlechteste von mir denken?«

»Wenn du mir den Fall abnehmen möchtest, habe ich Verständnis für ...«

Sie drückte ihm ihren Zeigefinger auf die Lippen. »Ich habe Jérôme besucht«, klärte sie ihn auf. »Wir sind alte Freunde, waren zusammen auf einer Schule. Jérôme hat Kriminologie studiert, später einige Semester Psychologie draufgesattelt. Bei der Police nationale ist er als eine Art Profiler tätig, das heißt, er entwickelt Täterprofile, die durchaus komplex und aussagekräftig sein können.«

»Du möchtest den Fall also nicht in die Hände eines Commissaire legen?«, vergewisserte sich Jules und atmete auf, als Joanna ihm zuzwinkerte.

»Solange es mir gelingt, den Präfekten um den Finger zu wickeln, werde ich die Strategie nicht ändern.« Mit ernster Betonung fuhr sie fort: »Ein weiteres Feuer mit Todesopfer kann aber weder ich mir leisten noch du.«

Das sei klar, sagte Jules und erkundigte sich danach, was es mit Jérôme, dem Profiler, auf sich habe. Joanna berichtete, dass sie ihrem Bekannten die wenigen bisher bekannten Fakten über den Feuerteufel aufgelistet habe: dass er schon seit längerer Zeit zündele, sich von Geräteschuppen und Scheunen zu einem Wohnhaus und einer Autowerkstatt vorgearbeitet habe und sich die Taktzahl seiner Anschläge erhöhe. Außerdem, dass er bevorzugt bei Nacht zuschlage, immer nach demselben Muster vorgehe, stets den gleichen Brandbeschleuniger verwende und wahrscheinlich mit einem Mountainbike unterwegs sei. Jérôme habe beanstandet, dass diese Angaben bei Weitem nicht ausreichten, um ein Psychogramm des Gesuchten zu erstellen. Doch er habe einen Hinweis gegeben, der wichtig sein könnte. »Jérôme geht davon aus, dass wir es mit einem Pyromanen zu tun haben«, gab Joanna die Worte ihres Bekannten wieder. »Also mit jemandem, der aus einem inneren Zwang heraus handelt. Eine Art Triebtäter, wobei sich der Trieb auf seinen Zerstörungsdrang, eventuell verbunden mit einem übersteigerten Machthunger, fokussiert. Das ist nicht neu, das gibt es immer wieder, meint Jérôme. Aber er hat auch auf einen Bruch hingewiesen, den wir nicht außer Acht lassen sollten.«

»Was für ein Bruch?«, fragte Jules äußerst interessiert.

»Die meisten Pyromanen beschränken sich auf Sachbeschädigung – etwas geht in Flammen auf, aber es gibt keinen Personenschaden. So verhielt es sich auch bei unserem Feuerteufel. Doch plötzlich wurde ein Hebel umgelegt. Er nahm in Kauf, dass Menschenleben aufs Spiel gesetzt wurden. Mehr noch, dadurch, dass er das Tor der Kfz-Werkstatt von außen versperrte, beging er einen vorsätzlichen Mord. Jérôme fragt sich, was der Auslöser für diese Eskalation gewesen sein könnte.«

Jules dachte einen Moment nach. »Du sprachst gerade von einem übersteigerten Machtgefühl. Vielleicht ist dem Brandstifter die Macht, die er dank des Feuers hat, zu Kopf gestiegen. Er wollte mehr, um damit den Kick zu erhöhen.«

Joanna schüttelte den Kopf. »Brandstifter zu sein ist die eine Sache, zum Mörder zu werden eine ganz andere. Jérôme zieht in Erwägung, dass der Impuls von außen kam. Dass es jemanden gibt, der den Feuerleger anstiftet.«

»Du meinst, wir haben es mit mehreren Tätern zu tun?«, fragte er und dachte sofort an seine Unterhaltung mit Lino. »Einen, der plant, und einen, der die Drecksarbeit erledigt ...« Jules ahnte, dass es somit noch schwieriger werden würde, den Fall aufzuklären.

»Jérôme sagt, dass der Impulsgeber großen Einfluss auf den Brandstifter haben muss, um ihn zu seinen Taten zu motivieren und seine Lust zu steigern. Folglich muss es jemand aus seinem unmittelbaren Umfeld sein. Ein guter Bekannter, ein enger Freund, möglicherweise auch ein Verwandter.«

Jules fühlte sich an den Hitchcock-Klassiker *Psycho* erinnert: an Norman Bates, der von seiner Mutter noch aus dem Jenseits zu seinen Messermorden unter der Dusche angetrieben wurde. Mussten sie nun auch nach einem Muttersöhnchen Ausschau halten, das sich von seiner *maman* herumkommandieren ließ? So wie beispielsweise Alain Lautner?

»Jérôme sieht eine alternative Möglichkeit. Der Mann im Hintergrund könnte den Feuerleger unter Druck setzen und ihn zu den Morden zwingen.«

»Wie sollte das funktionieren?«, wollte Jules wissen.

»Indem er ihn erpresst. Der Strippenzieher kennt die Identität des Feuerteufels und droht ihm mit der Preisgabe seines Geheimnisses, wenn er nicht genau das tut, was er von ihm verlangt.«

»Also mordet der Brandstifter, um nicht verraten zu

werden«, folgerte Jules. »Wäre es nicht der leichtere Weg, sich zu stellen, anstatt auf die Forderungen des Erpressers einzugehen?«

»Nein, denn im Gefängnis könnte er nicht mehr zündeln – für einen krankhaften Pyromanen eine nicht hinnehmbare Vorstellung.«

Jules fand es an der Zeit, Joanna über den Anfangsverdacht gegenüber Claude zu informieren. Die fand die Vorstellung, dass der Feuerwehrkommandant seine Hände im Spiel haben könnte, ebenfalls fragwürdig. Aber sie war Profi genug, um ihr persönliches Empfinden hintanzustellen.

»Schick mir eine Mitschrift von dem Verhör oder die Aufnahme, falls ihr ein Band mitlaufen lasst. Und schaut ihm die nächsten Tage auf die Finger, damit nicht noch mehr passiert.«

Leichter gesagt als getan. Schon für die nächtliche Überwachung der Altstadt hatte er keine Leute gefunden und musste selbst ran. Wenn er nun Claude und möglichst auch Mathé observieren sollte, sprengte das seine Personalplanung. War diese Geschichte am Ende doch eine Nummer zu groß für ihn und seine kleine Truppe?

Jules ließ sich seine aufkeimenden Selbstzweifel nicht anmerken. »Geht in Ordnung«, sagte er und drückte Joanna ein Küsschen auf die Wange, als er sie einige Minuten später an ihrem Wagen verabschiedete. Anschließend fuhr er, wie geplant, stadtauswärts zum Campingplatz.

An der Rezeption tat heute wieder die heublonde Holländerin Dienst, die ihn gleich erkannte und direkt weiter zum platzeigenen *supermarché* schickte. Jules traf Mathé hinter dem mit Fachwerkfassade kaschierten Zweckbau an, als dieser gerade Kartons zerriss und in einen Altpapiercontainer stopfte. Dahinter, geschützt durch ein fest verschlossenes Gitter, reihten sich Dutzende Propangasflaschen.

»Nicht erschrecken, ich bin es bloß«, machte Jules sich bemerkbar und registrierte, wie der dürre Rotschopf trotzdem heftig zusammenzuckte.

»Ich habe Ihnen alles gesagt, was ich weiß!«, rief Mathé und widmete sich sofort wieder seiner Aufgabe. Mit Inbrunst zerfetzte er eine Papppackung nach der anderen.

»Das haben Sie nicht«, entgegnete Jules ruhig und sah dabei zu, wie sich der junge Mann abrackerte. »Sie haben mir eine wichtige Information vorenthalten. Aber ich kann Sie nicht dazu zwingen, mir den Namen zu nennen. Den Namen desjenigen, der sich mit Étienne nachts in der Werkstatt verabredet hatte.«

»Ich weiß den Namen nicht, verdammt noch mal! Auch das habe ich Ihnen schon gesagt.« Mathé schnappte sich die nächste Verpackung und schredderte sie mit bloßen Händen.

»Ich habe gehofft, dass er Ihnen inzwischen wieder eingefallen ist.«

»Wie soll mir der Name einfallen, wenn Étienne ihn mir gar nicht verraten hat?« Nun war ein Haufen festerer Kartonagen an der Reihe. Mathé machte sie nieder, indem er mit beiden Füßen auf ihnen herumtrampelte.

»Gut, lassen wir das«, sagte Jules, woraufhin sich Mathé etwas zu entspannen schien. Wie beiläufig ließ Jules dann Claudes Namen fallen. »Wie stehen Sie eigentlich zu unserem Feuerwehrkommandanten? Kennen Sie sich überhaupt, Sie und Claude?«

Hatte Jules eine weitere verräterische Reaktion erwartet, so wurde er enttäuscht. Mathé machte einfach weiter mit seiner stumpfsinnigen Tätigkeit und sagte bloß: »Nur flüchtig.«

»Flüchtig, soso«, nahm Jules die knappe Antwort auf. »Das heißt, da gab es keinen Streit zwischen Ihnen dreien und Claude?«

»Streit? Wieso denn Streit?«

»Ich dachte nur …« Nun sah sich Jules in der Defensive.

»Ich kenne den Typ kaum. Und Étienne und Paul haben mit ihm auch nichts zu schaffen gehabt. Was soll also die Fragerei?«

Entweder war Mathé ein ausgezeichneter Lügner oder er hatte Claude wirklich nicht auf dem Schirm. Sollte er am Ende doch die Wahrheit gesagt und keine Ahnung haben, mit wem sein Kumpel verabredet gewesen war?

»Vergessen Sie die Frage nach Claude«, läutete Jules seinen Rückzug ein. »Aber bleiben Sie auf der Hut. Noch ist die Gefahr nicht gebannt.«

Es ging auf den Abend zu, und die Sonne zeichnete orangegelbe Streifen auf das Pflaster, als Jules den Renault in der Parkbucht vor der Gendarmerie abstellte. Die Wache war nicht mehr besetzt. Immerhin hatten die Kollegen eine Nachricht für ihn hinterlassen. Hingekritzelt auf ein abgerissenes Papierblatt: *Befragung von Claude ergebnislos. Immer noch kein Alibi und keine Entlastungszeugen. Lässt sein Amt vorerst ruhen. Bernard Daul kommissarischer Feuerwehrkommandant.*

Jules legte den Zettel nachdenklich beiseite. Dass Claude die Kommandantur abgetreten hatte, war ihm sicher nicht leichtgefallen. Auch wenn er sich nichts vorzuwerfen hatte, plagte ihn das schlechte Gewissen. Es konnte sein, dass sie den Falschen bezichtigten – der Reifenspur und der Aussage des Rentners zum Trotz.

Apropos Zeuge: Jules überlegte, ob er Timéo Germain, dem nachtwandelnden Senior, einen Kurzbesuch abstatten sollte. Allzu gern hätte er die Aussage, mit der er Claude belastet hatte, aus Germains eigenem Mund gehört. Er sah auf seine Armbanduhr. Um diese Zeit standen die Chancen gut, dass er den alten Mann auf dem Platz vor der *Brasserie Georges* antreffen würde. Dort kamen bei schönem Wetter die Boulespieler zusammen, und Jules meinte Germain des Öfteren unter den Zuschauern bemerkt zu haben.

Also verließ er die Wache wieder, um seinen Plan in die Tat umzusetzen. Auf halber Strecke wurde er allerdings durch sein Handy ausgebremst. Ob es Lilou war? Heute war Mittwoch. Es dauerte nur noch wenige Tage bis zur ihrer Ankunft in Rebenheim. Sicher würde sie ihn fragen, ob er endlich alles vorbereitet hatte, um ihr einen würdigen Empfang zu bereiten. Denn das war es, was seine verwöhnte Prinzessin erwartete.

Ein Blick aufs Display verriet ihm, dass es sich keineswegs um einen Anruf aus Royan handelte. Stattdessen wurde eine ihm unbekannte Nummer angezeigt. Jules nahm das Gespräch an und hörte zu seiner Verwunderung die Stimme von Bernadette.

»Störe ich dich? Nein? Du hattest mir ja dein Kärtchen mit deiner Nummer gegeben. Für den Fall, dass mir noch etwas einfällt.«

»Ja«, sagte Jules. »Hast du einen Tipp für mich?«

»Sogar mehrere!«

»Ich bin gespannt. Schieß los!«

»Nicht am Telefon. Kennst du die Vinothek hinter der *mairie*? Dort sitze ich und warte auf dich.«

»Gut. Ich bin in fünf Minuten bei dir.«

Jules war sehr gespannt darauf, was Bernadette ihm mitzuteilen hatte. Einen Hinweis, der Claude aus der Schusslinie nahm? Oder aber einer, der ihn umso mehr belastete? Vielleicht hatte ihr Tipp, wie sie es nannte, rein gar nichts mit dem Verdacht gegen den Feuerwehrchef zu tun und es würde sich eine neue Fährte auftun. Wie auch immer: Es erschien ihm äußerst vielversprechend, wenn die frühere Weinkönigin, die mit dem *trio infernale* auf tragische Weise verbunden war, der Polizei einen Hinweis geben wollte.

Die kleine Bar, die im Gegensatz zu vielen folkloristischen Weinkellern modern und angenehm schnörkellos eingerichtet war, bot nur eine schummrige Beleuchtung. Dennoch erkannte er Bernadette sofort. Sie saß auf einem der Barhocker direkt am Tresen. Wie immer trug sie ihr Haar ins Gesicht gekämmt, um den Menschen nur ihre Sonnenseite zu zeigen. Die Gesichtshälfte, aus dem ihn ein Auge ansah, das Zufriedenheit ausstrahlte.

»Schön, dass du kommst«, begrüßte sie Jules und klopfte auffordernd auf den freien Hocker neben sich. »Ich habe dir Tipps versprochen. Du sollst sie bekommen.«

»Ich bin sehr neugierig«, sagte Jules, knöpfte seine

Uniformjacke auf und legte seine Polizeimütze, das *képi*, auf den Tresen.

»Weißt du noch, unsere erste Unterhaltung vor ein paar Tagen? Da habe ich gesagt, dass ich dir Nachhilfe in elsässischer Weinkunde geben würde. Dich vom Rotweinfreund zum Weißweinfan bekehren.«

Jules dachte an besagtes Gespräch zurück. »Dann geht es gar nicht um den Feuerteufel?«

»Feuerteufel? Ach was, wie kommst du darauf? Es wird Zeit, die *Tour d'Alsace* weiter vorzubereiten, und dafür ist es unerlässlich, dir ein paar Grundbegriffe aus der hiesigen Weinkunde beizubringen. Wenn du bei der Tour den Hut aufhast, musst du Ahnung von Weißwein haben. Sonst funktioniert es nicht bei uns im Elsass.«

Jules überwand seine enttäuschte Erwartung und ließ sich auf Bernadettes Vorschlag ein. »Also gut«, meinte er versöhnlich und freute sich über den Eifer, den sie ihm zuliebe an den Tag legte. »Lass mich dein Schüler sein.«

So ist es recht, dachte Bernadette und achtete darauf, dass sich Jules in ihrer Umgebung wohlfühlte. Mit Bedacht hatte sie sich an der Bar platziert, wo sie einer attraktiven Barkeeperin bei der Arbeit zusehen konnten. Jules hatte etwas übrig für hübsche Frauen, das wusste sie inzwischen. Auch schätzte der Major gutes Essen, kam aber selten dazu, sich dieser Leidenschaft hinzugeben. Daher hatte sie einige *hors-d'œuvres* bestellt, die nun in griffbereiter Nähe standen. All diese Kleinigkeiten sollten ihn freundlich stimmen. Freundlich und aufgeschlossen. So hoffte sie darauf, dass er aus dem Nähkästchen plaudern und sie Neues über seine Ermittlungen erfahren würde. Es interessierte sie brennend, wie es bei der Hatz nach demjenigen voranging, der die Männer tötete, die ihr selbst so großes Leid zugefügt hatten. Denn auch wenn sie es dem netten Polizisten gegenüber nie zugeben würde: Was sie in diesen Tagen verspürte, war ein tiefes Gefühl der Genugtuung.

Auf Bernadettes Geheiß hin servierte die Bardame zunächst den Klassiker – einen Sylvaner, dargereicht in zwei zierlichen Glasflöten. Sie ermunterte ihn dazu zu probieren.

»Und?«, fragte sie, nachdem er daran geschnuppert und genippt hatte.

»Frisch«, meinte Jules. »Und spritzig.«

»Ganz recht«, bestätigte Bernadette. »Ein leichter Vertreter seiner Zunft. Ähnlich weitverbreitet und beliebt wie sein trockener Bruder Riesling und gänzlich anders als der Pinot gris.« Sie winkte der Kellnerin, woraufhin ihnen die nächsten Gläser gereicht wurden. »Das ist ein gehaltvoller Tropfen mit fülligen Aromen. Bei uns im Elsass wird der Pinot gris übrigens auch Tokay genannt, manchmal stößt man auch auf die deutsche Bezeichnung Ruländer. Nur dass du Bescheid weißt, wenn du auf einer Weinkarte über diese Namen stolperst.«

Jules nippte auch an diesem Wein, bevor ihm die eifrige Bernadette einen Pinot blanc – auch als Klevner oder Weißburgunder bezeichnet – anpries. »Der gehört zu unseren Spitzenweinen.«

»Angenehm natürlich«, urteilte Jules.

Die ehemalige Weinkönigin machte ihn noch auf Gewürztraminer und Muscat aufmerksam, deren Geschmack sie als »fruchtig und würzig« beschrieb und die bevorzugt als Aperitif genossen wurden. Ausdrücklich wies sie ihn auf den Crémant d'Alsace hin, ein Schaumwein, der im Champagnerverfahren hergestellt und sogar von Männern getrunken wurde, die bei Sektgetränken sonst die Nase rümpften. »Weil er trockener ist und ein Quantum herber.«

Die Gläser waren klein, dennoch spürte Jules die Wirkung des Alkohols. Er biss in eine mit Käsecreme und Bärlauch gefüllte Blätterteigschnecke, die vor ihm auf dem Tresen lag, und schob ein gerolltes Haselnusshörnchen hinterher, um den Wein zu kompensieren.

Bernadette sah ihm dabei zu, ließ ihn in Ruhe kauen und herunterschlucken und reichte ihm einen Probekelch Crémant. Während er einen Schluck tat, anerkennend die Brauen hob und gleich noch einen Schluck nahm, fragte sie so beiläufig wie möglich: »Stimmt es, was die Leute sagen, dass ihr einen Verdächtigen habt? Einen, der die Brände gelegt haben soll?«

Jules verschluckte sich an dem Schaumwein, woraufhin Bernadette ihm auf den Rücken klopfte. »Wir haben niemanden verhaftet, falls es das ist, was du meinst.« Er tupfte sich mit einer Serviette einige Spritzer vom Hemd.

»Aber ihr wisst jetzt, wer es war?«

»Auch das kann ich nicht bestätigen, Bernadette.« Er wollte seine aufmerksame Gastgeberin nicht vor den Kopf stoßen, daher bat er um Nachsicht. »Über laufende Ermittlungen darf ich keine Auskünfte geben. Aber so viel kann ich dir verraten: Wir sind dem Brandstifter auf der Spur – im wahrsten Sinne des Wortes.«

»Also kann es nicht mehr lange dauern, bis der Spuk vorbei ist. Das heißt, Mathé kann nichts mehr passieren.«

Jules stutzte. Aufmerksam sah er seine Gesprächspartnerin an, musterte die makellose rechte Seite ihres hübschen Gesichts. »Wie kommst du darauf, dass Mathé in Gefahr sein könnte?«

Bernadette erschrak und konnte nichts dagegen tun, dass sie nervös zu zwinkern begann. »Es ist nur … weil ich dachte, dass …«

Beruhigend legte Jules seine Hand auf die ihre. »Ich kann mir gut vorstellen, was in dir vorgeht. Nachdem Paul und Étienne beide Opfer des Feuerteufels geworden sind, gehst du von einer Serie aus. Du nimmst an, dass jemand mit den dreien abrechnet.«

»Das tust du doch auch. Sonst hättest du mich nie verdächtigt, oder?«

Trotz des Alkohols im Blut ließ sich Jules nicht dazu hinreißen, ihr auf diese suggestive Frage zu antworten. »Ob die Opfer gezielt ausgewählt wurden oder nicht, wird sich zeigen.«

Bernadette lächelte wissend. »Schon verstanden. Du darfst keine Dienstgeheimnisse ausplaudern. Aber den Versuch war's wert. Immerhin lässt mich das Ganze nicht kalt, wie du dir denken kannst.«

Während Jules überlegte, wie er ihre Unterhaltung zurück auf die unverfängliche Plauderei über Weine lenken konnte, überraschte ihn Bernadette doch noch mit einer brisanten Neuigkeit.

»Halte mich bitte nicht für rachsüchtig, wenn ich dir jetzt etwas über Mathé sage, das du offenbar nicht weißt.« Bernadette sah ihn fest an. »Er ist vorbestraft.«

»Vorbestraft?«

»Du weißt es also wirklich nicht.«

»Nein«, sagte Jules. Er hatte sich nicht die Mühe

gemacht, Mathés polizeiliches Führungszeugnis anzufordern. Weshalb auch? Mathé galt ja nicht als Täter, sondern als mögliches Opfer. »Was hat er getan? Weshalb hat Mathé gesessen?«

Bernadette sah ihn bedeutungsschwanger an. »Wegen Brandstiftung, Jules. Mathé hat ein Feuer gelegt.«

Die Zeit während der Weinprobe war viel schneller vergangen, als Jules es im Gefühl gehabt hätte. Nach seinem überstürzten Aufbruch aus der Vinothek beeilte er sich, zur Gendarmerie zu gelangen. Er lief an der Kirche vorbei, deren romanischer Stil ihr in der Nacht eine gewisse Bedrohlichkeit verlieh. Auch die übrige Stadt zeigte sich ihm von ihrer dunklen Seite. Die pittoresken Fachwerkhäuschen rund um den Place Turenne wirkten mangels Licht all ihrer Farbpracht beraubt, wie Spalier stehende Söldner. Der große Brunnen auf der Platzmitte kam Jules mit seinem schmiedeeisernen Überbau voller Spitzen und Zacken kaum weniger Furcht einflößend vor als sein eigentliches Ziel, das Corps de Garde. Das Sandsteingebäude aus dem sechzehnten Jahrhundert ähnelte mit seinem dicken Mauerwerk und den vorspringenden Erkern einer Festung.

Das klamme Gefühl, das Jules beim Betreten der Gendarmerie begleitete, schrieb er dem Alkohol zu und verscheuchte die bangen Gedanken. Er schloss die Wachstube auf, merkte auf dem Weg zu seinem Schreibtisch, dass er leicht taumelte, und ließ sich auf seinen Stuhl fallen. Er entsperrte seinen mit einem Passwort geschützten Rechner und loggte sich im Netzwerk der Polizei ein.

Mathé ein Brandstifter? Jules konnte es noch immer nicht fassen. Was ihm Bernadette offenbart hatte, könnte sich als Durchbruch in seinem Fall erweisen. Weil sich die Ermittlungen bisher voll und ganz auf die dürftige Spurenlage und die Fokussierung auf einige wenige Personen konzentriert hatte, waren andere Möglichkeiten völlig vernachlässigt worden. Dass jemand aus dem berüchtigten Trio selbst als Täter aufgetreten sein könnte, darauf wäre Jules als Allerletztes gekommen. Das ärgerte ihn. Gleichzeitig konnte er sich damit trösten, dass auch niemand anderes aus seinem Team auf diese Idee gekommen war. Denn niemand hatte sich bemüßigt gefühlt, sich die Akte des letzten Überlebenden der »Dreierbande« vorzunehmen.

Jules merkte, wie seine Hände zitterten, als er den Namen Mathé Pegeraro in die Tastatur tippte. Dieses Zittern verriet seine Anspannung, die ihn jedes Mal befiel, wenn er dem Abschluss eines Falls nahe zu sein glaubte. Sie führte dazu, dass er sich verschrieb und den Namen erneut eingeben musste.

Er starrte auf den Bildschirm und wartete auf das Ergebnis. Der Informationsfluss innerhalb des Polizeinetzwerks schien unendlich langsam zu sein. Es kam ihm wie eine Ewigkeit vor, bis die von ihm angeforderten Personendaten endlich auf dem Monitor erschienen. Doch das Warten zahlte sich aus: Die Akte Mathé erwies sich als eine Bombe!

»Es ist mir egal, wie spät es ist, Lautner, und die Rieslingcreme Ihrer Mutter können Sie später fertig essen«, rief Jules in den Hörer, kaum dass er seinen Adjutanten an den Apparat bekommen hatte. »Nein, Gendarm Kieffer konnte ich nicht erreichen. Sie müssen es tun und damit basta.«

Jules mochte es nicht, wenn er über Gebühr den Chef herauskehren musste. Doch dem Gleichmut seiner Leute war mitunter nicht anders beizukommen. Am liebsten hätte er den Job ohnehin allein erledigt. Doch nach der ausgiebigen Weinprobe mit Bernadette wollte er sich nicht hinter das Steuer des Dienstwagens setzen, um zu Mathés Wohnhaus in der Neustadt zu fahren und ihn mit der Frage zu konfrontieren, warum er ihm seine einschlägige Vergangenheit als Feuerleger vorenthalten hatte. Mathés Vergehen lag zwar einige Jahre zurück und war von den damaligen Ermittlern in die Kategorie Vandalismus eingestuft worden, doch es warf ein völlig neues Licht auf die Ermittlungen.

»Klingeln Sie ihn aus dem Bett und stellen Sie ihn zur Rede«, schärfte er Lautner ein. »Wenn er sich querstellt, nehmen Sie ihn mit. Ich bin mir sicher, dass wir dafür juristische Rückendeckung von Madame Laffargue bekommen.«

Lautner fügte sich seinem Schicksal und sagte zu, genau das zu tun, was Jules von ihm verlangte. Bevor Lautner auflegte, machte er ihn jedoch darauf aufmerksam, dass er neuerdings Mitglied in der Gewerkschaft sei und sie angesichts der vielen Überstunden dringend eine Regelung finden müssten.

Jules, der neue Chancen für den von ihm hochgeschätzten Claude sah, blieb am Computer hängen. Er versuchte, mehr über Mathé in Erfahrung zu bringen, und schrieb den Namen in verschiedene andere Suchmasken. Das aber brachte ihn nicht weiter, denn die Tat lag zu lange zurück und war so unspektakulär, dass nicht einmal im Onlinearchiv von *Les Nouvelles du Haut-Rhin* etwas darüber zu finden war.

Er würde sich also auf Lautner und dessen Vernehmungskünste verlassen müssen. Bei diesem Gedanken begann er es zu bereuen, dass er den Adjutanten so überstürzt auf Mathé angesetzt hatte. Klüger wäre es gewesen, die Nacht abzuwarten und Mathé am nächsten Tag in aller Ruhe zu befragen.

Aber dafür war es nun zu spät, dachte Jules und verharrte mit den Fingern über der Tastatur. War da nicht eben ein Geräusch gewesen? Er hob den Kopf und lauschte in die Stille der menschenleeren Gendarmerie. Während er bewegungslos sitzen blieb und sich auf seine Umgebung konzentrierte, fiel ihm auf, dass die Ruhe immer wieder unterbrochen wurde. Er hörte das Ticken der großen Uhr, die über Charlotte Regniers Arbeitsplatz hing, das Tropfen eines Wasserhahns und die Stimmen von beschwingten Touristen, wohl auf dem Heimweg in ihre Unterkünfte. Aber da war noch etwas anderes: ein Schaben, ein Klopfen …

Was mochte das sein? Etwa Schritte?

Der Schreck fuhr ihm in die Glieder, als er sich darüber klar wurde, dass er im Eifer des Gefechts versäumt hatte, die Eingangspforte hinter sich abzuschließen. Jemand musste in das Gebäude eingedrungen sein! Im besten Fall ein verirrter Urlauber – im schlechtesten wollte ihn jemand daran hindern, seine Ermittlungen fortzusetzen.

Statt sich weiter Gedanken zu machen, entschied er sich zu handeln. Jules schob seinen Stuhl zurück, stand auf und trat ins Treppenhaus hinaus. Er knipste die Flurbeleuchtung an und rief mit lauter, kräftiger Stimme: »Hallo? Ist da jemand?«

Nichts.

»Die Gendarmerie ist geschlossen. Verlassen Sie bitte das Gebäude!«

Keine Antwort. Dafür wieder das schleifende Geräusch. Wie schlurfende Schritte. Sie kamen von oben.

Verdammt, dachte Jules. Der Eindringling hielt sich im Archiv auf! Wie zum Teufel war er dort hineingekommen? Normalerweise musste der Zugang stets verriegelt sein. Aber gut möglich, dass Kieffer oder Lautner diese Regel nicht beachtet hatten.

Der Alkohol in seinem Blut war wie weggespült, als er die steile Treppe ins Dachgeschoss nahm. Er legte die Hand auf das Holster, in dem seine Dienstwaffe steckte, und hoffte inständig, nicht Gebrauch davon machen zu müssen.

Wie vermutet war die Tür nicht versperrt. Jules stieß sie auf, trat auf die knarzenden Dielen des Dachbodens und sah sich von undurchdringlicher Finsternis umgeben. Er erkannte rein gar nichts und versuchte, blind den Lichtschalter zu ertasten. Das kostete ihn lange Sekunden – für einen potenziellen Gegner Zeit genug, ihn schachmatt zu setzen.

Endlich erwischte er den Schalter. Zwei altersschwache Glühbirnen tauchten den Archivraum in ein staubiges Licht. Vor ihm ragten Regalwände auf, deren durchgebogene Bretter unter Metern von Aktenordnern und Pappschachteln mit Asservaten ächzten. Dazwischen Spinnweben und Mäusekot.

Mit schweißnasser Stirn und die Hand auf der Pistole blickte Jules sich um. Der Eindringling gab sich nicht zu erkennen. Möglichkeiten, sich in dem weitläufigen Dachboden hinter einem der Balken oder Regale zu verstecken, gab es genug. Es würde ewig dauern, bis

Jules jeden Winkel des unübersichtlichen Raums abgesucht hätte.

Daher blieb er am Eingang stehen und rief: »Sie haben hier nichts zu suchen! Wenn Sie herauskommen, drücke ich ein Auge zu und lasse Sie gehen.«

Abermals keine Antwort.

Jules wollte seinen Appell gerade wiederholen, als er erneut das Geräusch hörte. Die Schritte – da waren sie wieder!

Alles in ihm spannte sich an, als er versuchte, die Richtung zu bestimmen, aus der die Töne kamen. Von links? Von rechts? Von weiter hinten oder vorn? Oder aber …

Er zweifelte zunächst an seinem Wahrnehmungsvermögen, als ihm bewusst wurde, dass die Quelle des Schabens und Pochens noch höher liegen musste. Auf dem Dach!

Er ahnte jetzt, was ihm den Heidenschreck eingejagt hatte, erklomm die Sprossen einer schmalen Leiter, die zu einer Dachluke führte, und klappte diese auf. Als er sich mit dem Oberkörper hinauslehnte, eröffnete ihm das nicht nur eine grandiose Aussicht über das nächtliche Rebenheim, sondern auch auf das Nest des Storchenpaares, das auf dem Corps de Garde nistete. Während einer der Riesenvögel im Nest saß, stolzierte der andere über den Giebel und wetzte ab und zu seinen langen Schnabel an den Schindeln.

Da war er also, der Störenfried! Jules musste trotz der Anspannung, die ihm bis eben zugesetzt hatte, laut lachen. Der Storch antwortete ihm mit Geklapper.

LE HUITIÈME JOUR

DER ACHTE TAG

Joanna Laffargue kämpfte gegen ihre Skrupel an. Auf der Fahrt nach Rebenheim, wo sie in der Gendarmerie die nächsten Schritte gegen den Feuerteufel abstimmen wollte, plagte sie sich mit Vorwürfen.

»Egoistische Kuh!«, beschimpfte sie sich selbst.

Denn das, was sie mit Jules trieb, verstieß gegen ihre eigenen Grundsätze. Nicht dass sie stets in bürgerlichen Kategorien dachte oder davor zurückscheute, mit Konventionen zu brechen. Ganz im Gegenteil: Sie war ein offener Mensch, experimentierfreudig und mit einer gewissen moralischen Flexibilität ausgestattet. Sie war keine Frau, die sich von den Männern unterbuttern ließ, sondern ging ihren eigenen Weg. Und trotzdem – mit ihren Avancen gegenüber Jules brach sie in eine über Jahre gewachsene Beziehung ein. Sie trieb einen Keil zwischen zwei Menschen, die eine gemeinsame Zukunft geplant hatten.

Nun mochte man einwenden, dass Jules ja nicht auf ihren Flirt hätte eingehen müssen. Er hätte ihr klipp und klar zu verstehen geben können: »Nein! Ich bin in festen Händen. Versuch dein Glück anderswo.« Das hatte er nicht getan, sondern ließ es geschehen. Warum nur, fragte sich Joanna zum wiederholten Mal und gab sich selbst die Antwort. Weil ihm die Beziehung zu Lilou zu eng geworden war. Weil er den vorbestimmten Lebensweg an ihrer Seite nicht weiter gehen wollte. Weil er fürchtete, dass sich sein Dasein in Royan unspektakulär und langweilig fortsetzen und irgendwann im Sande verlaufen würde. Im wahrsten Sinne des Wortes: an den Stränden der Atlantikküste.

Joanna dagegen bot ihm eine Alternative. Eine unverbrauchte Liebe und eine Zukunft, die es erst noch zu gestalten galt. Das war es wohl, was ihn reizte. Deshalb gab er sich mit ihr ab, scheute aber gleichzeitig davor zurück, die letzte Konsequenz zu ziehen.

Joanna haderte mit sich, ob sie den Anstoß dazu geben sollte, einen Schlussstrich unter seine Zeit mit Lilou zu ziehen. Oder müsste sie sich raushalten und Jules selbstständig agieren lassen? Wäre er in der Lage dazu, oder würde er kneifen, wenn Lilou erst einmal hier angekommen wäre? Wenn er seiner alten Liebe Auge in Auge gegenüberstände, könnte das Feuer noch einmal auflodern, befürchtete Joanna.

Als sie die Gendarmerie betrat, war Jules' kleine Truppe schon versammelt. Adjutant Lautner, der mit seinen dicken Augenringen übernächtigt wirkte, referierte gerade über seinen »Nachteinsatz«, wie er es formulierte.

»... konnte ich ihn erst mit dem zehnten oder elften Klingeln aus dem Bett holen. Monsieur Pegeraro war nicht sonderlich erfreut, mich zu sehen. Tief in der Nacht, wohlgemerkt.«

»Ja, Lautner, wir alle haben mitbekommen, dass Sie zu unchristlicher Zeit aktiv werden mussten«, meinte Jules und machte auf der Tischplatte Platz, damit sich Joanna neben ihn setzen konnte.

Heute hatte sie wieder das besondere Parfüm aufgetragen, das er so sehr liebte. Ihm ging das Herz auf, als er ihren Duft schnupperte.

»Wie hat Mathé reagiert?«, fragte er Lautner. »Was sagte er dazu, dass wir von seinem Vorstrafenregister wissen?«

»Er hat sich aufgeregt.«

»Das kann ich mir lebhaft vorstellen«, sagte Jules. »Dass er uns seine Vergangenheit als Brandstifter vorenthalten hat, macht ihn selbst zum Tatverdächtigen.«

»Nein, das war nicht der Grund für seine Wut«, widersprach Lautner.

»Sondern?«

»Die Uhrzeit. Wie gesagt, es war nachts, er lag längst im Bett.«

»Moment mal«, schaltete sich Joanna ein. »Höre ich recht? Mathé Pegeraro ist selbst schon einmal wegen Brandstiftung bestraft worden? Das ist eine ganz wesentliche Entdeckung!«

Lautner bremste ihre Euphorie. »Er hat es weder geleugnet noch hat er die Beine in die Hand genommen, um abzuhauen. Monsieur Pegeraro hat sofort zugegeben, dass er mal ein Brandstifter gewesen ist.«

»Der Punkt ist doch, dass er dies erst auf Nachfrage eingestanden hat«, meinte Jules.

»Weil es eine halbe Ewigkeit her ist«, begründete Lautner. »Er hatte ganz einfach nicht mehr daran gedacht.«

Joanna stand auf und stellte sich Lautner gegenüber. »Das haben Sie ihm abgekauft? So etwas vergisst man doch nicht.«

Der Adjutant rückte unruhig auf seinem Stuhl hin und her. »Selbstverständlich habe ich mich nach seinen

Alibis für die beiden Mordnächte erkundigt. An beiden Abenden war er bis zur Sperrstunde in seiner Lieblingsbar und ist anschließend nach Hause gefahren. Ich habe mich heute früh bei seinen Wohnungsnachbarn erkundigt, die das bestätigen. Denn Monsieur Pegeraro hat die Angewohnheit, seine Stereoanlage aufzudrehen, sobald er nach Hause kommt. Auch zu später Stunde. Er stellt die Musik erst ab, wenn die Nachbarn an die Wand klopfen. So war es auch in den Tatnächten.«

Jules wechselte mit Joanna einen abwägenden Blick. »Das gefällt mir alles nicht. Mathé Pegeraro tanzt uns auf der Nase herum. Ich weiß nicht, was für ein Spiel er mit uns treibt und warum, aber es wird Zeit, dass wir dem einen Riegel vorschieben. Da wir ihm keine Daumenschrauben anlegen dürfen, müssen wir den Druck auf andere Weise erhöhen.«

»Indem wir den wahren Feuerteufel schnappen«, warf Lautner ein. »Erst dann können wir sehen, worin der Zusammenhang zwischen den Bränden und dem Tod von Paul Diebold und Étienne Kern besteht.«

»Sehr richtig«, pflichtete Joanna ihm bei und entnahm ihrer Handtasche einen Briefumschlag mit Dienstwappen. »Und da die Spurenlage eine eindeutige Sprache spricht, habe ich mich dazu entschlossen, einen Haftbefehl auszustellen.«

Jules' Kinnlade klappte nach unten, nachdem er das Schreiben entgegengenommen und den darauf vermerkten Namen gelesen hatte. »Du hältst ihn wirklich für schuldig?«

Joannas Blick drückte Entschlossenheit aus. »Es sind lediglich Indizien, auf die ich mich stütze. Aber

Claude muss festgenommen werden, ansonsten droht Fluchtgefahr.«

»So ein Unsinn«, murmelte Gendarm Kieffer, woraufhin ihn Jules böse ansah.

»Mir ist das auch nicht recht«, sagte er. »Keinem von uns. Doch Madame Laffargue hat recht. Wir müssen den Haftbefehl gegen Claude vollstrecken, um dann weitere Beweise zu sammeln. Entweder gegen ihn oder – wie ich hoffe – für ihn.«

Er schwang sich von der Schreibtischplatte und drückte Adjutant Lautner den Umschlag in die Hand. »Sie übernehmen das.«

Der sträubte sich. »Ich? Wieso schon wieder ich? Wenn ich nicht bald den versäumten Schlaf nachhole, kann ich für nichts garantieren.«

»Sammeln Sie Claude ein und überstellen Sie ihn in die Untersuchungshaft in Strasbourg. Danach können Sie meinetwegen nach Hause gehen.«

»Und Sie?«, fragte Lautner noch immer widerborstig. »Was machen Sie, Major?«

»Wie bereits gesagt: nach Beweisen suchen. Wir müssen endlich zu einem Abschluss kommen.«

Joanna stimmte im Stillen zu, auch wenn sie ein schlechtes Gefühl bei der Sache hatte. Ihr Haftbefehl würde keinen Bestand haben, sollte er von der nächsthöheren Instanz überprüft werden. Das Gericht würde Claudes Inhaftierung nicht akzeptieren und seine baldige Entlassung anordnen, weil die von ihr gegebenen Begründungen in keinerlei Hinsicht von Beweisen gestützt wurden, die eine so restriktive Vorgehensweise rechtfertigten. Die Indizien, die sie gegen Claude anführen konnte, reichten nicht aus für die Verhaftung, wenn sie nicht gar jeglicher juristischer Handhabe entbehrten.

All das wusste sie sehr genau, und doch hatte sie sich für diesen Schritt entschieden. Denn ihr Schachzug würde ihnen wertvolle Zeit verschaffen. Ihr selbst, weil sie auf diese Weise den drängenden Präfekten hinhalten konnte. Jules, da er mehr Luft bekam, um nach einem möglichen anderen Schuldigen zu suchen. Nicht zuletzt auch Claude selbst, da er durch die Haft daran gehindert wurde, auf den dummen Gedanken zu kommen, wirklich durchzubrennen.

Ja, dachte sie, ihre Maßnahme würde nur für begrenzte Zeit wirksam sein, doch vielleicht waren es gerade diese wenigen Tage oder Stunden, die Jules zum Lösen des Falls benötigte.

Jules wusste genau, wo er mit seiner Beweissuche beginnen würde. Ganz oben auf seiner Liste stand ein Gespräch mit Timéo Germain, dem Senior mit schwacher Blase, der den Ausschlag gegeben hatte, Claude zu verdächtigen. Jules wollte mit eigenen Ohren hören, was der Pensionär zu sagen hatte und wie stichhaltig seine nächtliche Beobachtung war.

Er musste nicht lange nach dem Wohnhaus von Germain suchen, denn der rüstige Rentner saß auf einer hübschen hölzernen Sitzbank vor seinem Anwesen, einem schmalbrüstigen, lindgrün gestrichenen Altbau. Vor ihm auf dem Kopfsteinpflaster stritt sich eine Gruppe Spatzen lauthals um die Krumen eines Croissants, die Germain ihnen hinwarf.

Der alte Mann bemerkte Jules erst, als dieser unmittelbar vor ihm stand und die Sonne verdunkelte. Germain richtete seinen Blick auf ihn und sah ihn an – durch die lupendicken Gläser seiner Brille.

Das Gespräch mit Timéo Germain verlief in weitaus kürzerer Zeit als angenommen, sodass Jules bei seiner Rückkehr zur Gendarmerie noch Joanna antraf, die gerade in ihren Wagen steigen wollte.

»Schon zurück?«, wunderte sie sich, woraufhin ihr Jules von der offenkundigen Sehschwäche des Zeugen berichtete.

»Der Mann ist dermaßen kurzsichtig, dass er ein Fahrrad nicht von einem Kinderroller unterscheiden kann, selbst wenn es ihm über die Füße fährt. Dass er – noch dazu im Dunkeln – das Fluchtfahrrad als ein Canyon Special identifiziert haben will, halte ich gelinde gesagt für reine Fantasterei. Ich habe Monsieur Germain gefragt, ob er weiß, was auf eine Falschaussage steht. Da war er sich plötzlich nicht mehr sicher, ob er neulich Nacht nicht doch eher einer Dampfwalze begegnet war anstelle eines Rades. Der Mann ist ein Wichtigtuer, Joanna. Seine Aussage ist nichts wert«, echauffierte sich Jules.

Joanna sah das anders. »Wie konntest du nur?«, fragte sie erbost. »Du hast einen wichtigen Belastungszeugen kopfscheu gemacht!«

»Dieser Zeuge könnte vor keinem Gericht der Welt bestehen«, versicherte ihr Jules. »Glaub mir, Joanna, der ist blind wie ein Fisch.«

»Das hast im Zweifelsfall nicht du, sondern das Gericht zu beurteilen. Jedenfalls ist es keine Art, den Leuten, die sich mit ihren Beobachtungen an uns wenden, Angst einzujagen.« Kopfschüttelnd stieg sie in ihren Peugeot. »Ich muss los. Reden wir später weiter.

Melde dich, falls Lautner aus Claude etwas herausbringen konnte.«

Damit ließ sie ihn zurück, gab Gas und fuhr mit quietschenden Reifen davon. Warum so eilig, fragte sich Jules, der in der Abgaswolke stand und ihrem weißen Flitzer nachsah. Ein dringender Termin? Oder mied sie ein persönliches Gespräch mit ihm? Bereute sie etwa, was neulich Abend zwischen ihnen vorgefallen war? Der Kuss, die intensive Nähe, das Gefühl von Vertrautheit und Geborgenheit? Gut möglich, dass sie sich von ihm ausgenutzt fühlte. Sie musste annehmen, dass sie für ihn nur eine Art Lückenbüßer war. Er stillte bei ihr sein Verlangen, solange seine eigene Freundin in weiter Ferne weilte.

Doch so war es nicht. Ganz und gar nicht! Jules' Gefühle Joanna gegenüber waren ehrlich und aufrichtig. Einzig der Wille, sich allein für sie zu entscheiden, war noch nicht stark genug. Er sah sich außerstande, die über so viele Jahre gewachsenen Bande zwischen sich und Lilou von heute auf morgen zu kappen.

Jules riss sich aus seinen Gedanken und lief die Treppe zur Wachstube hinauf. Von Charlotte Regnier erfuhr er, dass Lautner inzwischen aufgebrochen war. Grummelnd zwar, aber mit dem Haftbefehl in den Händen. Gendarm Kieffer dagegen freute sich, dass der Kelch an ihm vorübergegangen war und der Chef ihn heute in Ruhe ließ. Jules traf ihn dabei an, wie er sich auf seinem Computer einem Spiel hingab. Offenbar Le Barbu, ein beliebtes Stichkartenspiel. Die nötigen drei Partner waren online zugeschaltet. Jules stellte sich hinter ihn und hustete in seine Faust.

»Oh! Chef! Sie hier?« Flink drückte Kieffer das Spiel weg.

»Ja, ich arbeite hier. Schon vergessen?«

»Nein, Chef. Dumme Frage von mir. Gibt es was zu tun?« Den Zusatz »etwa« konnte er sich gerade so verkneifen.

Jules betonte jedes Wort seines Auftrags, denn er wollte, dass der Gendarm äußerst gewissenhaft vorging. »Ich möchte, dass Sie Ihren Reifenspurenvergleich überprüfen. Ich will zu hundert Prozent sicher sein, dass wir richtigliegen und das Profil wirklich mit dem von Claudes Rad übereinstimmt. Wir dürfen uns da keinen Patzer erlauben.«

Kieffer unterdrückte schnaufend seinen Missmut. »Ich habe den Abdruck vom Tatort mit den Profilen von beiden infrage kommenden Fahrern verglichen, die uns Gilbert genannt hatte, mit dem von Christian und dem von Claude. Nur bei Claudes Rad gab es beweisfähige Übereinstimmungen.«

»Trotzdem«, beharrte Jules. »Nehmen Sie sich die Vergleichsmuster noch einmal vor.« Mit einem anstachelnden Lächeln schob er ein »Bitte!« hinterher.

»Geht klar, Chef«, nuschelte Kieffer, stand auf und nahm seine Jacke vom Haken.

»Danke!«, rief ihm Jules nach und ließ die Schultern hängen. Selten hatte er in einem Fall so lange auf der Stelle getreten wie bei diesem. Selbst wenn es immer wieder Hinweise gab, Spuren und sogar Motive – derjenige, der hinter alldem steckte, war einfach nicht zu fassen. Die Sache war nicht ausgestanden, denn Claude als Mörder wollte er nicht akzeptieren. Noch nicht.

Den ganzen Nachmittag widmete er sich dem Wälzen der Akten. Er studierte Tatortfotos von allen Brandstätten und suchte nach Parallelen. Er las Mitschriften von Zeugenaussagen und die Obduktionsberichte von Dr. Wollenburger. Er nahm sich die Lebensläufe der beiden Opfer vor und ging den Pressespiegel durch, der fast ausschließlich aus Artikeln von Vincent Le Claire bestand. Damit vertiefte er sein Wissen über den Fall, stieß auf die eine oder andere Neuigkeit, kam am Ende jedoch zu dem Ergebnis, dass er trotzdem nicht schlauer war als zuvor. Niedergeschlagen schob er die Ordner beiseite und blickte matt auf seine Schreibtischplatte.

»*Pardon*, Major«, meldete sich Charlotte Regnier zu Wort. »Es ist vier Uhr, ich werde jetzt gehen. Kommen Sie allein zurecht?«

»Was?« Jules sah verwirrt zu ihr auf. Das konzentrierte Starren auf seine Unterlagen hatte ihn erschöpft. Außerdem tat sein Kopf weh. »Ja, natürlich, ich komme klar.« Dann fiel ihm noch etwas ein. »Hat sich Kieffer wegen der Spuren gemeldet?«

Charlotte setzte ein schiefes Lächeln auf. »Nein, bisher nicht. Sie wissen doch, dass er sehr gewissenhaft arbeitet.«

Eine charmant verpackte Anspielung auf die Faulheit des gemütlichen Kollegen, dachte Jules, stand auf und streckte seinen Rücken. Mit einem Blick aus dem Fenster sagte er: »Wissen Sie was, Charlotte, ich schließe mich Ihnen an. Wie es scheint, werde ich heute nichts mehr erreichen, also kann ich genauso gut den sonnigen Rest des Tages nutzen. Vielleicht für eine kleine Spritztour mit dem Rad.«

Kaum hatte er ausgesprochen, meldete sich sein Handy. Es war Bernadette.

»*Salut*, Jules«, flötete sie gut gelaunt durch den

Hörer. »Ich weiß ja nicht, wann du dich heute vom Schreibtisch loseisen kannst, aber es wäre das perfekte Wetter für unsere nächste Probestrecke. Diesmal etwas anspruchsvoller, hinauf in Richtung Vogesen. Was meinst du?«

»Kannst du Gedanken lesen?«, fragte er ehrlich erfreut. »Genau das hatte ich gerade vor! Wo können wir uns treffen?«

»An der Porte de la Ville. Sagen wir in zehn Minuten.«

»Einverstanden!«

Jules genoss den Ausbruch aus der Routine in vollen Zügen. Bernadette, die in ihrem Radlerdress eine gute Figur machte, hatte eine sportlich herausfordernde, gleichzeitig landschaftlich reizvolle Route auserkoren. Voller Elan trat Jules in die Pedale und atmete die klare frische Luft, in die sich der Duft diverser Aromakräuter mischte.

»Unser Etappenziel ist Sainte-Marie-aux-Mines«, verkündete Bernadette, die auf ihrer Rennmaschine ein flottes Tempo vorgab. »Zwölf Kilometer bis dahin, das meiste davon bergauf. Dafür können wir die Räder auf dem Rückweg rollen lassen.«

Erschöpft, aber zufrieden mit seiner Leistung fuhr Jules eine knappe Dreiviertelstunde später in das beschauliche Städtchen ein. Sainte-Marie-aux-Mines wirkte wie eingeklemmt zwischen den kräftig grünen, teilweise auch felsig markanten Ausläufern der Vogesen. Was Jules auffiel, waren die Unterschiede in der Architektur. Seine Begleiterin erklärte das mit dem lothringischen Einfluss, denn die Liepvrette, die sich durch den Ort schlängelte, hatte lange Zeit die Grenze zwischen der französischsprachigen, katholisch geprägten Einflusssphäre des Grafen von Lothringen und dem südlichen, Elsässer Teil unter dem evangelischen Fürsten von Ribeaupierre geprägt. Inzwischen war diese Grenze nach Westen verschoben worden, doch die wechselvolle Geschichte der Kleinstadt ließ sich an den verschiedenen Baustilen gut ablesen.

»Ein vom Bergbau geprägter Ort«, berichtete Bernadette weiter, während sie durch das Zentrum schlenderten. »Mehr als dreihundert Gruben sollen die Leute in den Fels getrieben haben, um Silber zu schürfen. Deswegen heißt die Gegend hier auch Silbertal. Sie haben aber auch Kupfer aus dem Berg geholt, Blei, Zink, Nickel und allerlei mehr. Das alles ist lange her. Als die Gruben erschöpft waren, verlegte man sich auf die Textilfertigung, und heute machen die meisten Bewohner ihr Geld mit dem Tourismus. Es gibt sehr viele Stammgäste, die auf den voralpinen Charakter der Landschaft schwören.«

»Du hörst dich an wie eine Fremdenführerin«, bemerkte Jules.

»Bin ich in gewisser Weise ja auch«, erwiderte Bernadette. »Beziehungsweise war ich, so lange ich Weinkönigin sein durfte.«

Jules wollte nicht indiskret sein, trotzdem erkundigte er sich: »Hast du deine Krone nach dem Unfall aus freien Stücken abgelegt oder …« Er suchte nach der passenden Formulierung.

»Du willst wissen, ob mich das Komitee des Amtes enthoben hat, weil niemand eine entstellte Königin sehen möchte?«

Jules erschrak über die Heftigkeit ihrer Worte. »Du bist nach wie vor eine attraktive junge Frau«, stellte er fest. »Trotzdem würde es mich interessieren.«

»Nein, das haben sie nicht gewagt. Aber ich habe es ihnen angemerkt, den Weinbauern, Gastwirten, Genossenschaftsvertretern, und auch Madame Cantalloube hat sich nicht viel Mühe damit gegeben, mich im Amt zu halten. Deshalb habe ich ihnen den Gefallen getan und meinen Rücktritt erklärt. Sie haben es sofort akzeptiert. Obwohl sie mir vor dem Unfall allesamt zugesichert hatten, dass mir auch die nächste Saison sicher sein würde.«

»Es tut mir leid, dass es so gekommen ist«, sagte Jules und bemerkte, dass Bernadette plötzlich wieder stärker hinkte als zuvor. Die Beschäftigung mit ihrem Schicksal schien sich unmittelbar auf ihre körperliche Verfassung niederzuschlagen. »Wollen wir eine Kleinigkeit essen, bevor wir zurückfahren?«, schlug er vor.

Bernadette stimmte zu, blieb für den Rest ihres Aufenthalts jedoch auffällig zugeknöpft. Ihre Heiterkeit und Unternehmenslust waren wie weggeblasen. Bei einem Kellermeister, dessen Terrasse einen herrlichen Bergblick bot, bestellten sie ein Achtel Edelzwicker, eine muntere Mischung verschiedener Rebsorten. Dazu ließen sie sich *pissenlit* kommen: Salat aus zarten Löwenzahnblättern, garniert mit gerösteten Brotwürfeln. Es schmeckte vorzüglich, doch die anfängliche Unbeschwertheit ihres Ausflugs wollte sich nicht wieder einstellen.

Nach kurzer Ansage blies Bernadette zum Aufbruch. Sie setzten ihre Helme auf und schwangen sich auf die Sättel. Nun konnten sie den Lohn für die Mühe ernten, die die teils knackigen Steigungen ihnen bei der Hinfahrt abverlangt hatten. Über moderat geschwungene Serpentinen verließen sie das Vorgebirge und konnten dabei zusehen, wie sich die Landschaft abermals veränderte. Bald waren sie wieder von den sanften Hügeln der Weinanbaugebiete umgeben. Die Sonne stand schon tief am Himmel, in die warme Luft mischten sich erste kühle Dunstschleier.

Sie waren vielleicht zehn Minuten unterwegs, als Jules den Vibrationsalarm seines Handys spürte. Er rief seiner Begleiterin zu, dass sie eine kurze Pause einlegen müssten, und fuhr an einer Verzweigung rechts ran. Sie standen jetzt auf einem Hochplateau, von dem man bereits die rötlich schimmernden Dächer Rebenheims erkennen konnte, wenn auch in weiter Entfernung.

»Gabin!«, rief er, nachdem er das Smartphone mühselig aus seiner engen Radlerjacke gepfriemelt hatte. Erstaunlicherweise meldete sich Gendarm Kieffer. Ungewöhnlich, dachte Jules, denn es war schon nach sechs. Eine Zeit, in der sich Kieffer normalerweise längst seinem ersten *bière pression* widmete. Entsprechend aufmerksam war Jules, als er nach dem Grund des Anrufs fragte.

»Ich muss mich entschuldigen, Chef«, sagte Kieffer und klang geknickt. »Es ist mir schrecklich peinlich. Ich weiß gar nicht, wie mir das passieren konnte.«

»Ganz ruhig, Kieffer«, entgegnete Jules und entfernte sich mit seinem Handy von Bernadette. Er ging auf eine Baumgruppe zu und setzte sich auf einen Stumpf. »Wofür entschuldigen Sie sich? Was ist Ihnen durchgerutscht?«

»Durchgerutscht? Nein, das ist nicht das richtige

Wort. Ich würde eher von einer Verwechslung sprechen«, kam es bedrückt durch den Hörer. »Aber es ist ja kein Wunder bei all den Proben und Gegenproben. Da soll noch einer durchblicken!«

»Bitte jetzt keine Ausflüchte«, sagte Jules streng. »Sagen Sie mir einfach, was passiert ist.«

»Habe ich doch gerade. Ich habe sie miteinander vertauscht – das ist passiert.«

Jules musste sich angesichts Kieffers unpräziser Angaben die Wahrheit zusammenreimen. »Sie sprechen von den Reifenspuren, die Sie mit dem Abdruck vom Tatort verglichen haben, ja?«

»Ja, wovon denn sonst? Sie haben mich damit beauftragt, alles noch einmal zu überprüfen.« Kieffer sagte das so, als würde er mit jemandem reden, der schwer von Begriff war.

»Das weiß ich! Was ich von Ihnen hören möchte, ist das Ergebnis. Sagen Sie, was Sie durcheinandergebracht haben.«

Kieffer holte tief Luft, um sie anschließend in den Hörer zu pusten. Jules musste sein Telefon auf Abstand halten. Dann rief er: »Kieffer! Was machen Sie? Antworten Sie endlich!«

»Es geht um die Vergleichsmuster von Claude und von Christian. Die Abdrücke auf Miguels Grundstück stammen nicht von Claudes Rad, sondern von Christians.«

»Was?«, fragte Jules, obwohl er genau verstanden hatte.

Daraufhin wiederholte Kieffer seine Aussage. »Ich weiß auch nicht, wie mir das widerfahren konnte. Ich hatte Namensschildchen für jeden Abdruck vorbereitet, sie dann aber im Eifer des Gefechts falsch angebracht. Ein peinliches Versehen. Tut mir echt leid, Chef.«

Eine Verwechslung – damit änderte sich alles!

Plötzlich, wie aus heiterem Himmel, hatten sie einen neuen Verdächtigen Nummer eins. Christian – der aufgeschlossene, weltoffene junge Mann, ein prima Kumpel und Sportsfreund. Aber womöglich ein Mensch mit einer dunklen Seite, ein willenloses Instrument seines Drangs zum Feuerlegen. Jules wurde flau im Magen, als er an Christians erste Reaktion zurückdachte, nachdem er ihn mit Reifenspuren konfrontiert hatte – er war Hals über Kopf geflohen, hatte sich mit Jules eine Verfolgungsjagd auf dem Rad geliefert. Doch diese blieb ohne Folgen. Denn Jules hatte ihm zugutegehalten, dass er aus einer Kurzschlussreaktion heraus gehandelt hatte, und die Fährte nicht weiterverfolgt. Auch das kaputte Rücklicht, das möglicherweise zu Christians Überführung beigetragen hätte, war in Vergessenheit geraten. Eine Unterlassungssünde, die sich nun zu rächen schien.

»Sind Sie noch dran, Chef?«, fragte Kieffer.

»Ja, ich bin am Apparat. Hören Sie, Kieffer, Sie müssen Christian vernehmen, heute Abend noch.«

»Ich habe bereits versucht, ihn zu erreichen. Aber er ist nicht mehr in der Bank gewesen, und unter der Privatnummer, die wir von ihm haben, hat er sich nicht gemeldet.«

»Dann müssen Sie zu seiner Wohnung. Schauen Sie nach, ob er zu Hause ist.«

»Dort war ich längst. Ich habe geläutet, aber niemand hat geöffnet.«

»Er ist also unterwegs«, folgerte Jules besorgt.

»Scheint so. Allerdings hat er vergessen abzuschließen.«

Jules horchte auf. »Heißt das, Sie haben die Wohnung betreten?«

Kieffer fasste die Frage offenbar als Vorwurf auf, denn er erklärte: »Ich weiß, dass man für so etwas einen richterlichen Beschluss braucht, doch bei Gefahr in Verzug ...«

»Schon gut, Kieffer, Sie haben richtig gehandelt. Was haben Sie entdeckt?«

»Kreditkartenabrechnungen. Darunter mehrere von Tankstellen. Ausgerechnet von denen, die ich noch nicht überprüft hatte, sonst wären wir ihm früher auf die Schliche gekommen. Denn es sind jeweils nur kleine Beträge gewesen. Maximal zehn Liter, also genauso viele, wie in einen Kanister passen. Und noch etwas ...«

»Ja?«, fragte Jules elektrisiert.

»Sie erinnern sich an die Gewebeprobe aus Paul Diebolds Haus? Der Stofffetzen, der an einem hervorstehenden Nagel gehangen hatte?«

»Er ließ sich niemandem zuordnen.«

»Jetzt schon! Ich habe Christians Kleiderschrank durchwühlt und eine Jacke mit einem Loch entdeckt. Ich wette hundert zu eins, dass der Fetzen genau in diese Lücke passt.«

»Gute Arbeit, Kieffer!«, lobte Jules und spürte, dass er der Lösung nun ganz nahe war. »Ich muss kurz nachdenken und rufe Sie gleich zurück.«

Er unterbrach die Verbindung, legte das Handy auf dem Baumstumpf ab und stand auf. Grüblerisch ging er im Kreis und versuchte, die völlig unerwartete Neuigkeit mit den bisherigen Ermittlungsergebnissen auf einen Nenner zu bringen.

Längst hatte er Christian von der Liste der Verdächtigen gestrichen, doch nun war er *tout à coup* wieder im Spiel. Jules versuchte, sich Christians Beweggründe vor Augen zu führen. Dass sein Radsportfreund ein verkappter Pyromane sein sollte, hatte er sich zu keinem Zeitpunkt anmerken lassen, aber das war wohl normal bei Süchtigen. Ein symptomatisches Verhalten: Sie taten alles, um ihr verderbliches Verlangen vor anderen zu verschleiern.

So weit konnte Jules sich gerade noch in ihn hineinversetzen. Aber seine Fantasie streikte, als er sich den aufrechten Christian als Mörder vorzustellen versuchte. Dass Christian den Tod zweier Menschen in Kauf genommen, ja sogar bewusst herbeigeführt haben sollte, konnte er sich ebenso wenig vorstellen wie schon bei Claude. Es sei denn – und jetzt rief er sich die Worte von Joannas Strasbourger Polizeipsychologen in Erinnerung –, jemand hatte Christian unter Druck gesetzt. Ihn durch Erpressung zu den Taten gezwungen.

Während er unablässig weiter im Kreis ging und nachdachte, kam Bernadette in sein Gesichtsfeld. Sie lehnte immer noch stumm an ihrem Rad. Er fing ihren Blick auf – und in diesem Moment fiel bei ihm der Groschen.

Hier und jetzt stand er derjenigen gegenüber, die das stärkste bekannte Motiv besaß, um Paul, Étienne und letztlich auch Mathé zu töten. Dass sie es dennoch nicht getan haben konnte, war bekannt. Ihre Alibis galten als wasserdicht. Trotzdem, so Jules' Erkenntnis, könnte sie es mit Unterstützung eines anderen bewerkstelligt haben können: mit Christians Hilfe!

Er blieb stehen und fixierte die ehemalige Weinkönigin, eine stolze Frau mit äußerlichen, aber auch innerlichen Narben. Er malte sich aus, wie es abgelaufen sein könnte. Hatte sie Christian beim Legen der Brände beobachtet? Vielleicht ganz zufällig bei einem seiner noch relativ harmlosen Feuerspielereien auf dem Land?

Möglich, dass sie während einer ihrer abendlichen Radtouren auf einen brennenden Heuschober aufmerksam geworden war. Mit ihrem Rad hätte sie schnell an Ort und Stelle sein können – schneller, als sich Christian aus dem Staub machen konnte. Und wie weiter? Hatte sie ihn zur Rede gestellt, und war ihr dabei die Idee gekommen, dass sie mehr davon hätte, ihn für ihre Zwecke einzuspannen, anstatt ihn auffliegen zu lassen?

Nach wie vor sagte Bernadette kein Wort. Stattdessen hielt sie seinem Blick stand, ohne eine Miene zu verziehen. Auch Jules blieb zunächst still. Er ging auf sie zu, stellte sich direkt vor sie und musterte sie mit ernstem Ausdruck.

»Es gibt neue Hinweise«, sagte er dann. »Hinweise auf den Feuerteufel. Gut möglich, dass es Christian getan hat.«

Kein Zucken verriet Bernadettes Gedanken.

»Ich denke, es ist an der Zeit, die Karten offen auf den Tisch zu legen«, startete Jules einen Versuch, seinen Verdacht gegen sie zu erhärten. »Du hast mir nicht alles gesagt, was du über die Todesfeuer weißt. Ich möchte, dass du das jetzt nachholst.«

Endlich bewegten sich Bernadettes Lippen. »Wieso?«, fragte sie mit seltsam milder Stimme.

»Ich *muss* die Wahrheit wissen«, erwiderte Jules eindringlich. »Wenn wir Christian ins Verhör nehmen und er schuldig ist, wird er früher oder später auspacken und die Abläufe zu seinen Gunsten schildern. Dem könntest du zuvorkommen.«

Bernadette wirkte unbeeindruckt. Kein Wunder, dachte Jules, denn bisher hatte er nichts gegen sie in der Hand. Sollte sie bei ihrem Schweigen bleiben, würde letztlich alles von Christians Aussage abhängen.

»Wenn du jetzt redest und wir dadurch einen dritten Mord verhindern können, kann sich das vor Gericht zu deinen Gunsten auswirken«, nahm Jules einen neuen Anlauf.

Doch Bernadette ging nicht darauf ein. Stattdessen streckte sie ihren Arm aus und zeigte auf die Baumgruppe, vor der Jules eben noch gesessen hatte. »Da interessiert sich jemand für dein Handy.«

Jules fuhr herum. Gerade rechtzeitig, um zu beobachten, wie ein Storch vor den Baumstumpf stolzierte und sich mit seinem langen roten Schnabel sein Smartphone schnappte.

»Putain!«, schimpfte Jules und rannte los. »Lass mein Handy liegen! Du bist doch keine Elster, Mistviech!«

Der Storch stakste an den Rand des Plateaus und breitete seine Flügel aus.

»Hiergeblieben, blöder Vogel!«

Jules nahm seine Beine in die Hand, um den Storch aufzuhalten. Während des überhasteten Spurts kam er mit dem Fuß an eine Felsspitze, stolperte und fiel der

Länge nach hin. Er schürfte sich Knie und Handballen auf, verfluchte Gott und die Welt und rappelte sich auf. Dann rannte er weiter. Doch zu spät.

Als er den Rand der Hochebene erreichte, stieß sich der Storch ab und glitt in majestätischer Würde in die Tiefe. Fassungslos sah Jules ihm nach.

»Das kann nicht wahr sein«, murmelte er und beobachtete den großen Vogel dabei, wie er gemächlich seine Bahnen zog, um schließlich hinter einem der Weinberge zu verschwinden.

Mit weiteren bösen Flüchen auf den Lippen fuhr Jules herum und wollte zu Bernadette zurückkehren. Diese trat inzwischen mit dem rechten Fuß energisch auf etwas ein. Im Näherkommen sah Jules, dass sich Plastiksplitter rings um ihre Beine verteilten. Als er noch dichter davor stand, erkannte er, was Bernadette mit so viel Inbrunst zerstört hatte.

»Dein Handy!« Fassungslos sah Jules sie an. »Warum hast du das getan?«

Bernadette zuckte nur mit den Schultern. Doch die Antwort konnte er sich ohnehin selbst geben. Sie wollte verhindern, dass er telefonierte. Das war ihr gründlich gelungen, wobei ihr der Zufall in Form eines diebischen Storchs geholfen hatte.

Jules' Ärger hielt sich angesichts dieses indirekten Schuldeingeständnisses allerdings in Grenzen. Nun glaubte er Bernadette so weit zu haben, dass sie reden würde. Es bedurfte lediglich eines letzten Anstoßes.

»Dein Unfall war eine Zäsur in deinem Leben«, sagte er, während er die Distanz zu ihr verringerte. »Nach dieser Nacht, als Paul, Étienne und Mathé dich angefahren und schwer verletzt haben, blieb nichts mehr, wie es vorher war. Du hattest Schmerzen. Fürchterliche Schmerzen, körperlich wie seelisch. Gerade die seelischen sind nie verschwunden. Sie sind zu deinen ständigen Begleitern geworden. Du bist gänzlich ohne eigene Schuld ein Opfer dieser drei gewissen- und verantwortungslosen Männer geworden und hast doch nie die Genugtuung ihrer Verurteilung erfahren dürfen.« Nun stellte sich Jules direkt neben sie. Sein Mund war nahe an ihrem Ohr. »Du hast deine Rache von Anfang an geplant. Du wolltest es ihnen heimzahlen. In deinen Augen hatten sie ihr Leben verwirkt durch das, was sie dir antaten. Du hast nur auf die passende Gelegenheit gewartet, um deinen Plan in die Tat umzusetzen. Du brauchtest einen Erfüllungsgehilfen, den du schließlich in Christian gefunden hast.« Er legte eine Pause ein, um seine Worte wirken zu lassen. Dann sagte er: »Verrate mir, wie du es angestellt hast. Hast du ihn als Feuerteufel enttarnt und ihm mit einer Anzeige gedroht, wenn er nicht bestimmte Dinge für dich tun würde? Dinge, die ihm im Blut lagen – nämlich weitere Feuer zu legen! Mit dem einzigen Unterschied, dass es nicht mehr Christian selbst in der Hand hatte, an was er die Lunte legte, sondern du die Ziele bestimmt hast.«

Er trat noch näher, musterte sie eindringlich. Sie standen sich unmittelbar gegenüber. Von Angesicht zu Angesicht. Weil Bernadette eisern schwieg, forderte er sie auf: »Zieh einen Schlussstrich, Bernadette! Du hattest deine Rache. Aber jetzt ist es vorbei.«

Bernadette erwiderte seinen Blick. Der harte Zug, der bis eben um ihren Mund gelegen hatte, wich einem Lächeln. Ein überhebliches Lächeln.

Auch ohne dass sie etwas sagte, wusste Jules, dass

ihm erneut ein grober Fehler unterlaufen war. Er unterschätzte Bernadette, hatte es von Anfang an getan! Natürlich war die Sache für sie nicht vorbei! Nicht solange der dritte im Bund lebte. Erst nach Mathés Tod wäre die Angelegenheit für sie abgeschlossen, erst nach seiner Beerdigung würde auch sie ihren inneren Frieden finden.

Nun wurde ihm klar, warum sie ihr Handy zertrampelt und damit den Kontakt zur Außenwelt abgeschnitten hatte. Auch weshalb sie für den heutigen Abend eine Tour nach Sainte-Marie-aux-Mines – den Ausgangspunkt von Bernadettes Unglücksfahrt! – gewählt hatte, ergab einen ganz anderen Sinn. Die besonders ausgedehnte Radtour fernab viel befahrener Straßen hielt Jules auf Distanz zu Rebenheim. Alles fügte sich jetzt zu einem erschreckenden Gesamtbild zusammen.

»Christian ist noch einmal für dich unterwegs«, ahnte er mit vor Entsetzen geweiteten Augen. »Er wird auf dem Campingplatz Feuer legen und Mathés *supermarché* abbrennen!«

Bernadette brauchte nicht zu nicken, um seine Befürchtung zu bestätigen. Es reichte ihr zu allem entschlossener Blick.

Jules' Puls jagte nach oben. Er riss seinen Kopf herum. In tiefster Sorge suchte er den Horizont nach einer verräterischen Rauchsäule ab. Doch da war nichts zu sehen. Noch nicht.

Wenn er Bernadettes Plan durchkreuzen und Mathés Leben retten wollte, musste er handeln. Sollte es ihm gelingen, schnell genug Alarm zu schlagen und Hilfe zu holen, ließe sich das Schlimmste vielleicht verhindern. Er schätzte ab, wie lange er bis zur nächsten Ortschaft brauchen würde. Maximal zwanzig Minuten. Wenn er sich richtig ins Zeug legte, könnten es auch weniger sein.

Er ließ die stumme Bernadette stehen. Um sie würde man sich später kümmern müssen, denn jetzt galt es, ein Menschenleben zu retten. Jules rannte zu seinem Rad, sprang auf, fuhr an und betätigte sogleich die Bremsen. Er schaute nach unten, sah das Desaster: Aus beiden Reifen war die Luft abgelassen worden. Von seiner Pumpe fehlte jede Spur. Er warf sein Rad auf den Boden, schnappte sich das von Bernadette. Aber sie hatte ganze Arbeit geleistet – auch ihre Reifen waren platt.

Die Zeit rann ihm wie Sand durch die Finger. Aus der zufriedenen Selbstsicherheit in Bernadettes Mimik schloss er, dass der finale Brandanschlag unmittelbar bevorstand. Er dachte an die vielen Menschen, die auf dem belebten Campingplatz in unmittelbarer Gefahr schwebten. Und dann fielen ihm die Propangasflaschen hinter dem Supermarkt ein. Ein Feuer könnte zu einer Katastrophe ungeahnten Ausmaßes führen!

Grob fasste er Bernadette am Arm. »Komm!«, befahl er. »Wir suchen uns eine Mitfahrgelegenheit.« Obwohl sie sich zu wehren versuchte, konnte Jules die schmal gebaute Frau mühelos hinter sich herziehen.

Querfeldein bahnten sie sich ihren Weg in Richtung des Tals. Sie hetzten über holprige Feldwege, folgten schmalen Erntegassen zwischen den Weinstöcken hindurch, mussten über Feldsteinmauern klettern und durch Bäche waten. Jules' Hoffnung, dass sie anderen Radfahrern oder Wanderern begegnen würden, zerschlug sich. Die meisten Ausflügler saßen längst in einer *winstub* und ließen es sich gut gehen.

»Los! Beeil dich! Wir haben keine Zeit zu verlieren!«, trieb Jules Bernadette an.

»Ich kann nicht schneller. Du weißt doch, mein Bein.«

Ja, er wusste um ihre Verletzung und nahm Rücksicht darauf, indem er immer wieder kurze Pausen einlegte. Aber dass sie jetzt noch stärker hinkte, schrieb er ihrem Willen zu, ihn aufzuhalten.

»Beiß die Zähne zusammen!«, herrschte er sie an. »Wir müssen weiter!«

Abgekämpft und mit der störrischen Bernadette im Schlepptau erreichte Jules bald das Ende seiner Kräfte. Es war zum Verrücktwerden! Sosehr er sich bemühte, er konnte nichts ausrichten, um ein schreckliches Verbrechen zu verhindern. Sehenden Auges musste er das Unheil auf sich zukommen lassen und war nicht in der Lage, etwas dagegen zu unternehmen.

Wieder blieb er stehen, um Bernadettes kaputter Hüfte eine Auszeit zu gönnen. Auch er selbst brauchte eine Verschnaufpause. Kaum brachten ihre Schuhe nicht mehr das Unterholz zum Krachen, wurde es still um sie. Und das war Jules' Glück, denn aus der Ferne hörte er das tuckernde Brummen eines betagten Dieselmotors. Womöglich seine große Chance, dachte er und fasste frischen Mut.

»Los! Weiter!«, drängte er seine Gefangene zur Eile. Er versuchte herauszufinden, woher das Geräusch kam, und wählte eine Abkürzung durch eine Reihe dorniger Büsche. Sie durchdrangen das Dickicht, fingen sich dabei Kratzer ein. Bernadette protestierte, wollte sich nicht länger von Jules herumkommandieren lassen. Doch der blieb hart, zwang sie zum Vorwärtsgehen. Ein Busch folgte dem nächsten. Es dauerte lange, bis sie endlich das Dickicht durchdrungen hatten.

Sie landeten auf einer Wiese, bewachsen mit hohem Gras und rot leuchtenden Mohnblumen. Keine fünfzig Meter entfernt fuhr ein altersschwacher Traktor die Mahd ein. Auf dem Bock saß ein beleibter Bauer im karierten Hemd, das Haar halb von einer Baskenmütze verdeckt.

»Das nenne ich Glück«, freute sich Jules. »Der wird mir helfen.«

»Warten wir's ab«, meinte Bernadette und hinkte ihm hinterher.

Noch schien der Traktorfahrer sie nicht gesehen zu haben, er zog einfach weiter seine Bahnen. Obwohl Jules schon von Weitem rief, achtete der Bauer nicht auf ihn.

»Wir müssen näher ran! Mach schnell!«

»Eile mit Weile«, triezte ihn Bernadette.

Endlich hatten sie den Traktor erreicht, liefen neben ihm her. Jules versuchte sich mit Rufen und Winkzeichen bemerkbar zu machen, aber der Landwirt reagierte erst auf ihn, als er sich zusammen mit Bernadette direkt vor den Kühler stellte.

Der Bauer, der sie in ihrer Radlerkluft wohl für verirrte Touristen hielt, stellte den Motor ab und begann zu schimpfen. Was genau er sagte, konnte Jules nicht verstehen. Der Mann sprach Elsässisch. Zu seinem Missfallen antwortete Bernadette ebenfalls im Dialekt, woraufhin sich ein kurzes Gespräch zwischen beiden entwickelte.

»Halt!«, rief Jules und ging dazwischen. »Ich bin Major der Gendarmerie nationale und muss dringend Ihr Telefon benutzen!«

Der Bauer musterte ihn von oben bis unten und machte keinerlei Anstalten, der Aufforderung Folge zu leisten.

Wie ein Gendarm sah Jules beileibe nicht aus. Dummerweise konnte er sich auch nicht ausweisen. Also wiederholte er einfach seine Bitte. »Ihr Telefon! Schnell!« Auffordernd streckte er seine Hand aus.

Der Landwirt antwortete – wieder in der traditionellen Sprache dieses Landstrichs.

»Er hat keins dabei«, übersetzte Bernadette.

»Wenn das so ist…« Jules versetzte ihr einen Stoß. »Steig auf. Er soll uns zur nächsten Landstraße bringen. Dort halten wir ein Auto an.«

Wieder verstrich wertvolle Zeit, bis sich der unwirsche Landwirt dazu bewegen ließ, die Feldarbeit zu unterbrechen und seine beiden unerwünschten Mitfahrer zur nächstgelegenen Straße zu kutschieren.

Der alte Traktor machte kaum Fahrt. Immerhin profitierte Jules von der Ortskenntnis des Bauern, sodass sie schon hinter der zweiten Kuppe das schwarze Band des Asphalts ausmachen konnten. Wacker beförderte der Oldtimer sie bis zum Straßenrand, wo Jules mit Bernadette an der Hand absprang und den Daumen nach oben hielt.

»Jules als Tramp – was für ein Bild«, spottete Bernadette. Sie schien sich ihrer Sache nach wie vor sehr sicher zu sein.

Jules ließ sich nicht provozieren, denn ein Streit mit ihr würde ihm nur noch mehr Zeit rauben. Worin wohl auch ihre Absicht lag. Stattdessen wartete er wortlos darauf, dass jemand vorbeikam.

Die ersten beiden Wagen, ein zitronengelbes Porsche Cabriolet und eine mattblaue Volvo-Limousine, brausten achtlos an ihnen vorbei. Auch ein Wohnmobil mit deutschem Nummernschild sowie ein Reisebus aus Tschechien ließen sie stehen.

»Heutzutage nimmt keiner mehr Anhalter mit«, rief ihm Bernadette zu. »Viel zu gefährlich. Könnten ja Kriminelle sein.« Als würde sie das alles nichts angehen, trottete sie davon.

»Hiergeblieben!« Jules packte sie und schärfte ihr ein, ihm keine weiteren Schwierigkeiten zu machen.

Er erwog, sich mitten auf die Straße zu stellen, um auf diese Weise den Verkehr aufzuhalten. Ja, das würde er tun! Denn er konnte es sich nicht leisten, weitere kostbare Zeit zu verplempern.

Beim nächsten Wagen, der sich ihnen näherte, ging er aufs Ganze. Nachdem er Bernadette an einem Leitpfosten platziert hatte, übertrat er die Begrenzungslinie und blockierte den Weg. Mit erhobenen Armen bedeutete er dem Fahrer anzuhalten.

Das Auto, oder vielmehr der Lieferwagen, der auf ihn zukam, wurde nicht langsamer. Statt zu bremsen, drückte der Fahrer auf die Hupe und ließ seine Scheinwerfer aufblitzen.

Jules blieb trotzdem stehen. Er spielte auf volles Risiko.

Der Wagen kam näher und näher. Ein wüstes Hupkonzert drang in Jules' Ohren. Der Abstand verringerte sich von Sekunden zu Sekunde. Doch der Fahrer dachte gar nicht daran, auf die Bremse zu steigen. Was für ein Idiot, fluchte Jules. Wollte er ihn umbringen?

Keine zehn Meter mehr! Jules erkannte jetzt den Fahrzeugtyp, ein Citroën HY. Der legendäre Wellblech-Franzose war bis in die Achtzigerjahre hinein weitverbreitet im ganzen Land gewesen, heute jedoch eine Rarität. Jules wusste nur von einer Person in der Gegend, die mit dieser rollenden Blechdose unterwegs war: Lino!

Weil Jules nicht wich, musste der Fahrer am Ende doch stoppen. Das tat er im allerletzten Moment. So knapp, dass Jules den Kühlergrill mit dem riesigen Citroën-Wappen direkt vor der Brust hatte. Gleich darauf wurde die Tür des Transporters aufgestoßen. Wie vermutet war es Lino, der sich mit einem angestrengten Ächzen aus dem Fahrersitz schälte und sich vor Jules aufbaute. Er setzte schon zu einer Standpauke an, erst dann erkannte er, wen er gerade um ein Haar überfahren hätte.

»Jules? Was in Gottes Namen hast du mitten auf der Fahrbahn verloren?«

Jules berichtete ihm kurz, dann zeigte er auf Bernadette. »Können wir sie in deinen Laderaum sperren? Und dann nichts wie ab zum *Camp du Domaine*!«

Lino stimmte sofort zu.

Zum Glück hatte Lino sein Handy dabei. Kaum hatte er seinen HY in Bewegung gesetzt, rief Jules bei Kieffer an. Der hatte sich schon gewundert, warum sich sein Chef mit dem angekündigten Rückruf so viel Zeit gelassen hatte, und erkundigte sich besorgt, was geschehen sei. Abermals gab Jules seine Kurzfassung der jüngsten Ereignisse zum Besten und wies ihn an, die Campingplatzleitung zu verständigen. Anschließend solle er Lautner aufgabeln und schleunigst selbst zum *Camp du Domaine* kommen.

»Und verständigen Sie Claudes Truppe!«, ergänzte

Jules. »Auch wenn ihr Kommandant in Haft sitzt, sollen die Jungs alles auffahren, was sie bieten können.«

Der Motor des Citroëns dröhnte, als wolle er sich jeden Moment aus seiner Aufhängung reißen. Trotzdem kam das altertümliche Gefährt, Baujahr 1974, längst nicht so schnell voran, wie Jules sich das gewünscht hätte. Immer wieder sah er auf die Uhr und ließ ein Stoßgebet los mit der inständigen Bitte, rechtzeitig anzukommen.

»Bemüht euch nicht! Ihr seid sowieso zu spät!«, rief Bernadette aus dem Laderaum.

»Ruhe auf den billigen Plätzen!«, brüllte Lino zurück und überholte ein Auto, das erstaunlicherweise noch langsamer fuhr als der HY. »Die alte Madame Thomas«, grummelte er und drückte mehrmals auf die Hupe. »Fast neunzig und blind wie ein Fisch. Man sollte ihr endlich den Führerschein abnehmen.«

Jules, der seinen Kopf ganz woanders hatte, war der Führerschein von Madame Thomas herzlich egal. Er hatte nur einen dringenden Wunsch: bald da zu sein!

Die Dämmerung war weit vorangeschritten, als sie auf die gekieste Auffahrt der Campinganlage fuhren. Dicht vor der heruntergelassenen Schranke brachte Lino seinen Wagen mit einer Vollbremsung zum Stehen.

Jules schaute sich um, wobei sich seine schlimmsten Befürchtungen bewahrheiteten: Er sah ein Fahrrad, das an einer Hecke lehnte. Dieselbe Marke, wie sie Christian fuhr!

Er sprang vom Beifahrersitz, nahm die drei Stufen zur Rezeption mit einem Satz und donnerte mit der Faust auf die Theke. Die Holländerin, die heute für die Abendschicht eingeteilt worden war, blickte ihn erschreckt an.

»Ist der *supermarché* noch geöffnet?«, fragte er gehetzt.

»*Ja zeker*«, verfiel sie verdattert ins Niederländische. »Er schließt nicht vor halb acht.«

»Lassen Sie ihn räumen!«, herrschte Jules sie an. »Machen Sie eine Lautsprecherdurchsage, oder setzen Sie den Filialleiter in Trab, aber machen Sie schnell!«

»Aber das kann ich nicht tun«, protestierte die verunsicherte Frau. »Nicht ohne Erlaubnis von meinem Vorgesetzten.«

»Doch, Sie können!«, widersprach Jules. »Ich verlange, dass Sie augenblicklich …«

»Jules!« Lino erschien in der Tür. Totenblass. »Du musst sofort kommen.«

»Was ist passiert?«, fragte Jules.

»Wir sind zu spät gekommen. Christian hat sich mit Mathé im Supermarkt verschanzt.«

Der Benzingeruch, der sogar durch die geschlossene Tür des Einkaufsmarkts nach außen drang, war stechend. Jules näherte sich dem kleinen Laden Seite an Seite mit Lino. Bernadette hatten sie in sicherer Entfernung im Lieferwagen zurückgelassen, nicht ohne sie vorher mit Handschellen an den Sitz zu fesseln.

Während sie auf den Eingang zuhielten, gaben sie den umstehenden Campern Zeichen, dass sie sich zurückziehen sollten. Die meisten aber ignorierten ihre Aufforderung. Sie wollten sich von einem dicken Opa in blauer Latzhose und einem verschwitzen Mann in Radlerbekleidung nichts sagen lassen. Dass Jules Polizist war, nahm ihm niemand ab. Ebenso wenig begriffen die Leute, welcher Gefahr sie sich aussetzten, wenn sie in der Nähe blieben.

Aus der Ferne erklangen die Martinshörner der Feuerwehr, während sich Lino und Jules dicht vor die Scheibe stellten und in den Verkaufsraum zu spähen versuchten. Die Türgriffe waren von innen mit einer Gliederkette verhängt worden. Sonst war kaum etwas zu sehen, da die Neonröhren an der Decke nicht brannten. Trotzdem meinte Jules, Mathé ganz am Ende des Marktes ausmachen zu können. Er hockte mit angezogenen Beinen vor der Fleischtheke, die Arme mit einer orangefarbenen Wäscheleine verschnürt. Jetzt tauchte auch Christian hinter einem der Regale auf. Rückwärts gehend entleerte er einen Benzinkanister.

»*Merde*«, fluchte Lino. »Er will es wirklich durchziehen.«

Fieberhaft dachte Jules darüber nach, was zu tun sei. Sollte er abwarten, bis Verstärkung eintraf? Kieffer und Lautner müssten jede Minute hier sein. Und auch Claudes Truppe würde nicht mehr lange brauchen. Doch was, wenn Christian schneller wäre? Wenn er das Zündholz warf, bevor die Feuerwehr bereitstand?

»Rede mit ihm«, schlug Lino vor. »Wenn er sieht, dass du es bist, siegt vielleicht doch die Vernunft.«

Jules zauderte. »Ich weiß nicht, ob ich es damit nicht noch schlimmer mache.«

»Du musst es versuchen! Sprich mit Christian, halte ihn hin!« Mit den Worten »Bin gleich wieder da«, wandte sich Lino ab und eilte davon.

»Wo willst du hin?«, rief Jules ihm nach.

»Bin bald zurück.«

Eine tolle Hilfe!, dachte Jules verärgert. Warum musste er ihn ausgerechnet jetzt im Stich lassen? Dieser Feigling wollte sich wohl drücken! Oder hatte Lino vor, zur Schranke zurückzulaufen, um die Einsatzfahrzeuge herzulotsen?

Egal, Jules war auf sich allein gestellt. Er musste sich entscheiden, ob er abwarten oder handeln sollte.

Da die Tür verschlossen war, kam er nicht an Christian heran. Ohne seine Pistole hatte er nicht einmal die Chance, ihn notfalls aus der Distanz schachmatt zu setzen. Was also tun?

Jules dachte fieberhaft nach, während er das Gebäude betrachtete. Er zog in Erwägung, aufs Dach zu klettern, von wo aus er versuchen könnte, durch eines der Oberlichter einzusteigen. Wenn es ihm gelänge, eine Dachluke zu öffnen und sich möglichst geräuschlos herunterzulassen, hätte er das Überraschungsmoment auf seiner Seite. Doch was wäre, wenn dieser Versuch missglückte? Dann säße er zusammen mit Mathé in der Falle und würde bei lebendigem Leib geröstet. Nein, dachte Jules, es musste eine andere Lösung geben. Bloß welche?

Wieder spähte er durch die Scheibe und beobachtete Christian dabei, wie er den leeren Kanister in eine Ecke warf und in die Innentasche seiner Jacke fasste. Zum Vorschein kam ein silbernes Feuerzeug. Jules' Augen weiteten sich, als Christian die Kappe des Zippos aufklappte und eine Flamme aufflackerte. Mathé, der sich verzweifelt aus seinen Fesseln zu befreien versuchte, wollte schreien. Aber ein Knebel in seinem Mund hinderte ihn daran.

Jules blieb keine andere Option, als sofort einzuschreiten. Um aufs Dach zu klettern, hatte er nicht mehr genug Zeit. Auch war es zu spät, nach möglichen anderen Zugängen zu suchen. Es blieb ihm nichts anderes übrig, als den Frontalangriff zu wagen. Jules ballte seine Faust und ließ sie gegen die Tür knallen. Einmal. Zweimal. Beim dritten Mal – endlich! – reagierte Christian, der wie weggetreten wirkte und ihn aus seltsam glasigen Augen ansah.

Ohne die Flamme zu löschen, kam er auf die Tür zu. Der Gang federnd, beinahe schwebend wie in Trance. »Was machst du hier?«, fragte er, als er Jules direkt gegenüberstand. Beide trennte nur eine Glasscheibe.

»Es ist vorbei, Christian!«, redete Jules auf seinen Sportsfreund ein. »Wir haben Bernadette überführt. Wir wissen Bescheid.«

»Was wisst ihr?«, fragte Christian und wirkte weiterhin völlig fixiert darauf, Feuer zu entfachen.

»Wir wissen, dass du nicht töten wolltest. Du wurdest dazu gezwungen, es zu tun. Gegen deinen Willen!«

»Ich bin kein Mörder«, ging er auf Jules ein.

Der atmete auf. »Beweise es!«, forderte er ihn auf. »Steck das Feuerzeug ein und binde Mathé los. Schnell!«

Christian schien ihn nicht verstanden zu haben. Er sah an Jules vorbei, als er mit monotoner Stimme wiederholte: »Ich bin kein Mörder.«

»Christian!«, brüllte Jules durch die Scheibe. »Hör mir zu. Du musst das hier beenden. Mach die Tür auf, damit ich hereinkommen kann.«

Christian drehte seinen Kopf und betrachtete das brennende Feuerzeug in seiner Hand. »Ich bin kein

Mörder – und trotzdem muss ich es tun. Ich muss es tun, weil ich nicht anders kann.« Langsam ging er in die Hocke und senkte den Arm mit dem Zippo.

»Nein!«, schrie Jules und hämmerte gegen die Tür. »Hinter dem Gebäude stehen Gasflaschen. Du wirst den ganzen Platz in die Luft jagen!«

Unbeirrt von den Appellen ließ Christian das Feuerzeug dichter und dichter über dem Boden schweben. Jede Sekunde könnte die Flamme überspringen und das verschüttete Benzin in Brand setzen.

Jules wusste nicht mehr ein noch aus. Panisch sah er sich nach etwas um, mit dem er das Fenster einschmeißen konnte. In diesem Moment erschien Lino wieder auf der Bildfläche. An seiner Seite Bernadette!

»Christian«, erklang Linos knarzige Stimme, »hier ist eine junge Dame, die dich sprechen möchte.« Er schob Bernadette vor sich her, dirigierte sie bis vor die Tür.

Christian sah auf. Als er Bernadette erkannte, verschwand der unheimliche Glanz aus seinen Augen. Stattdessen erfüllte Hass seine Blicke. Hass und tiefe Traurigkeit.

»Los! Sag ihm, dass die Sache gelaufen ist«, drängte Lino Bernadette, die sich wie ein bockiges Kind benahm und immer wieder auszubrechen versuchte.

»Ich denke gar nicht daran!«, giftete sie ihn an.

Lino packte sie an den Schultern und schüttelte ihren dürren Körper. »Wenn dein williger Vollstrecker Ernst macht, fliegt der ganze Laden in die Luft. Und du gleich mit. Willst du das?«

»Es ist völlig egal, was mit mir passiert. Mein Leben hat aufgehört, als mich Paul und seine Kumpane zum Krüppel gemacht haben«, verfiel Bernadette in Selbstmitleid.

Doch damit geriet sie bei Lino an den Falschen. »Meinetwegen. Ich schere mich einen Dreck darum, was du mit deinem Leben anstellst.« Der knorrige Exgendarm funkelte sie angriffslustig an. »Aber das Leben all der anderen Menschen hier interessiert mich sehr wohl!« Er zeigte auf die wachsende Menge von Schaulustigen, darunter Alte und Junge, Männer, Frauen und Kinder. »Mit welchem Recht schwingst du dich zur Herrin über Leben und Tod all dieser Menschen auf? Wenn der Supermarkt brennt und das Propangaslager hochgeht, kommen Dutzende weitere Opfer auf dein Konto.«

Jules verfolgte den Disput der beiden voller Anspannung. Immer wieder wanderten seine Blicke dabei zu Christian.

Der verharrte in seiner hockenden Position. Noch immer flackerte die Flamme seines Zippos.

»Jetzt ist es an dir«, ließ Lino nicht locker und fixierte Bernadette mit stechendem Blick. »Bereite dem Spuk ein Ende! Du hast nun mal verloren. Akzeptier das und lass nicht zu, dass andere dafür büßen müssen.«

Bernadette biss sich auf die Lippe. So stark, dass sie zu bluten begann. »Verdammt! Ich war so nahe dran.«

Jules sah den Moment gekommen, sich selbst einzubringen. »Wenn es noch mehr Tote gibt, wird dich das ebenso wenig von deinen inneren Qualen befreien«, sagte er in der Hoffnung, dass Bernadette schleunigst etwas unternehmen würde. Denn Christians Hand fing beängstigend zu zittern an. Wenn er das Feuerzeug verlieren würde, bräche Augenblicke später die Hölle los.

Bernadette wischte sich mit der Handfläche über den Mund und verteilte damit das Blut über ihre Wangen. Nun sah sie aus wie ein trauriger Clown mit verschmiertem Lippenstift. Vor Jules' Augen schien sie zu schrumpfen und noch kleiner und zarter zu werden, als sie ohnehin schon war.

Bernadette holte Luft und stieß sie mit einem tiefen Seufzer wieder aus. Sie löste sich aus Linos Klammergriff und ging auf wackligen Beinen zur Supermarkttür. Durch das Glas hindurch sah sie Christian an.

»Lass es sein«, sagte sie mit brüchiger Stimme. »Wir sind geschlagen. Alles ist aus.«

Bernadette legte ihre flache Hand auf die Scheibe. »Diesmal würde es auch Unschuldige treffen. Das ist es nicht wert.«

Christian schien in sich zu gehen. Er ließ dreißig lange Sekunden verstreichen. Dann klappte er sein Feuerzeug zu und schloss die Augen.

Jules fiel ein Stein vom Herzen. Auch Lino atmete erleichtert auf und führte Bernadette auf die Seite. Die Feuerwehr war inzwischen eingetroffen, flankiert von Gendarm Kieffer und Adjutant Lautner.

Christian hatte jegliche Aktivität eingestellt. Er bewegte sich nicht vom Fleck, selbst als Claudes Stoßtrupp einen Bolzenschneider durch den Türspalt rammte und das Schloss knackte. Widerstandslos ergab er sich Kieffer, der seine Arme auf den Rücken drehte und ihm Handschellen anlegte.

Jules rannte durch den Verkaufsraum, wobei er sich

mit einem Taschentuch vor den giftigen Dämpfen schützte. Er zog Mathé auf die Beine, der vor Furcht schlotterte, und zerrte ihn aus dem Supermarkt. Draußen wurde er von zwei Sanitätern in Empfang genommen.

Jules sah zu, wie herbeigeeilte Kollegen der Police municipale die Schaulustigen auf Abstand hielten, und wartete ab, bis Adjutant Lautner auch Bernadette in Gewahrsam genommen hatte. Als er sich vergewissert hatte, dass der Tatort gesichert und beide Täter unter Verschluss waren, wandte er sich noch einmal dem Opfer zu.

Mathé saß mit aufgestütztem Kopf auf der Bahre eines Krankentransporters. Einer der Sanitäter hatte ihm eine Sauerstoffmaske übergestülpt, eine Maßnahme gegen die Auswirkungen der Benzindämpfe in seinen Lungen.

Jules stellte sich daneben und betrachtete den dürren jungen Mann, der ein bemitleidenswertes Bild bot. Er war durch die Hölle gegangen und hatte eine traumatische Stunde durchleben müssen. Dennoch konnte ihn Jules nicht in Ruhe lassen. Er musste Mathés momentane Schwäche ausnutzen. Denn nach wie vor war der Fall nicht vollends gelöst. Das letzte Puzzleteil fehlte, und er war zuversichtlich, es hier und jetzt zu finden.

»Kann ich mit ihm reden?«, fragte er den Sanitäter.

Der wirkte nicht gerade erfreut über diese Idee, gab aber seine Zustimmung. »Meinetwegen. Machen Sie es bitte kurz.« Er nahm seinem Patienten die Maske ab.

Jules ging in die Hocke, um Mathé in die Augen sehen zu können, in denen diverse kleine Adern geplatzt waren. »Mathé, die Zeit ist reif für Ihr Geständnis.«

Mathé zuckte zusammen und begann wieder zu schlottern. Jules aber ließ nicht locker.

»Erlösen Sie sich selbst und machen Sie endlich reinen Tisch. Sie haben am eigenen Leib zu spüren bekommen, wohin Ihr Schweigen geführt hat.«

Mathé fuhr sich mit der Zunge über seine trockenen Lippen. »Sie ... wissen es, ja?«, fragte er stockend. »Haben es die ganze Zeit gewusst?«

»Nicht gewusst, aber geahnt. Sie sind es gewesen, der am Steuer des Unfallwagens saß. Nicht Paul, nicht Étienne, sondern Sie haben – vom Alkohol benebelt – das Fahrrad übersehen und Bernadette auf die Haube genommen. Und Sie waren es wahrscheinlich auch, von dem der Vorschlag kam, alles zu vertuschen. Indem Sie offenließen, wer der Unfallfahrer gewesen war, nahmen Sie Ihre Freunde mit in die Verantwortung und rissen sie letztlich ins Verderben.«

Tränen schossen in Mathés Augen. Mit einer groben Handbewegung versuchte er, sie aus dem Gesicht zu wischen. »Ich bin schuld an ihrem Tod«, schluchzte er. »Dass Paul und Étienne sterben mussten ... ich hätte es verhindern können.«

»Möglicherweise ja. Sie hätten sich von Anfang an als Unfallfahrer zu erkennen geben müssen. Ich halte es für sehr wahrscheinlich, dass dieses Drama damit abgewendet worden wäre.«

»Ja«, jammerte Mathé. »Es tut mir alles so leid. So schrecklich leid.«

Diese Reue kam zu spät, dachte Jules und erhob sich.

LA SEMAINE SUIVANT

DIE NÄCHSTE WOCHE

»Nein, nein, so geht das nicht, Monsieur le Commissaire! Ihre Frisur ist heute wieder völlig durcheinander.« Clotilde fuchtelte mit ihren Händen herum. Am liebsten würde sie selbst Hand anlegen, um seine Zottelmähne zu bändigen.

Jules saß am Frühstückstisch der *auberge* und genoss ein *petit-déjeuner* nach seinem Geschmack: ein halbes Baguette ganz für ihn allein, dazu ein ordentliches Stück Münsterkäse und drei dicke Scheiben Schwarzwälder Schinken, denn er liebte es nun einmal schon am Morgen deftig. Den *café au lait* dazu servierte ihm Clotilde in einer großen *coupe*. Gesättigt und gestärkt wollte er spätestens in einer Stunde aufbrechen und nach Strasbourg fahren, um seine Freundin abzuholen. Lilou hatte den TGV genommen, ihr Zug würde um kurz nach elf eintreffen. Er würde sie begrüßen, in die Arme schließen und mit nach Rebenheim bringen. Und hier würde er sich mit ihr aussprechen. Er würde ihr darlegen, dass sich sein Leben im letzten Dreivierteljahr verändert hatte. Dass ihn der Abstand zu seinem Geburtsort Royan, dem er bis dahin nie länger als zwei Wochen am Stück ferngeblieben war, dazu veranlasst habe, vieles zu überdenken. Und schließlich auch, dass er Zweifel in sich trug, ob die Liebe zwischen Lilou und ihm wirklich ewig währen würde, wie sie es sich schon als Kinder geschworen hatten.

Doch ganz so einfach, wie er sich das vorstellte, konnte es nicht laufen. Jedenfalls nicht, wenn es nach dem Kopf seiner Wirtin ging.

»Sie müssen sich etwas Anständiges anziehen, wenn Sie Ihre Verlobte vom Bahnhof abholen.« Mit dem Zeigefinger tippte sie auf sein T-Shirt. »Sehen Sie, da ist ein Fleck. Der war schon letzte Woche drauf. Ich habe Ihnen doch oft genug gesagt, dass Sie mir Ihre Wäsche geben sollen, wenn sie schmutzig ist.«

»Ein Fleck? Ist mir gar nicht aufgefallen.« Jules biss ins Baguette.

»Und wie steht es mit den Blumen?«, fragte Clotilde aufgebracht.

»Blumen? Welche Blumen?«

»Haben Sie denn keinen Strauß für Ihre Lilou besorgt? So etwas gehört sich doch für einen Mann mit Manieren.«

Jules, der gern in Ruhe weitergefrühstückt und gedanklich sein Zusammentreffen mit Lilou vorbereitet hätte, versprach ihr, dass er sein T-Shirt wechseln und sich sogar die Haare bürsten würde. Auch um einen Begrüßungsstrauß wollte er sich kümmern. Im Bahnhofsgebäude gebe es ja sicher einen Floristen.

Damit gab sich Clotilde zufrieden. Jedenfalls halbwegs. Mit skeptischen Blicken zog sie sich in die Küche zurück.

Hatte Jules gedacht, nun allein gelassen zu werden, täuschte er sich. Kaum hatte er eine Ecke des Münsters abgeschnitten und aufs Baguette geschmiert, tauchte der Nächste auf, der etwas von ihm wollte. Ausgerechnet Vincent Le Claire! Suchend sah sich der hochgewachsene Reporter im Gastraum um.

Jules blickte bemüht in die andere Richtung. Doch bereits im nächsten Moment zog Le Claire den freien Stuhl neben sich zurück und nahm Platz. Sogleich zückte er Stift und Notizblock und sah Jules durch seine übergroße Retrobrille an.

»Sie sind unseren Lesern einige Antworten schuldig geblieben«, kam der Journalist ohne Umschweife auf sein Anliegen zu sprechen.

Jules winkte mit dem Baguette in der Hand ab. »Ich habe heute meinen freien Tag.«

»Von Richterin Laffargue wissen wir, dass Bernadette Richelieu und Christian Bélon nach dem vereitelten Brandanschlag am *Camp du Domaine* verhaftet worden sind. Mademoiselle Richelieu wird Anstiftung zu Mord in drei Fällen vorgeworfen, Monsieur muss sich wegen wiederholter schwerer Brandstiftung, zweifachem Mord und einem Mordversuch verantworten.«

»Ja, so in etwa stand es ja auch in der Pressemitteilung, die wir rausgegeben haben.«

»Es stand aber nicht darin, warum Sie auch gegen Mathé Pegeraro ermitteln.«

Jules schlürfte aus seiner Trinkschale. »Dafür gibt es einen ganz einfachen Grund. Weil es sich um ein gesondertes Verfahren handelt.«

»Könnten Sie Ihre Beamtensprache für unsere Leser bitte verständlich übersetzen?«, bat Le Claire.

Ja, das könnte Jules. Er könnte dem wissbegierigen Reporter mitteilen, dass Mathé inzwischen eine umfassende Aussage gemacht hatte. Als Unfallverursacher käme eine saftige Strafe auf ihn zu, ebenso eine wegen Falschaussage. Zusammengenommen reichte das für eine mehrjährige Haftstrafe. Hätte Mathé sich damals gleich dem Unfall gestellt, wäre er höchstwahrscheinlich mit einer Bewährungs- oder sogar nur mit einer Geldstrafe davongekommen.

Aber all das behielt Jules für sich. Denn wie gesagt: Er hatte seinen freien Tag und musste sich heute um wichtige private Angelegenheiten kümmern. Der Feuerteufel hatte ihn lange genug in Beschlag genommen. Er hatte sich seine Auszeit verdient und würde sie sich nicht von Vincent Le Claire nehmen lassen.

Clotilde, die gerade mit einem Brotkorb voller duftender Croissants aus der Küche kam, dachte wohl genauso. Kaum hatte sie den Reporter erblickt, stellte sie den Korb ab und ging im Stechschritt auf ihn zu.

»Monsieur Le Claire, ich muss mich doch sehr wundern.« Sie stemmte die Fäuste in die Hüften. »Meine Gäste zu belästigen, noch dazu am frühen Morgen, kommt nicht infrage.«

»Aber …«, erhob der Reporter einen zaghaften Protest.

»Nichts aber!«, widersprach die propere Wirtin und drängte den Journalisten aus dem Raum.

Auf Clotilde ist Verlass, dachte Jules und gab sich der ungetrübten Freude an seinem Frühstück hin. Diesmal ganz ohne Störung.

Nach dem letzten Schluck Kaffee wich seine Zufriedenheit jedoch einer zunehmenden Unruhe. Nervosität machte sich breit, als er an sein Wiedersehen mit Lilou dachte. Bald würde er sich nicht mehr hinter Ausflüchten verstecken können – die Stunde der Wahrheit rückte näher.

Mit immer noch sattem Zeitpuffer für die Autofahrt nach Strasbourg trat er eine halbe Stunde später ins Freie. Er trug seine beste Jeans, ein von Clotilde gebügeltes Hemd und um den Hals ein lässiges Tuch. Er war frisch rasiert, in seinem geordneten Haar steckte eine Sonnenbrille.

Alain Lautner hatte den Renault Mégane, den der Kommandant der Gendarmerie auch für private Zwecke nutzen durfte, extra durch die Waschstraße gefahren und vor der *auberge* abgestellt. Jules zog den Autoschlüssel aus seiner Hosentasche, in Gedanken bereits auf der *autoroute*. Er erschrak, als er eine kühle Hand auf seiner Schulter spürte.

»Joanna?«, fragte er, woraufhin Tausend Fragen gleichzeitig durch seinen Kopf schossen. War sie gekommen, um ihn aufzuhalten? Wollte sie ihm etwa eine Szene machen, mitten auf der Straße?

»Schau nicht so entsetzt«, sagte sie und lächelte amüsiert. »Ich werde dich schon nicht fressen. Keinen Appetit heute früh.«

»So?« Jules beäugte sie misstrauisch. »Ich auch nicht mehr. Hatte gerade ein gutes Frühstück.«

»Dann ist es ja gut«, stellte Joanna fest und presste ihm eine Aktenmappe vor die Brust. »Hier, für dich. Ich habe mir gedacht, das könnte etwas für dich sein.«

»Was ist das?«, wunderte sich Jules. »Etwa schon wieder ein neuer Fall?«

»Eher ein alter«, sagte Joanna. »Diese Dokumentenmappe stammt aus dem Strasbourger Polizeiarchiv. Als ich mich vor ein paar Tagen mit Jérôme getroffen habe, erzählte ich ihm von deinem Interesse an dem ungeklärten Mädchenmord von 1945. Er versprach nachzusehen, ob die Police nationale, beziehungsweise früher noch die Sûreté, an den Ermittlungen beteiligt gewesen war. Und hier ist nun das Ergebnis.« Sie tippte auf die dünne Dokumentensammlung. »Nicht gerade ein Mammutwerk, aber vielleicht bringt es dich weiter.«

»Hast du schon reingesehen?«, fragte Jules.

»Nein. Ermitteln darfst du, Jules. Ruf mich, wenn es jemanden zu verhaften gibt.«

Er schmunzelte. »Wohl kaum. Der oder die Täter sind längst tot. Es sei denn, sie waren damals noch Kinder.« Kaum hatte er den Satz ausgesprochen, wurde ihm plötzlich ganz anders.

»Jules?«, fragte Joanna. »Du bist auf einmal so blass geworden. Alles in Ordnung mit dir?«

»Ja, ja, schon gut«, entgegnete er und behielt den Gedanken für sich, dass auch Lino seinerzeit ein Kind gewesen war. Ein kleiner Junge, dessen Eltern bis aufs Blut mit der Familie des Opfers verfeindet gewesen waren. Würden die Unterlagen, die er in seinen Händen hielt, den Fall nach siebzig Jahren zum Abschluss bringen können? Und stünde am Ende ein damals Sechsjähriger vor dem Richter? Ein kalter Schauer lief über seinen Rücken, als er an diese Möglichkeit dachte …

»Danke für die Unterlagen.« Mit einer *bise* verabschiedete er sich von Joanna.

»Keine Ursache«, sagte Joanna und wandte sich zum Gehen. Dann drehte sie sich unvermittelt noch einmal zu ihm um, zog ihn an sich heran und küsste ihn auf den Mund. »Man kann ja nicht wissen, ob es jemals wieder eine Gelegenheit dazu gibt«, sagte sie danach. »Nun kannst du sie holen, deine Lilou!«

MERCI

…dafür dass Major Jules Gabin ein zweites Mal in Rebenheim ermitteln darf, danke ich zu allererst Ihnen, liebe Leserinnen und Leser!

Ein großes Dankeschön für Tipps und Kritik geht an Marie-Anne Tan und Joël Siegrist nach Strasbourg und an Dr. Uwe Meier, Susanna und Sabine Gräwe, Annika Beinßen, Ralf Lang sowie Jacques Poulet.

Und ehe Sie auf der Landkarte suchen: Das idyllische Städtchen Rebenheim, hinter dessen Fachwerkfassaden das Verbrechen lauert, gibt es im wahren Leben nicht. Würde es existieren, läge es irgendwo zwischen Colmar und Strasbourg nahe der Weinstraße. Alle anderen genannten Orte können Sie besuchen und sich dort durch die Elsässer Küche schlemmen. Ob mit Weißwein oder ohne – das bleibt Ihnen überlassen.

Cordiales salutations
Jean Jacques Laurent